2023 春

别来春半

刘倩 ◎ 著

作家出版社

序

倩是我在芝加哥访学时的挚友。我们一起度过了在芝大读书时琐碎又繁杂、艰难但快乐的时光。

与倩初识是在一门戏剧史课上。她聪慧、敏捷、见解独到，每每以简短但持之有故、言之有物的发言给人留下深刻印象。她常戴着厚厚的围巾和口罩，把自己包裹得严严实实，很少有人能看到她的表情和神态。我一直以为黑色的口罩之下是拒人于千里之外的冷漠和孤傲，但随着时间流逝，我逐渐意识到，那不过是她独自面对漫漫前路时除了披荆斩棘别无选择的坚强。

我曾不止一次听她提起少女时代的梦想、进行戏剧表演的尝试、当平面模特的经历、只身到哥伦比亚感受曼哈顿的轻狂，也曾与她一同感受在芝大艰难求学时的彷徨，面临“留守”还是“归国”等重大抉择时的慌张，亦分享过她取得成绩时的喜悦、经历情爱纠葛后的落寞、试图焐热人性的徒劳。我曾不止一次问她：“何必呢？”

从家境殷实的天之骄女，到孤身闯美的离散作家，何苦要逼迫自己这么紧呢？她就像一艘永远不觉疲累的船，一刻也不肯停歇，总是迫不及待地扬帆远航。

可再执着的努力、再坚定的热望，却也难免在陌生海域碰上暗礁，在水深不足时搁浅故障。好在每一次风和日丽时的从容，每一次雨过天晴后的欣喜，每一次颠沛流离时的坚守，每一次心力交瘁时的不挠，都被她跃动的笔尖悉数记录，与读者分享。无论是“华语是乡愁的魂”“跨越国境线的离散”还是“孑然流浪在美国”“文学的想象”，都重现着她成长的过往。她用自己的方式书写疼痛，释怀遗憾，品尝离散的味道。她的文字是辗转反侧时振奋人心的多巴胺，又像是寻寻觅觅后令人惊喜的魔法棒。在书中，我们可以感受到她的灵动情思，也不难体悟到她与世界的疏离、内心的凄凉。作为海外女性书写的惊鸿一瞥，倩在《别来春半》中初试锋芒，她的追寻与坚守注定不会是徒劳。

别来春半，触目柔肠断。你可以永远相信倩的浪漫。她是自由的，而且很有力量。

甲辰龙年
琛琳于西安

别来春半，触目柔肠断。砌下落梅如雪乱，拂了一身还满。

雁来音信无凭，路遥归梦难成。离恨恰如春草，更行更远还生。

——《清平乐·别来春半》李煜（南唐）

谨以此书献给我的父母

目 录

第一章　华语是乡愁的魂

第二章　跨越国境线的离散

第三章　孑然流浪在美国

第四章　文学的想象

第一章

华语是乡愁的魂

Chinese Nostalgia

钗头凤

寺庙的晨钟先是敲了一下，两下，自第三下时，便从山林间激荡开来。那苍老的钟声缭绕于耳畔，化作一双满目疮痍的枯手，将趴在树皮上窸窣的蝉鸣，揉碎在后院池塘碧绿的藻影里。滚烫的夏赤裸着双足，踉跄着，奔走于肃穆古庙的丹楹刻桷间。仿佛一抹初入人间的少年烟火，毫无规矩地恣意嬉闹，拂乱了晨曦的残影，徒留满地斑驳的寒露与昨夜的一钩月晕。庙里已经传来木鱼诵经的声音，越过楼阁台榭，漫无目的地流浪在这山涧高崖之中。这些口中念念有词的和尚，他们反复诵读的经文，究竟是读给自己听，还是为了教化那些身陷红尘之中的俗世凡人呢？

小和尚虽然自幼长于寺庙，但听着其他人这么日复一日地念叨着那些朗朗上口的经文，只觉得人与佛之间，却好似隔了不止一个人间、一趟红尘、一片苦海。世间的桃红柳绿，莺莺燕燕，若是要读透，饶是比佛经还深奥！

东风恶，欢情薄。一怀愁绪，几年离索。

也不怪只有他在打坐时才会分散心神，随便哪一阵风、一场雨、一阵雪，把所见青山都给封了个干净，也埋没不了他那颗跳动的凡心：像一只沉眠厚茧中的蝶，静候着苏醒时的乍暖还寒和降落于春桃梢头的丝丝酥雨，听，好像有人在唱呢。

红酥手，黄滕酒，

究竟是哪里来的歌声？

啊！一些如隔世般的前尘往事，他似乎是有些想起来了。

满城春色宫墙柳——

可是一睁眼，身旁青灯古佛依旧。只有夜深人静时那点点烛光，对着雕花窗棂外的一剪月，无声要落下几滴热泪来。

春如旧，人空瘦。

这一日，轮到小和尚下山挑水。走到半山腰处，他瞥见一块光滑如镜的磐石，打算作片刻歇息时，那莫名的倦意便拥簇着溪流，缓缓地从岸边淌了上来，漫过他轻薄的灰色禅衣——是了，他还没有到穿上那红袈裟的年纪嘞！谁说人妖殊途，不都是要修炼才能得道么，罢了，莫要似那江畔吃酒的歌女般，泪洒琵琶哭那。

泪痕红浥鲛绡透——

只见他一时休息的懒劲，沿着浸透衣衫的浑圆水渍，便欣欣然蔓延开来了。半晌工夫，小和尚便迷糊地打了个午后的饱盹，浑然不知曾有一只翩翩流连于他肩头的蝴蝶，穿过疲惫的日月青山、孤独的古钟薄暮，只为一瞥他今世的容貌呢！可要说这蝴蝶的小心思，却比女人还细腻，究竟是人是蝶？要信吗？前世未了的因，延续到今生，便成了必然的果，可这果中结出的良缘锦簇，为何他从未于整日诵念的佛经中窥见一丝片缕呢？

高悬的日头愈发刺目，扰人清闲。小和尚睡眼惺忪时分，只觉得窸窣间有落花拂袖。浅嗅清香，竟浮现三月盎然春深处，辜负了大好明媚春光。在这神魂分离的时刻，那些记忆中不断涌现的怨语，究竟是谁在叹：

桃花落，闲池阁。山盟虽在，锦书难托。

纷纷落英，旧梦难清；残缘宿蝶，一朝梦醒。人生好似酩酊大醉一场，所有种种，皆由他亲口道出，原是他自己！一时间，小和尚只觉得灵台清明，豁然开朗：原道什么伉俪相得，什么琴瑟甚和，都付予东流逝水，皆成过眼烟云。纵有思绪万千，怕不过是理也乱，忘却难，再不见当年游园人。古有庄周梦蝶脱凡忘尘，却仍难解务观之惑，枉渡蕙仙之缘。到头来，了结于这寺庙清净之地，偌大人间也仅剩零星几字绝笔：

错，错，错！

莫，莫，莫！

金陵 1947

雪下得很深了，像是要把虚弱的晨曦也埋进鸦青色的冻土里去。屋檐犄角旮旯处，还悬着几根尚未融化的冰凌子，如冬柳般直直地向下垂着，给北风压弯了腰，仿佛随时要坠到地上。元宵时挂的那盏红灯笼还在，早已褪去了几分臃肿的喜气，孤零零地于寒流中瑟缩着。

他是闻着一缕幽香醒来的，迷蒙地睁了眼，眨巴两下，还没来得及看清那窗棂前摇曳的明黄，便陡然被渗进窗纸的冷风给吹清醒了。原来是几枝昨夜抽条的蜡梅，窸窸窣窣地探进了屋，细长的枝丫微微弯曲，弓起脊梁，像一座被冬日轻薄的桥，被凌厉的雪给虚掩，什么都不剩，只余一缕残香断魂，催他快从梦中醒来。

天已经大亮了，屋内却依旧点着微弱的烛光，照在白瓷茶杯沉底的渣滓上，映出极冷清的浑浊，连最后一丝暖意都殆尽了。他换上了平日里那件素白长衫，领口处勾勒着几朵青涩的梅瓣，却因为几缕不平整的衣褶虚浮地耷拉着，一副急景残年的样子。那双素爱舞文弄墨的手，不知什么时候也浮起了小小的茧子，一次次地几近暴躁地试图捋平衣角时，像是攥紧了岁月的喉咙，愈发狠绝。人心都是会变的，但自己是什么时候变了呢？来不及去想，手中的一支烟先已经点上了，抽魂似的白雾丝丝缕缕的，缭绕在身侧，不知什么时候已是浩渺如烟，好似作那天上仙一般。

下人的声音透过窗纸，唤道，许先生，时候到了，车夫已经在门口等候多时了。屋里的人听了，没有什么反应，只是缓慢地呼出一口醉醺醺的烟，扯开步子不紧不慢地朝外走去。是了，他不要做人，要把那复杂的七情六欲都给舍去了，跟那残破的纸灯笼似的，一抹碍眼的红，终究是要给白茫茫的雪吹离这人间的。陆师长说来年开春就能回来了，这是别人特意捎给他的口信，他皱了皱眉头，一声不吭。他不喜欢听这些话，尽透着一股枪子儿的尘硝和血腥，像利刃，像糖人，像重幕的戏，他的耳朵都要起茧了，喉咙直冒血沫，那苦意却怎么也咽不下去——

几片雪花盖在身上，他只觉肩头陡然一沉。抬起头看，那红灯笼不知什么时候破了个大洞，口吃般漏着正呼啸的尖锐风声，殷红的碎屑飘零到了地上，原本脱了色，却被雪浸得愈发深沉骇人。他出了门，车夫掀开了车帘，一只脚还没踏上去，不知怎的，又想起窗前那几枝抽芽的蜡梅来，孤零零、亮莹莹的，脆弱得就跟金陵城的挽歌一样，在萧瑟的冷风中，郁结着一股无法散尽的悲哀。

他记得，陆师长说来年开春就能回来了。坐稳了，车轱辘渐渐转了起来，车夫开始卖力地吆喝，前方的路被纷纷扬扬的大雪刷成了不见底的白，比所有回忆缝隙中的空白还要盛大，是怎么也填不满了。但人心是会变的，他拂去了肩头的两片雪花，这样想道。

夜香港 1999

九龙租界区的荧光牌匾已经升起来了，在黑钻般的夜里眨着眼，严丝合缝地拥挤在人声鼎沸的狭隘街巷间，连夏末的热流都被排挤在外。透过悬晾在空中摇摆的衣角，能隐约瞟见二楼宿舍的白炽灯，一闪一闪地依附在天花板上，像一只僵死的白蛾。

她低头站在铁栅栏门前，手指在漆黑的公文包夹层中来回摸索着，却没有触碰到那钥匙独有的、带着铜腥气的冰凉。那扇门，像拔地而起的黑山，铁青着脸同她面面相觑。这座不起眼的小矮楼无精打采地耷拉在街角的尽头，和地沟里流淌的夜汇入了同一片浑浊的海，翻涌着颓靡的老香港的叹息。

夜深了，没有门卫替她开门。“小姐，这么晚了你怎么才回家？”——她想，也许会碰上那个叼着牙签，眉毛挑得老高的包租婆阿嬷，操着一口老生常谈的粤语这样咄咄逼人地质问她。那真丝睡裙下松软的胸脯和丰腴的白皙快要跳脱到她面前，晃得她心口发闷两眼冒星。还有那甜腻难解的古龙水，像有人往她口鼻里塞满了腐烂的玫瑰蕊。

她来香港多少年了？十二年，她扳扳手指，心想，人生有几个十二年？不远处，那音乐的嘈杂和人群的喧闹似乎能循迹而来，拍拍她的肩膀，劝她这咸涩的夜比梦还漫长。是了，香港是咸的，跟街口拐角处熟食店那一小碟吝啬的酱油一样，每个人的皮肤都被头顶昏暗的电灯照得蜡黄，像橱窗里黄澄澄的烧腊，落下一滴滴热油般的汗。那些切好的油鸡就是被分了尸的生活，一块接一块地被送进血盆大口里，被咀嚼吞咽，然后剩下吐骨的狼藉。香港是咸的，那咸味像是一条盐粒堆成的蛇，那芯子从舌尖直直地抵到喉咙眼，七月的脊骨窜上一阵恶寒，令人不住地战栗。她记得自己灌了一杯又一杯的淡茶水，直到那塑料水盅都快见底，萎靡的茶叶烂泥般浮在浑浊的渣滓间，咸味却久久不曾散去。至于剩余的茶水，像一片煮沸后逐渐凉止的海，沉淀着黑压压的咸涩，在口腔里翻涌起一阵阵难息的浪。

看了看手表的指针——凌晨三点，今晚或许不会有人回来了。迟疑半晌，她又不甘心地将手重新伸进了公文包，半个人影隐没在楼道间的黑暗里，微弱的光将她脚上的黑皮高跟鞋照得锃亮而惨白。时间变得如此缄默，令她感到熟悉又陌生，像她初来香港的时候一样：也是这样站在铁栅门前，试图从条条框框中寻找那细窄的钥匙孔，她极其缓慢地转动着钥匙，顺时针，一圈两圈三圈，等着门被打开，等着四月的裂帛，还有咸涩的日出，点燃她，还有整个香港。

秦淮八艳杂忆

金陵不落雪，已是人间绝色。

秦淮河上的衣香鬓影，粉黛沉疴，都尽数溺在幽幽的水波里，散若浮萍，无所归依。两岸的酒家，暮年的垂柳，是哪段未剪的西窗烛，勾引了夜色，倾泻出女人如瀑的长发来。在和煦的风里，轻拂着，世风日下，却情丝如絮。在那些雨打芭蕉的时节里，虚掩的门前，便透出水榭亭台间的粼粼灯影来。深院里的歌声，锦鲤般游动在子夜的秋波里，唤得酣睡的海棠也愈发燥热起来，释放出回忆的晚香，漫浸着廊檐里摇头晃脑的灯笼。夜静了，止住了风的嬉闹。想见那人云髻上挂着的浅月，随着一颦一笑，便碎成两缕白发的斑驳。翠幕罗裙的丁零，只三两闺步，便摇醒了久醉的人间。笔落纸上的爱恨嗔痴，兰因絮果，都掐灭在沉香的烟里。

阔别庭院深深处，谁人泪满襟，一盏春如故。

车站

1

他是攥着教务主任签字的处罚通知单逃学的。

下午三点刚过一刻，他书包也没背，骑了爷爷那辆老旧破败的自行车便一个急拐弯绕出了校门口，越过两侧耸立的榆树，留下滚滚烟尘。方才在办公室里，教务主任那张腊肉般黑瘦的长脸，一张一合的嘴吐露着数落的讥讽，竹节虫般瘦削的指关节，在掉了漆的电话筒上来回摩挲。那人窝在那张巨大的仿皮革办公椅里，像个趋炎附势的恶虫般，咄咄逼人地数落着他这些天来犯下的诸多罪行：网吧、逃学、打架，每一样都让他试了个遍。

“你说我要把你怎么办？”教务主任的眉毛挑得快要抬破额头，一双鹰眼几乎将他身上看穿个洞来。一边说着，一边熟练地拨了几个号码，将手中的电话筒置在耳边，抱怨道：“打你爸的电话也不接。估计连你老子都放弃你了，你还读什么书？干脆别读了！”

十六岁的他个头已经蹿得很高了，此时虽说是双手背在身后接受批评，眼神却居高临下地端详着那毫无动静的电话筒。良久，他才不紧不慢地开口，“他是不会接你电话的。”说完，索性将一双手插进了裤腰带里，一副吊儿郎当的拽样。

“你说什么？”教务主任像是听错了一般，眉毛挑得更高。

“我、说，”他突然咧开嘴笑了，一字一顿地说道，“他、谁、的、电、话、都、不、接——”

直到身后的车开始按喇叭催促，他才回过神来，一个急拐弯绕过了街口中心的十字路，拐向一条更为偏僻静谧的小石子路上。那条坑坑洼洼的破路，就是他回家的唯一方向。那栋摇摇欲坠的老房子里，除了两个寂寞的老人以外，唯一年轻鲜活的生命也只有他而已。从小与爷爷奶奶长大，他甚至不记得父亲的长相。每次学校开家长会，他都是躲着把通知书撕了，有时实在躲不过去了，就只能找某个远房表叔来冒充一下自己的父亲。他不喜欢读书，因为稻田和猪圈之间的路便是他的童年所踏足过的一切。书本里的知识于他而言太过遥远，如星星般，只供憧憬，不可触碰。书本上的每一个字读来都能引发一场内脏的烧灼，仿佛在炽烈的炉火边打坐般，他定不下心，因为无论他多么努力，每当回到家时，父亲也不会夸奖他，因为他根本就不在那里。

“叫你爸回来学校见老师，校方要严肃处理你的违规行为。如果他不来，你就干脆别读了！”

不知怎的，他突然萌生了想要走路的念头。于是他放下单车，转身走向一旁的稻田里。半人高的稻子盖过了腰间，一浪又一浪金色的波纹，如时间的皱纹般，柔软地在他的脚下铺展开来。时间的温柔，于他而言，是虚假的谎言，是沙漠的迷宫。他从上衣口袋里掏出了那张被他揉捏得皱巴巴的处罚通知单，放在阳光下，看那些细碎的光线透过稻子的星点，落在自己的名字上。

“我不管你爸平时有多忙，孩子的事情总归是要管一下的吧？”

不知不觉，他已经走到了村口唯一的一个车站。也就是在这里，他无数次地目送那个男人离开，剥离出他原有的生命，留下满地的痛苦。近几年，平时往来县城的巴士愈发稀少，往往都是进城的班次多于回乡的，所以平日下午的车站休息室总是空无一人。周围几面硕大的玻璃窗早已蒙上了厚厚的一层灰，连太阳光都透不进来。

他终于在角落处的一个旧椅子上坐了下来，打量着手里的那张处罚通知单。不知怎的，他突然想要听父亲的声音呼唤他的名字，那将会与所有人都不同。他掏出了还剩半格电的老人机——那是从爷爷的房间抽屉里偷来的，几乎是抱着荒谬的心态拨打了那个令他熟悉而又陌生的号码。他决定赌一把，只身潜入黑暗中，不知浮出生活的水面时，是否还能窥见久违的光明。

2

“嘟嘟——您拨打的电话暂时无人接听，请稍后再拨。”

在大包小包的行李旁，一个面容邋遢的中年男人蜷缩在休息室的长椅上，布满红血丝的双眼盯着手机荧幕上的闪光，叹了一口气。今晚的雪太大，路面已经封了，以至于原本的长途巴士也延期发车。休息室内嘈杂一片，哭闹的婴孩，歇斯底里的乘客，拥挤的开水间你争我抢的人，都在这狭小的车站内上演着非常的闹剧。每个人都仿佛溢出泡面的配料们，在极度的抱怨与愤怒中，不断胀大自己的不满，释放出酸甜苦辣的各色味道。

他试图给自己的儿子打个电话解释，却如意料之中的那样，无人接听。身旁大包小包的尼龙袋簇拥着他，却不能为他带来丝毫的暖意。休息室内的唯一一个电视机还在播报着当晚的新闻联播，主持人正在介绍国家总理走基层，关爱贫困乡村“留守儿童”的特别栏目。

方方正正的电视机里，冒出一张张瘦骨嶙峋的小脸，却能在镜头面前挤出铺天盖地的笑容来。哪怕他们红扑扑的脸都快冻僵了，那一双双黝黑的眼珠子却透着灵性，天真无邪地打量着这世界尚存的人性。

“总理慰问了棉花村里三十二户人家的留守儿童，并就他们的教育和生活质量，提出了方针。总理强调，家庭的关怀与完整对于孩子们的健康成长，有着不可或缺的重要作用。关注留守儿童问题，我们应重视并强调家庭成员在其中的重要作用。”

主持人还在播报，可是他的心思已经不在那里了。当年十七岁的他，没有读完中学便进城里的建筑工地打工了，自然也没能完成文化学业。但“留守儿童”是什么意思，他也能猜个八九不离十，可他不愿意将自己的儿子归为那一类的孩子。他是不一样的，有父亲想着、念着，他不是什么留守儿童，他就是他的儿子。如果有人要留守，那也该是他自己，这困于车站的老父亲。才刚过四十一岁，便已花白了半个头，他拼死拼活地努力赚钱工作，可往往换来的却是儿子的一句“我恨你，你从来都不是一个合格的父亲”。

但难道他不想陪在儿子的身边，辅导他学习，看着他长大成人吗？每一个在建筑工地咸菜就饭的夜晚，每一个行走在钢筋水泥间的白日，他将自己的性命草率而无奈地交付给那些钢筋与螺丝钉，全然无法顾及何时那些看似坚固的高空平台也许会在顷刻间，轰然倒塌——但他拼命地工作，让工作占据了他的全部身心，所以他才能全神贯注地完成每一场关乎生命的赌局。不，他必须赢，他没有退路，因为只有这样，才能有朝一日回到儿子的身边——

他叹了口气，打开手机想要再打一次电话时，却发现已经没电而自动关机了。哪怕下意识地揉了揉肿胀酸涩的眼眶，却丝毫没能纾解内心的苦楚，反而在听到车站内孩童们的哭喊声时，每个日夜刻意压抑的敏感情绪都被无限放大了。一时间，只觉得鼻头发酸，呼之欲来的热泪已经涌到了眼眶，他再也忍不住了，竟就双手捂着脸埋进膝盖间，无声地耸动着已经开始驼背的肩膀。伤痕累累的背早就开始隐隐作痛，在寒冷中，疼痛变得愈发刺骨难熬。他满是老茧冻疮的手，用力地攥成两个黝黑的拳头，指甲间尚未洗去的泥垢，黑黄白地混在一起，像一颗被人践踏的太阳，流下无助的血泪，在寒风中凝固成了几道凹凸不平、丑陋异常的硬痂。

留守在家的是他的儿子吗？不是。他才是那个留守在钢筋水泥的城市森林里，在无数个如出一辙的日夜间，寻觅明天的人。每一缕升起的黎明，都是对昨日的解脱与告别，在重复的悲剧里，他搭建的不是摩天大楼，而是儿子每一尺、每一寸的未来。他不会指望那小子在最叛逆的年纪能够理解他的心情，更不要说感同身受。但他希望自己的儿子不要重蹈他的覆辙，至少念完书，能拿到一个像样的文凭，走出村子，真正融入城市里去。而不是像他一样，一个终日游荡于城市之外的边缘幽灵，既不能回家，也不能前进。恍惚间，他觉得自己的大半生都犹如这个被茫茫大雪困于车站的夜晚，一切都滞怠不前。而他倚靠在冰冷坚硬的行李袋上，脊背的疼痛穿透灵魂，仿佛要从不断跳动的神经中挣脱出来。他一只手拿着没电的手机，另一只手攥着一张破烂磨损的车票，茫然无助地等待着，仿佛是这个孤独世界上唯一一个，也是最后一个迫于生活而选择沉默隐忍的人。

他就这么坐在那里，等了那么久，以至于天蒙蒙亮起来的时候，也没有察觉到路面上的积雪已经化了。

3

冷。这是他的第一个念头。

随即有一双温暖的大手，摩挲着他的脸庞，令他的意识在睡梦与现实中不断地游移。那双手长满了坚硬的老茧，就像是爷爷在农田里干活的手一样。但是掌心的纹路又十分陌生，那不是他所熟悉的乡间小路，那几条闭着眼睛都能走回家的羊肠小道——而是来自于更遥远、更广阔的都市街巷，复杂的道路纵横交错在一起，缠绕出一条看不到终点的曲折人生。

那双手离开了他的脸，他下意识地睁开了迷蒙惺忪的睡眼，却嗅到了扑面而来的寒凉。似乎有几片冰冷落在他的发梢，那大概是雪花，但隐约有人为他拂去了头顶的冬意。当他被拥入一个更温暖的怀里时，他发觉自己还在车站的休息室里，周围都静悄悄的，窗外不知何时竟下起了茫茫大雪。今年的冬天来得有些早，他下意识地想到，原来自己在车站睡了一宿，还做了个光怪陆离的梦。那梦里具体有什么，他却怎么也想不起了，犹如一个雪盲的人，失去了辨别方向的能力，只能在空荡荡的大厅内，独自跋涉出一条道路来。但就当他要踏出这一步的时候，有人拍打了他的肩头，依旧是那双手，像是从梦中窥探出来，还带着尚未化去的雪花、泪水，与寒气。

“爸？

“爸！”

非典型差生

“班主任说校领导后天要通报一下问题学生。”

“谁啊？”

拥挤的打水间里不知谁先起的哄，随即话题便一窝蜂地炸开了花。议论声挤满了狭小的空间，在咕嘟滚沸的开水里次第冒着泡，像是要把方圆内外的好奇心都给烫熟了，叫人死心才好。他独自站在走廊尽头的拐角处，整个人埋在阴暗里，袖口处伸出的一只手有一下没一下地戳着可乐罐里的塑料吸管。吸管的开口处已经被咬折了，嵌着几道深浅不一的牙印，似乎透露着主人的不悦。那些七七八八的议论，如没头没脑的蜜蜂，撞进他的听力范围内，落在他悉心布置的网里。他也丝毫不恼，只是扯了扯被彩笔涂画得满是斑驳的校服领口，饶有兴致地打量着那些边叽喳边接水的同学们，并不在意他们喋喋不休的八卦。

“都是白痴。”他咧开嘴笑了。

直到上课铃响得毫无征兆，打水间的人群却心有灵犀般一窝蜂地散去，只剩下墙面上贴着几张摇摇欲坠的通告，可怜巴巴地在寒风中瑟缩着。他玩腻了手中的可乐罐，索性捏了又捏使其变形后，这才将面目全非的易拉罐扔进一旁的垃圾桶里。当他晃悠着走到打水间的通告跟前时，上课铃已经响了三遍，陆续有老师抱着教案前后进了教室。四周忽然陷入一种不真实的安静，而他好似一条游走在海洋中的鱼，突然察觉到一切洋流的变换都消失殆尽，跌宕刺激的生活也失去了原有的波澜。他竟也是个如此渴望热闹的人吗？这突如其来的猜臆，在占据他彷徨的内心时，顿时掀起了不小的震动。可是他一条热带的鱼，是如何误打误撞闯入这片并不属于他的海域的？这里没有他的族群，他早就意识到了这个问题，但是呢？他揭下了那张通告单，自己的名字被宋体字给加黑加粗印刷在上面，挨着引号里的四个字，看着很是刺目。

“问题学生。”他默读了一遍，手指在那些字眼上来回摩挲了几下，悉心感受那印刷的油墨味。指尖是有嗅觉的，它们能察觉到生活中令人刺鼻不悦的隐形气息。此时此刻，他手头上并没有什么笔，不然或许他会反问道：“问题学校？”

他撕碎了那张通告单，将它扔进了方才的垃圾桶。这一次他看清了分类箱上的字，便选了不可回收的那一栏。“如果人生可以回收，那么……”他突然为这诡秘的念头而着迷，“请将我的人生回收吧。从哪里来就回哪里去。”这个世界实在是叫人无福消受。随即他的胸口蹿上冰冻可乐尚未消散的气泡，从胃到食道一路涌上来。那剧烈的糖水和二氧化碳作用在一起，反应出一种强烈而抑郁的心境，挤压着他的每一处胸腔，排挤那跳动的心房，仿佛灵魂就要爆裂开来，变成无数颗失去秩序的跳跳糖。他曾想要伸出舌头，舔舐生活的味道，却总是像条孤单的小狗般失落而归。

“曾经年级主任喝醉了巡查晚自习，就把头埋进过这个垃圾桶。”不知怎的，他忽然闪过这段记忆：那时高一的他还像所有人一样，把补习资料和试卷都堆叠成桌上一座学术珠峰，在狭小的纸间缝隙里，企图探寻一丝知识的微光。每个人都渴望成为第一个登顶的人，但只有他想去南极。没错，他渴望的并非那氧气稀薄的制高点，而是要抵达世界的极点，去到那逃离人类荒诞文明的救赎之所。“后来那些都是狗屁，”他恨恨地想，“去他的课本知识，去他的学校，去他的高考。”但也就是那个夜晚，就在他要浪子回头、弃暗投明的时刻，他们的年级主任，一个四十多岁、走路摇晃、酒气熏天的中年男子，总是将裤腰带勒得极紧，好像人就勒得只剩下一口气了。只见他将他那像是熟透了的、竹节虫般面黄肌瘦的脸，埋进了教室门口的垃圾桶里。从此那便是要留名青史了，他想，当时他是第一个带头冲出教室，拿起手机对着年级主任的惨状拍照的。虽然第二天就在全校面前做了检讨，但是，他觉得值，因为他每检讨一句话就要笑好几声，后来操场上的几千号人都被连带感染，以至于全校的第一节课也被耽误取消。当他终于被一旁校领导的眼刀狠剜得体无完肤后，这才恋恋不舍地将连夜顶着被子，打小灯抄来的检讨书给揉烂了。随即，又当着一众满脸油腻、大腹便便的领导们给撕得粉碎。当时四月的天，纷纷然竟扬起了雪。“撒盐空中差可拟。”他抓了抓自己的头发，想破脑袋临嘴来了这一句，竟颇有几分文艺。那年级主任的脸以肉眼可见的速度迅速涨红，伸出一根尖瘦如枯枝般的恶爪，在空中几番踌躇，忽闪着就要朝他扑过来。只见他灵活地闪躲开来，在一众的瞠目结舌与满脸横肉的谩骂声中，头也不回地扬长而去。

“真正留名青史的还只能是我。”他注视着墙上仅剩的一张通告单，最终没有撕下它。

永远的十五岁

去中学的路上没有自行车道，所以一人一车的影子落在狭隘的人行林荫道上，就像被刻意拉长的时间。S 市又到了雨季，他穿着一件洗了还没干透的校服去上学，尚未化开的褶皱跟被发了脾气的风狠踩了几脚似的，连僵硬的领口都能拧出好几滴昨夜的雨来。

沿路是一条躲不开的热浪，赤黄的花蕊耷拉着，一大簇的腼腆间藏了一颗温绵的太阳，跟岁月的软糖似的。闷雷声已经在几朵云间晃来撞去好几个来回，那沁香却在咄咄逼人的阴霾下陡然化开了，淌成一摊尝不出悲喜的甜。过了三两个红绿灯，转角便拐进了一条小巷。渐渐地，四周都起了高的白墙，几扇软柳轻柔地挠着，少年脖颈间忽地窜过一阵似有若无的痒，那突出的脊骨尖渗出来的汗却是冷的，一滴，一滴，在后背晕出几缕模糊的情绪来。

他看见校门口耸立的那棵大榆树，以及在树下弓着背打瞌睡的门卫大爷。手里的蒲扇不知什么时候落到了地上，几片被吹落的叶子正兴致勃勃地围着它，极其亢奋地转悠着。门是半开着的，漏出几道呼啸的风和尖锐的摩擦声，令他想起了原来那个歇斯底里的班主任的声音，像一根令人难耐的长刺，毫不留情地扎在他如气球般膨胀的、小小的自尊心上。

十几岁的人，心里总是揣着一些没头没尾的烦恼，像藏在课桌抽屉里最角落的日记一样，旁人是随随便便翻不得的。他停好了车，抬头看了一眼那摇摇欲坠的黑云，仿佛要碰着他的鼻尖般那样近，近得生出几分压抑来，似乎是在催他快进教室去，不然迟到又要被罚站走廊。S 市的雨季不缺这独独一场雨，但读书总归是这辈子读完就再也没了，这般想着，竟令心中愈发沉重。他索性迈开腿快步向教学楼走去，刚到楼梯口，那久违的雨便终于哗啦啦地倾倒了一地。

雨落下来的瞬间，像不经意间说出口的话，来得突然，且毫无防备。S 城的天气总是难以捉摸，迟来的夏天依旧是藏着掖着，等到林荫的落花都埋进了赤色的砖头间，枝头落单的几簇花骨朵没了影，这才姗姗来迟。原本是计划倚在墙角边上等着那人放学，但不料雨势愈发地大了起来，以至于他手中的那根烟怎么也点不着，索性丢弃在地上随意地踝了几脚。运动鞋摩擦的刹那像是地上开了一道口子，将烟草渣和含糊不清的情绪都尽数吞了进去。今天 S 中人人得而诛之的他自然也不会去教导处思过，因为隔壁班的阿然早已帮他抄好了那份千篇一律的检讨书——尽管周一班主任依旧会在班上开关于他的批斗大会。而现在，他逃了半个下午的课就是为了坐车赶到城市的另一角，见那人一面，顺道把之前的话说清楚。于是他就这样等着，每一分一秒都数得清楚，却又并未真正把时间放在心上。S 城的雨季总是沉默而漫长，像时光刻意打翻的一杯水，湿透了青春的衣衫，在模糊的记忆里，变成了无数的泪痕。

他站在教室门口，看着那人侧过了身，趴在桌上，枕着没有拉上拉链的书包睡着了。一双球鞋旁，被撕下来的草稿纸孤零零地散了一地。天花板上的白风扇渐渐停了，时间一圈圈走过的痕迹也清晰起来，落在书桌上，摊开的作业本里，藏着一些有重量的情绪和无从说起的暧昧。二楼的教室，向外一眼望开便是两道绿，前仆后继地铺满了整条柏油马路。初夏降下了一场前所未有的燥热，而法梧桐的叶子总是更惹眼些，从没有关紧的窗缝里探出几缕绿茵，晕在蒙尘的玻璃窗上，像模糊的情话。他想着有些话是要说的，但他终究没有走进那间教室，而是转身走进了那个叫作“后来”的沉默里。

这前半生的故事就像缓缓摊开的一张被揉皱的纸，写满了前所未有的漫长和没有答案的等待，都在某一个静谧的瞬间里，在永远的十五岁里，朝生暮死。

夜宴

她已经太久没有闻过花香。

那扇窗户不知何时早已被拆卸下来，只有几絮深蓝的纱帘还浅浅地扫拂着孤独，仿佛被战火截停的大西洋流，美得触目惊心却又颓败不堪。隐约间，还是有一缕怅然的情愫攀上了残破的窗棂，触发了一场花事的偷情：紫色的鸢尾开满了她整个干瘦的背脊，两块肩胛骨之间的凹陷是残夏的腰窝。那平素的身躯，仿佛被人间借去的半樽月亮，已然褪去了其原有的诡艳。束起头发来，一根都不要落——如此众人才能看清每一根细腻到头发丝的情感。它们堆簇于夜色中，化作鬼魅般的蓝花楹，在苍白的脖颈皮肤上摇曳生姿，投映着不属于这辈子的记忆。为什么要给旁人看？她不理解。也是，她尚年轻，还经不起风的撩拨，欲滴的情就要抢在黎明到来前生出露来。人嘛，曾也是有过仙气的，只是被推搡着沾上了这些凡尘琐事，自然堕落得与物什无差。凡尘也好，红尘也罢，隔着几分似有若无的烟尘，掺着几分参不透的玄妙，她总是要盲选一张素昧平生的脸共度余生的。许他是蔻丹间的一块玉麻将，还是白瓷缸里抖剩的烟灰，只要是能懂她的人，能闻到她曾嗅到过的花香，去解那夜下摧藏的不眠与迷思，扑通——

最后谁的心竟还是泄露了出来！

宛如一束烟火沉入水中，溺亡在晚香玉的馥郁里。

春日宴

春日宴，绿酒一杯歌一遍。

再拜陈三愿：

一愿郎君千岁，二愿妾身常健，三愿如同梁上燕，

岁岁常相见。

——《长命女·春日宴》冯延巳（南唐）

她的胸膛贴着我的，向下望去，树的枝丫从光滑的背脊疯长起来，将月光绞杀在苍白的腰窝间。没有花香的冬天，那处小小的凹壑，是未亡人的坟墓。她的眼睛陷在情欲的旋涡里，犹如两条搁浅的红鲤；而我是那潮涨潮退的浪沫，蜂拥着来，亲吻她隐没的双足——或许她早已忘记如何在人间行走。先于四季，先于回忆，先于这荒诞世界中某一抹不可或缺的色彩，可是我的影子——却又消失于某个未眠的清晨。两个人蜷身相拥，在一张床褥上，赤身裸体躺在纽约的阴雨天里。我们的头发缠绕在一起，仿佛两片沙漠汇聚

于此，就喷薄出浓烈的绿洲来。

“戒了吧。”她盯着我手里的烟，后背挨着窗台，光瘦的胳膊支棱在角落里，好像一弯折断的月牙。几缕碎发耷在眉眼处，像未经修剪的夏日草坪。一身红裙，浓郁又清冽，让我想起了王尔德笔下那几簇未经花事的蔷薇。这个寒冷到没有燕雀的季节，从她的唇齿间吐露出来，使我几乎五感失灵。

那不行，我摇头，随着亲吻密密麻麻地落下来，像雨点一样，“戒不掉了。”

她的锁骨有两道粉色的伤痕，淡淡的，暴露在晨霭的雾气里，犹如尚在保质期里的樱花，透着防腐剂的气息。纽约的雨季快要过去，书房里还透着淡淡的潮湿霉气，每一张泡涨的纸页信件里，都是年久失修的回忆。我感受到她的胳膊搂着我，像婴儿般将我蜷抱在怀里，仿佛我是她心口的一捧雪，一碰就落，又露出满地的伤痕。太阳的影子笼罩在床头柜半开的诗集上，字里行间的油墨味已经随时间淡去，窗外的雪松早已看不出原本的青翠。

“你要不要许个愿望？”她说。桌上的咖啡已经凉了，那是过期回忆被遗忘的早餐。我不愿拂她的意，便抿了一口，入喉却觉好似一股冬日的炊烟，凝结在恍惚的暮色里，如冰碴般坠入心肠，分外刺痛。雪下了数不清的日夜，浇灭了多少炽烈的目光。

冬雨孤魂

我听说老房子都是经得起风雨的。

以前，外公有一座建于八十年代，年久失修的红砖瓦房。外墙掉落了大块的白，还余几片瓦砾间的青黛，孤零零地矗在荒芜的田埂间，仿佛一尺寒冬在湘楚大地上劈开的一道利口。每当下起雨，一缕难以抒怀的怅然便从冻土中升腾上来，如拔地而起的一道闪电，亮出一道锐利的沉默。

南方的冬雨总是连绵不断，从白昼到黑夜，不曾消止。淅淅沥沥的雨，坠成一根根倒刺，如困兽的利爪，停在颤巍巍的玻璃窗上，如狼似虎地剖开几道狠锐的锋芒。狂风把破絮般的蛛网给刮得一丝不剩，取而代之的是豆大的雨点，挂在房檐内壁的角落里，没心没肺地晃荡着。那一滴滴昏眩，都是下坠的幽蓝，透着冷冷的光。

那些失了秩序的雨丝，在凛冽的重云之下四散逃窜，犹如飘零着白花的浪沫，被风凝结，胶似的僵滞在泥泞里，极其狼狈。老房子的后院有一棵长歪的橘子树，光秃的枝丫挂着瘦瘪的橘果，怀揣着满囊的苦涩。风一吹，雨一打，赤橙的酸涩便落了满地，烂在黝黑的青土里。只隔一夜，就犹如被发酵的时间一般，幽幽渗出了沁郁的酸香。

我很喜欢的作家三毛曾经说，“如果有来生，要做一棵树，站成永恒。没有悲欢的姿势，一半在尘土里安详，一半在风里飞扬”。我想我是认同她的，能在撒哈拉沙漠里做一棵树再好不过了——漫漫黄沙中，倒着一尺细长的树影，天地之大都能容纳其中。但当我打开笔帽，落在纸上的，就只有荆楚之地连绵的冷雨，无休止地敲打着冬日的背脊，钬钬铮铮，窸窸窣窣，顷刻间耳。

我想那是老房子的幽魂，趁着白夜呼出了一朵极重的云。待来年风起，吹拂到我的心口，又缓缓降下一场寂寥的冷雨。

时候

他一个人踱步出了院子的时候，夜已经很深了。只见一轮孤月悬于湖面，饶是被风轻轻拨散了，断成丝丝缕缕的裂帛。这是一幅怎样的景象，像是从梦里漏出来的断片，令他不由得回忆起过往来。想他是如何梨园戏台上炷尽沉烟，幽闺自怜。想那些璀璨耀目的点翠头冠如何春情难遣，情丝穿梭在衣香缥缈间，蓦地里怀人幽怨。

海岛冰轮初转腾，
见玉兔，玉兔又早东升。
那冰轮离海岛，
乾坤分外明。

那时候他每每唱到情自深处，总要踱步到台前站定，再吐气如兰地唱出几段悠然回转的隐秘心事。一钩弯月柔光点点，荡漾在飘忽不定的视线中，纷纷化作了水波涟漪。他那双美目，如烟波画船般，茫然地飘荡在浩荡的凡尘间，或许冥冥中也曾期许过一段良缘。但没有，再也没有，那人是不会再来看戏的。早听闻华北战事告急，已有城镇失守沦陷，他虽然不懂时政，但每日报纸上赫然入眼、白纸黑字的头条，他还是能参破一二的。只自怜一朝梦醒，早已时过境迁，换了天地。

好一似嫦娥下九重，
清清冷落在广寒宫，
啊广寒宫。

“云哥儿，今儿个看您唱得似乎不在状态，比起平日竟生涩了许多。怕不是这两日连轴转得辛苦，明儿个就歇息一天，改后日再开张呢？”犹记得一回转场闲暇时，端茶的小厮经过琳琅满目的梳妆台时，不经意地提了这么一嘴。

听得他本在描眉的手，忽地抖了一下，随即有些错愕地放下了手中的笔，露出一个浅笑，其中却透着苍白的歉意：“这几日总是抬眼便犯困了，也不晓得是天气的缘由还是怎的，人总是犯困，想是休息一日便好了。”

“听说梁司令前两日带军往华北去了，竟把城里的家眷也一并带着走了，想来此去怕是长别啊。落到咱们梨园头上倒好，这是去了一位顶好又难得懂戏的贵客，天晓得什么时候能盼回司令爷，再给咱云哥儿捧头场呢。您还记得您粉墨登场的头一回吗？那阵势，可真是轰动京城！”

头场吗？第一次登台唱戏是什么时候，他竟已记不清了，只记得唱了《贵妃醉酒》的四平调，赢得台下满堂彩，算是在京城盛名浩荡地开张了。正回想着，竟整个人都陷落到旧日的云彩里去了，不知置身何处，今夕是何年。他突然拉住倒茶的小厮，问道："哎，你听听，我还唱得对吗？"说罢，便起了一句。

皓月当空，
恰便似嫦娥离月宫，
奴似嫦娥离月宫。

小厮激动地扯着嗓子，赞叹道："可不是么云哥儿！您那云雀般谪仙的嗓子扮的杨贵妃，才真真是名动京城的'嫦娥下九重'呐！"

好一似嫦娥下九重，
清清冷落在广寒宫，
啊广寒宫。

正唱着，他却突然噤了声，细细凝视着镜中的自己，还有那尚未描画好的半截眉毛。忽然间，想起了以前跟着师傅学戏的时候，总觉得戏本上尽数风流的戏词，是最好背的。但要唱好，却是最难的。饶是背了、唱了，他也知道那总是不够的。总是有那些浸透在寒凉月光下，阴魂不散的琐碎心绪，在最偶然的间隙被勾起，仿佛从阴冷的月的流光中被湿漉漉地打捞上来，愈发模糊了本就不甚明朗的思绪。

清清冷落在广寒宫，
啊，在广寒宫。

正如他所料，那个人再也没有回到梨园看戏。后来，又有一封封信笺相继寄到了他的名下，每一封都龙飞凤舞却又言简意赅，惜字如金一般，向来只是问候安好，从不多言。但他总是要翻来覆去反复看好多遍，看那些潦草的字里行间如何流淌着涌动的暮色，就这么透过单薄的纸张，星星点点地渗入他愈发攥紧的指尖，在青白的指节处投下层叠的阴霾，以及那举世无诉的悲怨，家国兴亡的匹夫热血，是如何似烈焰般，一路从战火连天的华北烧至了他的眼前，仿佛正赶往一处无人收敛的落幕场地。而他孑然一身，却不知该何去何从，这天地之大，竟没有他的容身之处，甚至连一句戏词也无处安放。

玉石桥斜倚把栏杆靠，
鸳鸯来戏水，
金色鲤鱼在水面朝。

后来他依旧待在梨园，仍是唱了很久的戏，总是反复地演那一幕《贵妃醉酒》。落了单的鸳鸯，沉了湖的锦鲤，玉石桥下花颜死。好好的一幕戏，竟是被他唱出了无尽的哀怨，没有人知晓其用意为何，就连他自己也说不清楚，但隐约中似乎又是一种近乎命中注定的悲哀：一酒入喉，所有从惊蛰到霜降的万里江山，从南至北，都自浑浊的烽火硝烟中，豁然明朗开来。曾经的家国之恨，现世的儿女情长，都从那些隐没于世的沉眠山河间，缓慢而哀怨地升起。但孤独如斯，于他而言，入目皆是枉然。

啊，水面朝，
长空雁，雁儿飞，
哎呀雁儿呀，
雁儿并飞腾，
闻奴的声音落花荫，
这景色撩人欲醉，
不觉来到百花亭。

这东方的千里江山，姹紫嫣红，他已经看遍了，读懂了，唱尽了，而且比任何时刻都要透彻深刻。自己一路跌跌撞撞活到了现在，半只脚迈入了再无“牛鬼蛇神”的新时代，就此别过了那些悱恻缠绵、柔肠寸断的过往云烟。那些在京城梨园的夜，好像从未真正散场，离去的只是些震耳欲聋的掌声、如浪涌般的叫好声。但那些绰约窜动的人影，以及锣鼓喧天的唱念做打，都已悄然融入夜色的树丫，阴魂不散地爬满了时间所有仓皇的角落。

可待到他真正离了梨园，离了戏曲，他才恍然意识到那个人原来已经离开了那么久，仿佛于他人生的出走并不是一次偶然，而是一场过早被预谋的遗憾。原来人间一夜，竟也能长过青灯古佛，以至于那忽降的皑皑白雪，犹如满目的疮痍落满了青山。再后来，那介于家国个人之间的界限越发模糊，在赤裸又戏谑的醉意里，逐渐消失殆尽。

在湖边站了良久，他不记得自己是在什么时辰走回院子的。天已经依稀蒙蒙亮了，泛起点点灰暗的鱼肚白，然而冬日的寒意尚未散尽。正值春寒料峭、乍暖还寒的时节，几枝莹黄的蜡梅，窸窣地探进半开的窗棂，晃悠在案头前搔首弄姿，落下几道错落有致的疏影。一支钢笔被临时搁置在一旁，压着成堆的信笺，那是他写了又丢弃的回信，至今一封也没有寄出去，又或许有朝一日，还没等到他的回信，那人便会回梨园去寻他。但梨园已经不再，他又该如何捡拾那些已经错过的满腹遗憾？正如这十几年如一日般的苟活，钢笔，他向来是不擅长用的，写出来的字往往力度控制不得当，容易歪歪扭扭，仿佛随时要坍塌的长生殿。只有毛笔用起来才真正得心应手，但他偏偏又怯于书写，只因那挥毫落笔间倾泻而出的墨，似乎又沁出一缕幽幽的旧日迷思，伴着凉薄的醉意，总令他溺毙在贵妃帝王的温柔乡里。

通宵酒，啊，捧金樽，
高裴二士殷勤奉啊！
人生在世如春梦，
且自开怀饮几盅。

笔迹上的残墨已经微干，晾着几寸无人收敛的月光，仍透着凛冽的丝缕梅香。他轻轻阖了眼，趴在案头酣睡，不知何时肩上多了一层衣裳。

冷烟

序

伽蓝寺今年的雨季来得格外迟，仿佛从初春误入了凛冬，无意间闯进了佛家的清净之地。

而我已经老了，太老了，他们是这么说的——足够老，以至于俗世间的那些声音，已经听得不大真切了。“师父——”他们叽叽喳喳地叫唤着，总是不厌其烦地重复好几遍，但我一个人陷落在暮年的孤独里，对他们的呼喊往往置若罔闻。门下那些年轻的，青春鸟般的雀跃欢鸣，穿过重重山林、层层溪涧，到了我耳边的时候，已经薄如纱、易碎如珠了。唯一能入耳的，只有那呼啸的冷风，刺破夜间的幽静，吹得门帘上下翻飞，好似一位登门造访的不速之客。还有那凄厉的冬雨，窸窸窣窣地下，细腻又绵长。刺骨的寒意从青石阶一路流淌下来，竟堆砌出了一处小小的浅塘，晕出几钩朦胧的月来。

“茶已经沏好了，师父。”

我听见那年轻的声音在身后悄然响起，如雨后春笋般小心翼翼地试探着，似乎想从我这处老掉牙的古树中索取阴凉的垂爱。思索着，一瞬间，我好像又能听见他们的声音了，突然变得如雨声般清冽安宁，轻柔地拨开了笼罩在我头顶上方的阴霾。

“走吧。”

也许我的时间快到了，我是清楚的，那是同年轻截然相反的生命，我要做的不过是不紧不慢地走向迟暮的晚霞，迎接那紫红的、如烟般的冷冷霞光。但今年的冬天充斥着连绵不断的雨水，沉厚的乌云阴郁地积压成一堵密不透风的墙，一丝光都透不进来。

“我已经很老了，”我缓缓地坐下，对着年轻的小和尚说道，“而你还年轻。”

他似懂非懂地摇了摇头，递给我一杯茶。“师父，小心烫。”

烫！那是个多么充满欲望的字眼，已经多久没有从青灯古佛相伴的后半生中，敲打在我紧扣的心扉上，以至于蹿起一道强烈而又真实的痛意，逼着我直视那些被强行掩埋的往事烟尘。所有那些已经入土长眠，随四季更迭而冰冷腐烂的情愫，又在瞬间迸发出勃勃生机，抽枝发芽般束缚着我的脖颈，令我难以呼吸。爱，这个极遥远的早已被放逐的浪子，兜兜转转大半生，竟又回到了我的心上。那被唤醒的滚烫的爱，伺机报复般扎得我鲜血如注，明知道我已足够苍老脆弱，再无力抵抗，更无力反驳。

“好吧，我承认，我的确隐瞒了一些事。”

我不记得自己究竟是对着空气忏悔，还是对着面前一脸迷茫的小和尚，但我只是想继续讲下去。是否有人聆听并不重要，后院那些长存的山水，早在一切发生前就已屹立于世，饱经风雨，又何惧滚滚红尘间的跌宕沉浮？浮生一场，若梦几何，得不到纾解的心结，就像这久久不肯离去的雨季，而我是一叶漂泊的扁舟，承载着满船看似与我无关的悲喜，企图在浩瀚的欲海中保有一丝的清明。但我已经老了，哪还有什么所谓？再没有什么所谓了，再没有什么可以动摇或是影响我。无关欲望，无关夙愿，无关遗憾，也许是爱恨，但都已经没关系了，待到这场雨季逝去，我也就不再徘徊于世了。

“我已经足够老，所以有些往事，我不想带着它们一起入土长眠。有些未了的恩怨，最好还是将它们归还于世。留它们在这人间，对我而言，也是一种解脱。”

小和尚稀里糊涂地冲我点了点头，示意我茶已经微凉，可以喝了。我半推半就，抿了一口，只觉人间苦涩，久久不曾散去。

1

这是一个与烟有关的故事。

我背井离乡，赴京赶考那年，正好十九岁。自荆楚之地的渡口乘船，一路北上，我便是在那艘船上遇见他的。那夜恰值八月十五，中秋佳节，船舱内灯火通明，满目皆是跳着暖意的红，在狭小拥挤的空间内，与嘈杂的人声鱼龙混杂地绽放开来。

月上梢头，夜色正浓，我欲走到船头来透透气，不料却发现早已有人先登足宝地。有一层极轻柔的、朦胧的月纱，似有若无地浮动在他通身的白衣上，如休倚在肩头的散云，安逸而静谧，在凝止的时间里缓缓流动着。一阵交谈后，我才得知他原是苏州的一名乐师，此番进京竟是王府做宴，钦点去给王公贵族演奏助兴的。

乐理我是不大懂的，我笑着说道，纵有满腹的经纶竟也说不出个所以然来。他却不以为意，认为我与他的一番交谈很是投机，硬是要留我听他演奏一曲，想来我这样难得的知音，必然也是能懂琴的。我既没有答应，也没有拒绝，只是沉默地看着他拿出一张琴，坐正身子，一气呵成地拨出铮铮琴音来。那一夜的月亮突然变得清晰起来，太亮了，将整个人间都照亮了，露出那些贫瘠的荒唐与疏漏的苍白来，而我却看不清他的面容了。

他是笑着么？还是紧紧地抿着嘴，眉间紧锁，像是要将所有阴霾一收眼底那般压抑？太久了，是的，已经太久了，久到我已经不大记得了。他弹的是什么曲子？名字总该有一个，但我想应该不是《高山流水》，啊，那便必然是《春江花月夜》——

江天一色无纤尘，皎皎空中孤月轮。

也对，所以我想他应是笑着的，对我笑着。他的那双眼眸，如两座坚挺的青山，静静地倾泻出丝缕的柔情，如春泉般不经意间地流淌下来。他就这么直直地窥探进我内心的深涧，一丝动摇也没有。

月，至今犹记那夜的婵月，是如何劈向起伏的远山群黛，向溪涧瀑布散下几片残影。那些徘徊游荡的衣香鬓影，如鬼魂般徜徉在静谧的江面，映出另一幅清冷独绝的人间。那样的冷冽，我只在诗词中偶然地触碰到过，犹如寒梅凝香般短逝，抓不住，更留不下。我心中陡然升起一阵无以为安的怅惘，与周围的热闹格格不入，一时间竟想起了城中燃放的那些绚烂烟火，是灿耀过后又无人收殓的悲哀。

后来船上的小厮端来两壶酒，是当地盛产的青梅酿，佐以一碟桂花糕，很是开胃可口。只可惜我离家匆忙，未料到八月十五的中秋节，自然也没有带上一两块月饼。倒是他，浅斟几杯酒后，竟从包袱中掏出两块色泽鲜亮、顶好看的月饼来。

晓得你们荆楚之人好咸五仁馅的，他的声音温润如兰，带着一丝苏州的温顺口音，但是我们江南一带恰好又喜甜得厉害，你尝尝看，还吃得惯不。一脸醉意的我，听着他的苏州嗓音，也根本不恼，心中反而平静许多。只是笑着从他手中接过一个月饼，无意间多瞄了一眼：那双白玉般纤长、指节分明而又光滑的手，果然是乐师的手，生来像是碰不得尘世间的杂烩琐碎的，磕不得碰不得，得好生供着。我收回了目光，顺势一品那苏式月饼，果然如他所讲：入口外皮酥脆，内馅香糯软甜，细腻的豆沙甜顿时铺满了舌尖，连吐出两句话都带着甜意，嘴巴跟抹了蜜似的。

我一杯杯地倒着酒，想必双颊已是微醺泛红，却依然晃晃悠悠地站直了，一字一句地听他如何祝我考取功名，是的，我都听进去了，往心底去了。说罢，他又为我演奏了好几首我叫不上名的曲子，但时至今日，我还记得那一曲《春江花月夜》。还有他的那双青山般依旧的眼眸，永远地嵌进了那夜流淌的月色里，如绕梁迷烟般，久久不曾散去——与城中的烟火是绝不相同的，那一瞥入心的悸动，带着冷冽的静谧，早已悄无声息地越过了永恒。

江畔何人初见月？江月何年初照人？

八月十五的夜，一望无际的江，我对着未眠的月悄声许了个愿：若是考取功名，便去苏州做官。

2

后来，虽考取了功名，我却没能如愿去江南当差。北有匈奴屡次进犯，而南蛮纷争又不曾消停，朝廷中正是缺乏人手的时候，在这个紧要关头，我不出意外地被调配去了边西。疆野边境，漂泊之所，那里是一望无际的大漠旷野，触目所及之处烟尘漫天。

边疆的烟不同于那八月十五的夜般静谧短逝，而是怀揣着狂躁桀骜的性子，摩擦着荒凉大地间粗粝的砂石，扬起许多浑燥的沙砾来。作为一个来自水沃富饶的楚地之人，初来乍到时，我是极不适应这里的气候的，更喝不惯那流行于军营中将士们举杯共饮的烈酒：每一次举杯，那浓烈白酒的冲劲，此起彼伏地撞裂在瓷碗裂口的边缘，泡涨着浑浊的空气。满目的星辰都镶嵌在纹丝不动、连一阵风都没有的暮色里，所有隐秘难言的情愫也凝固在这静止的浮躁里。一杯辣酒，就把整个薄凉的夜空都给灌醉了，在将士们长吁短叹的呼吸间，一点点燃烧殆尽。

也就是在那样粗犷的烟尘中，永无天日的醉意里，我同他写了许多信，笔墨落于纸上，忽地就化作了滚滚烟尘，弥漫出一股尘世间的馥郁酒香。我一刻不停地写，仿佛要把琐碎的日夜都封存起来，沉淀发酵似的。但独对孤月残云、大漠长烟之时，又有谁与我同饮共适呢？

有时是夜半深时，棋盘残局前，浅浅思索这些时日来的点滴，都一五一十地写进去；有时赶在朝阳初升前，案台前的油灯微摇曳，趁着尚未燃尽，再把昨日往昔道一道，以诉衷肠。那些信，他一封也没有回，以至于我不晓得有多少封究竟是送到了他手上，又有多少封是他实际读了的。再往后，我便写得愈发少了，直到边西战事告急，就戛然而止了。

信断了，但烟，那一缕日夜漂泊的野烟没有断。它总是能够掀起我心中那一缕不愿被人察觉的荒唐的苟盼，即使是在最难挨的时刻，仍企望着冷冽的风会日复一日地夹来远方的黄沙：在那最粗粝的砂石中，也许或多或少地掺杂着他于我而言，柔软而弥足珍贵的、即使是三言两语的简单回音。恍然间，我又忆起那夜铮铮如泉的琴声，在他的指尖倾泻而出，蜷缩在月光的缠绵里——

此时相望不相闻，愿逐月华流照君。

他也曾面对着这般月色，怅然无言，而心有千千结吗？

张若虚的那一首《春江花月夜》，是怎么背的来着？

鸿雁长飞光不度，鱼龙潜跃水成文。昨夜闲潭梦落花，可怜春半不还家。

不，至少这一句不对，后来边西陷落，匈奴军队的夜袭策划了一把大火，将军营烧得干净。那冬夜的地平线深处，暗藏一段发烫的历史，被烙印在不光彩的惨败之下。正值隆冬腊月，而我的这张脸也在撤退时毁了一半，甚是可怖。后来班师回朝，返回京城时，已是三个月后，早已过了春寒料峭的暧昧，满目皆是温婉的春意。

那时我才得知，原来朝廷早已与南蛮和匈奴签订和平条约，划清界线，彼此允诺三十年不再相犯。直到那一刻，我才后知后觉：原来这边西的仓皇一梦，塞外边声里的落日长河，都不过是皇城第一把椅上那九五之尊的一步刻意让出的棋子而已。为了不落得满盘皆输的惨败，而让渡弃子，这么简单的道理，明明在教书先生的私塾都学了个透彻，不免责怪为何自己竟迟钝至今。皇帝想来也是为了安抚体恤这一众弃子，大多都嘉奖封地，官爵俸禄一个不少。但我只觉得身心俱乏，一封辞书几欲提前告老还乡，又不免招致许多反对，陷入众声反对的局面。

“你还年轻，大有才用，若是再过三年五载，将来必成大器，皇帝不会放你走的。念在你刚从边西归来，舟车劳顿，想必也需要一番休整安顿。去青州吧，这是圣上的意思。做个清官县令，远离朝廷，倒也算归还你一番自由。皇上体恤你的心情，嘉奖优待自然是不会少的，过几日收拾好了，便及时启程去报到吧。”

可我当时想去的是苏州，我心里只有那个人，但接过旨意时我终究是什么也没有说。

3

回到青州后，我的日子竟愈发单调乏味起来。没有了大漠那塞外边声的纷扰，蜀地的山水是一幢幢耸立的沉默，始终含蓄而内敛地立着。那水天一色的边缘，两岸的盈盈青山连成一条盘踞长江之畔的青龙，像是早已熟悉了人间的烟火气般，栖身于尘埃里，不愿再飞升离去。

青州的烟火气是种不一样的烟，褪去了大漠粗粝而坚硬的气质，取而代之的是从水中轻轻打捞出暗香盈袖般的温柔，悄无声息地潜入日夜间，一转身便落满了馥郁的暮霭黄昏，弥留在旧病缠身的酸软肩头。人生能有几多愁？我自然没有李煜那样的感悟，但却觉那人、那曲，仍绕在耳畔，足够厮磨困住我半生。

与北方不同，这里的气候又总是暖的，少了几分春寒料峭的冷厉，焐出几缕南方的柔和来。乍一说来，倒同原来的荆楚之地有几分相似，却又不完全相同。几颗葡萄串子儿似的水珠，亮莹莹的，在绽放的紫萝瀑布间打着滚儿，缓缓地汇作一条黛色的溪流，倾泻在春日宴上，又是一番别致的景象。这一处小庭院向来被打理得标致，蜡梅兰草等诸多灵秀，都能于此捕捉到些许摇曳的身影。朝廷中的人总说，来青州做官，几乎与归隐之后颐养天年无异。此地地域条件本身就得天独厚，风调雨顺，鱼米不愁。所谓的国泰民安，说到底，不过是打点好自己的小生活而已。初来时，我的确有这样的感悟，但更多是感慨自己的心思已苍然老逝，如同青州的古树般，再无风雨能激起少年时那般无羁的情怀来了。

春日宴上，宾客早早便入了席，饮起青梅酒来。我拿着酒杯，端详半晌，只觉那明晃晃的朝阳落在这清澈的酒酿中，竟软作一潭如水般松散的醉月，一缕沉烟般独眠在杯底，令人舍不得下口入喉。若是喝下一杯月亮，那心间该是涌动着多少无名的惆怅与忧思啊！

当年的八月十五，我与他泛舟江上共赴京城，而那两壶青梅酿，我至今还记得。青州这里的酒有太多种，但唯独青梅酿并不是本地的原产，自然成色味道也差了许多，但每每设宴，选的却还是这不大中喝的青梅酿。一口入喉，回忆好似发酵般，竟也悟出了许多平日未曾想起的酸甜苦涩来，独留一缕意难平的余韵。

我记得那年，坐席下方有一年轻的琴师，笼着一层朦胧的轻纱，纤长的指尖正挑拨着悠扬的琴音。微微震动的琴弦，如涟漪般烂漫地发散开了，清丽的音色揉碎在落花芳菲间，竟也沾染上一丝沁人心脾的芬芳。一晃神，我竟将他错认成当年那人，也不顾在场的其他人，便直喊出他的名讳。当那久违的、就快要腐烂于沉积年岁中的呼唤传到了他的耳畔时，他诧异地抬起了头，随即映入我视线的却是一双陌生的眼睛，充斥着满眼的疑惑。

但也正是在那短暂的停顿和踌躇之中，我的悸动与热情都颓然而逝。我曾经，是的，曾经——我曾经想走下席位，直接抓住他的手腕，质问他那些信在哪儿，收到了没有。我寄给他的那些信，从边西马不停蹄地赶过来，沾染着风沙、杀戮和滔天的血意、孤寂凉薄的号角声，我倾心落下的笔墨都作了那游荡于世间的孤魂野鬼，一团团挥之不去的冷烟。

我还想问，问他这些年究竟都去了哪里，为什么一封信也不回，我有那么多的话——但所有的言语，都在他抬起头的那一刹那，化作烟云。脸还是那张脸，可当那双陌生得令人发怵的视线直直地对上我脸颊上的疤痕时，却下意识地退缩了。其中有恐惧、疏离，还有数不清的困惑。那是比衰落的烟火后还要冰冷的一种冷漠，它自上而下地浇透了我被麻痹的全身，才意识到这不过是一场荒谬的错认。

那日宴会散后，我回到府衙上，却有小厮上前递给我一封信，说是从苏州来的。我有些动摇，却不愿过多猜想，只撕开后直接扫到最底下的署名，果真是他。这世上，竟真能有如此多的巧合吗？偏偏在这个节骨眼，在失望后又重新给予一丝浅薄而微弱的希望！真该如此吗？怀着难耐而激动的心情，我迫不及待地想要仔细品读信中的内容。在那之前，我不忘问起小厮这封信是从何人送来。会是他本人吗？小厮却连连摇头，说不得而知，只一大早这封信就在门口了，连送信人的影都没见着。罢了，也罢，我心不在焉地答道。即便如此，我心中那几分偷来似的窃喜，却未减丝毫，跃跃欲试要回到书房挑灯细读，琢磨着该如何回信。

后来，自苏州而来的信件忽地发了狂般，如流水般络绎不绝地涌向青州，挤进那钟灵毓秀的小山小水间，像是要同我没日没夜地痴缠。有些时日我忙于政务，只来得及半月回出一封，他却极蹊跷地寄来多余的三两封。每一封信的篇幅虽并不冗长烦琐，却也字字真切，读来倒是需要些悉心斟酌的。冥冥中，我隐约揣测他似乎是在背地里酝酿些什么，但视线余光每每落回那娟秀清丽的笔触，就不得自知了。仿佛春日里被蜜蜂一点点蚕食殆尽的百花，末了却道不出自个儿其中滋味来，只觉爱恨纠葛与长久别离相比，一时间竟也说不出哪个更惨烈些。

来信里的他，却好似换了一种性子，总是追问起我曾经在大漠的那些时日，却甚少提及他自己这些年来的生活。而边西过往，有些我早已记不大清，却也不好意思在回信中敷衍了事。

听闻青州地灵人杰，想来也是一块福泽宝地，此处安居也是甚好。

他在信里是这样写道。

青州虽好，却远不及苏州。

估计我落笔时也是调侃惯了，竟写出“倘若他日相会，希望还能尝到当年的苏式月饼”这样荒唐无羁的话来。直到小厮将信都送出去了，我才后知后觉地往梨花木椅上靠了靠酸疲的肩膀，一瞥铜镜中多生出的几缕白丝，早已从风尘仆仆的鬓角偷偷地钻了上来，但额角那些树干般的皱纹，却笑出几朵破冰般的涟漪来。原来我已经许久没有笑过了，以至于多年后再笑，竟也生分僵硬了许多。就连笑，也是需要反复练习的吗？

不知怎的，我想起那些梨园戏子的笑来了，或许我该向他们请教一二该如何笑，正是明眸善睐、巧笑倩兮那样的。我在青州就认识一个这样的朋友，是唱旦角的。那年中秋，他刚好随着戏班子游历完大好山河，回归故里，准备休整歇息。八月十五那夜，我差人去请他来陪我一同看戏，当晚演的是《牡丹亭》，我们在台下酌了些小酒，到了后半夜竟微醺上头，兴致飘飘然起来。他一时兴起，便唱了几段《游园惊梦》的曲，很有韵味。当时不知怎的，我也想起远在苏州的那人了，若是他在此一同奏琴和声，岂不美哉？

当时立秋刚过，我在花园里散步时，忽然想起杜丽娘游园的故事，便有了重读《牡丹亭》戏本的闲情逸致，从藏书阁倒腾一番，摸出了一份珍藏的抄本来。不巧读了几幕戏后，自己也蒙着午后慵懒的晕日，在一处假山石上会周公去了。但我没有醉梦。实际上，我谁也没有遇见，更无那段如梦似幻的戏曲佳缘。然而就是在这样迷蒙中，魂魄抽身而去，陷入一半怅惘一半游离里。渐渐地，竟隐约听见一些回响的嘶嘶哀鸣，好似两岸哭啼泪珠难断，更难斩东水长相忆，无处话别离。我醒来时，见府中上下乱作一团，才从小厮口中得知原是天府那边濯锦江发洪水，大水冲了龙王庙，什么都淹没了。

我心中暗道不妙，想起前些日子八月十五，他还同我提及天府之都的如何种种，说是有到那边唱戏的打算。如今大水淹城，我正欲遣人去询问那戏班子的下落，不料对方的口信竟先来了，说是当时戏台上正热火朝天地演着，那潮水排山倒海般灌顶而来，顷刻间便找不着人了，连影儿都捞不着。这简短的口信是从老戏班头子那儿传来的，想必不会有假，一条人命，演了半辈子的戏，却在言简意赅的短短几个字眼里，满是遗憾地仓皇落幕了。

霎时间，我的梦跳了魂，醒了，又死去。我没死，死的是戏中人、戏外人、演戏的人。那些幽怨婉转的悲戚，都是长生不死的妖魔，剥人皮蚀人心，叫人落得个尸骨无存的境地，连我也无法为其作最后体面的收殓。啊，怎么说，可惜了他那副好嗓子，叫我如何怜惜那段唱词，每每听来都令我魂不守舍，人不是人，却似鬼了。

原来姹紫嫣红开遍，似这般都付与断井颓垣，良辰美景奈何天，赏心乐事谁家院。朝飞暮卷，云霞翠轩，雨丝风片，烟波画船，锦屏人忒看的这韶光贱。

那晚，他哼的是这一段，但此时回旋在我耳畔的，却是结尾那最后几段无处安放的深闺幽怨。

你说这杜丽娘，怎么就如此痴情呢，最后还害死了自己，他那晚对着戏本子品头论足，这是我头一回见到一个戏子如此认真地批评起戏来。

> 偶然间人似缱，在梅村边。似这等花花草草由人恋，生生死死遂人愿，便酸酸楚楚无人怨。待打并香魂一片，阴雨梅天，守的个梅根相见。
>
> 你游花院，怎靠着梅树偃？

或许等你有了心上人，就能懂杜丽娘的心境了，我笑着同他讲道，情深不知所起，说的就是这个意思。他摇了摇头，似是同意，又似反对，哼道：

> 一时间望眼连天，一时间望眼连天，忽忽地伤心自怜。知怎生情怅然，知怎生泪暗悬？
>
> 为我慢归休，款留连，听、听这不如归春幕天。难道我再到这亭园，难道我再到这亭园，则挣得个长眠和短眠？知怎生情怅然，知怎生泪暗悬？

唉！只管那夜，我真把他当作是杜丽娘了！

听闻噩耗，我一时涕泪纵横，明明尚在白昼，双目所及之处却皆是暮色昏沉。隐约能窥见，那一抹借来的笑意，仿佛一缕牡丹烟尘，从我这具日渐衰老的疲惫身躯中抽丝般剥离出来，又被赋予了新的生的渴望。那是因为我想起了苏州，那人寄来的信，还有那人。这世间情谊还有所保留，以至于我仍有所眷恋，有所贪慕，有所不甘。让我做一阵风尘、一缕烛烟，我要肆无忌惮地飘呀，没完没了地纠缠：吹他的枕边风，坦坦荡荡地闯入他梦里的清河，不是用我自己的声音，而是来自那些无法被超度的、至今仍徘徊于世间的孤魂野鬼，一众咿咿呀呀地嘶吼着，唱出了血与泪。

知怎生情怅然，知怎生泪暗悬？

今夜人间照独眠，思君不见，怎知我夜夜独无眠。

4

苏州来的信是在三年后断的，赶上了一个不温不火的夏末。来时的最后一封信竟成了绝笔，说他已身染重疾，不得而治，此生虽有憾却无悔，还望我珍重。落款处题的是“遂珍重白羽兄勿念”。

乍一回读来，只觉好气又好笑，但又生不出几分怨，至于那些恨意，早就浮肿在迷蒙的月色里，沉沉浮浮好多世，终究是怎么数也数不清了。我临起了几封回信，都快马加鞭地送了过去，但再也没有收到一封回信。直到霜寒露重的一个初秋之夜，我才得知他早已不在人世，还是他夫人托人捎的口信与我。

我似乎已经平静地接受了他的死讯，这好似是既定的，命中逃不开的一劫，不是他的，而是由我来度这场劫难。仿佛冥冥之中约好的那般，在坦然裸露的命数前，我都全盘接受。但唯独，不该是这个，即便是，可是怎的、怎的，他怎的何时得了一个夫人呢？但如若真的恩爱有加，为何从未听他提起过？

那夜我仰躺在卧榻上良久，只觉头顶那赤色的雕花悬梁红得刺眼，犹如一种兽性难收的凶恶注视，盯得我浑身僵硬，意识混沌；终其一夜只能翻来覆去，辗转难眠。好不容易撑到了天边泛起鱼肚白，灰蒙蒙的曙光却隔着窗棂缝打着转，怎么也不肯落进我这阴郁的内室里来。屋内难得竟静得没影也没声，叽喳的鸟鸣无处寻觅，连平日里摇曳的兰草都萎败下来，在连着几场雨后仅剩一片黄瘦的枯梗断叶。

头七那日，我喝醉了酒，便跌跌撞撞地来到了当地山头上的一座寺庙。那日天色清明，却不合时宜地下着蒙蒙细雨，险些将我烧的几炷香给浇透，几根湿漉漉的香，无精打采地耷拉在一起。我恨它们这副模样，又奈何天公不作美，只得多奉了几份香火钱。那驻守在祠堂门口的小和尚见我豪掷香火，定是猜出了我的来意，悠悠然请出了寺庙里面的老住持僧人。我打了个酒嗝，自觉失态，但又异常激动地抓着老住持的袈裟袖，颤抖地问道该如何超度亡灵。他也不恼，只是问我所因为何。我答，一个落了水，另一个……还有另一个是病逝的。何疾之有？他又问道。

心疾，我答，为情所困，不得而终。

他听了，须长的白眉轻微地抖了抖，便往后退了一步，细细摩擎起手中的那串光滑圆润的佛珠来。他俯身对着小和尚说了些什么，而后又转向我，眼中尽是佛家人的慈悲与怜悯。醉酒的我，迷迷糊糊间，只能依稀看见他一张一合的唇间吐露出些许话语，犹如颗粒饱满的珍珠玉盘，敲击回荡在祠堂的朱红围墙之间，令我身形一震，心下也为之所动。

长老，如此这般，可还有来日可盼？我又该何去何从？

他没有回答我，只说尤其对于无辜枉死的冤魂，理应要磕头放灯，以表敬怀哀思，头七的夜里还要守灵。我都一一照做，只是醉醺醺的，整个人都泡在酒缸里似的，总也清醒不了。做完这一切后，那天夜里没有月亮，只有几朵借来的光绽放在枝头，同细碎的竹影一道，柔弱无骨地摇曳着，像藕断抽丝的少女臂膀，白惨惨的。我跪在祠堂内已半天有余，白日里供奉的几炷香也早已燃尽。身后，依稀能听见老住持轻声的叹息，在飘忽不定的烛火间，时有时无的风声里，竟传得很远。至于那幽暗而炽热的烛光，跳跃的火舌往往在无风的时候忽地熄灭，却又不知何时悄声亮起来，如此往复，便是头七一整夜。

后来听寺庙的和尚说，第二日清晨，扫地的小和尚发现我晕厥在祠堂殿内，便喊人把我给抬了出来，还塞给我两块月饼，怕我是伤心过度茶饭不思，饿晕过去的。我悠悠醒转时已是黄昏，天色已经沉了下去，余晖隐匿在巍峨群山间，再无迹可寻。下山时，我打着一个灯笼，却觉得头顶的月色格外清朗，照得山间那滔滔江水，奔向极遥远的天际去，仿佛逐月般，要去够那嫦娥的裙裾。且看水云起落间，玉生烟寒摧残蕊，枝折伴月冷桂香。走到半路，直到山下的城中又跃起一束流光似的烟火，我才恍然惊觉，那竟是又一年八月十五。可那轮巨月，却早不再是当年那轮月，而是犹如一面尘封的铜镜，映出几缕稀拉的黯淡花火。

江畔何人再见月，见月不见去年人；江月何年再照人，照人难照泪黄昏。

5

其实再往后数十年的日子里，我时常俯身于案前，多感心力交瘁。光阴如流水般从指间滑过，这份难以言喻的力不从心，随着许多脆弱的苦楚都一并匆然流逝。都说五十知天命，那年我索性彻底辞去了青州的官职。然而这一次，朝廷那边再没有委婉的挽留，只是将后续接任之事打点妥当后，再没有追问过我后来的去向。一朝卸下了肩上这几十年来扛过的一切，登时只觉头重脚轻，连走在街道上的步伐都是飘浮的，踏遍紫陌柳巷间，怎么也找不回自己当年逍遥恣意的身影了。原来我早已不是少年郎。可是我老了吗？我老了，却又还不够老，老得不够彻底，所以依然痛苦着，既不足够年轻，更不老得彻底。半生已过，可哪里才是开始，何处又能作我栖身的归宿？

当我决定以游历九州的大好河山来枉度余生时，却又迟迟踌躇不前，只觉世间游魂残魄千万万，倘若哪一夜他托梦归来，我却不在旧时旧地等他，又该如何？我有时夜里惊醒，梦回自己竟如杜丽娘般感伤，只觉也是徒然守着一座空城的相思罢了。生却不如死，爱又求不得，但归根结底令我困扰的还是——他真的喜欢过谁吗？如果是，那为何这么多年未曾告诉过我他早已娶妻的事实？好一个一厢情愿，好一个相见恨晚，都似镜花水月，雾里看花，没个了结。可我不认为是谁错付了什么，不过是这场非常的折磨所绽放的一朵徒劳，败落给了无果的季节。我毕生渴求的，也许不是他这个人，而仅仅是一个无望的答案而已。

即使是我最终选择皈依佛门的那个无人的清晨，我也从未真正彻底地放下过。几番颠簸兜兜转转，最后来到伽蓝寺，也不过是因为打听到他的灵柩被移回了祖籍长安。当时的长安城还算热闹，但风采却早已不复当年，而伽蓝寺又在郊外，更是幽寂绝世而独立。每逢雨季，那风声便如泣似怨地抓挠着肃穆无言的青灯古佛。而我跪坐在祠堂内，望着一炷炷香升腾而起的白烟，如何缭绕在我的身侧，只觉颓然又无奈。那烟将我愈发僵硬的肢体与昏沉的意识束得又狠又紧，死死地缠绕在一起作个死结，好像我与他这一段无法被宽恕超度而徘徊于世的苦海孽缘，将继续纠缠下去，永无清净。

那时候我已经年过六十，腿脚不太利索，早已不便下山。一开始，我还会偶尔嘱咐年轻的僧人，替我打听他们家的祠堂位于何处，期盼着有朝一日能去祭奠。但回来的和尚都说，城里没有人听说过这家人，又或许是朝廷常年征战，人口流动，那些老一点的大户人家，早已死的死、散的散，自然都不记得了。时间一长，我也就放弃了询问。直到某日，一个风韵犹存的少妇来到庙中，点名要见我一面，说是要向我道谢。

施主所谓何意？我问。手中却不曾停止搓捻着佛珠，微微颤抖着，竟有几分莫名的紧张。

为这么多年超度他的魂魄。她安静地注视着我的双眸，我却一直低着头。只心中道一声微叹，原来是他的发妻。但我二人并未有夫妻之实，只是奉父母之命，媒妁之言，少时成婚，这么多年来相敬如宾，膝下更是无子无后。她说关于我的事，她也从他那里知晓一二，愿意为他代笔解难。我不晓得她为何要突然和我说起这些来，在我看来甚至有些唐突的意味，好似这大半生徒劳的追寻与坚守，经她朱唇轻启，吐露两句巧语，便溃不成堤。那一刻，我蓦地正视起她来，望向那陌生的眼眸里，按捺不住自己滔天的怨气与恨意。原来我回到青州后收到的那些信，都是她代笔的。从他患病初始，到病重榻前，不能亲自去寄信，她一边照顾他，一边却压下了那些原本要送到边西、送到我手上的信。后来直到他病逝，她才想起那一沓被压在箱底、尚未寄出的信件，谁知却捺不住好奇心一一读来，故而察觉了我们之间的种种。后来，她暗下决心，想代笔他与我通信，为的就是让我断绝了这个念头，让我对他断了念想，却不料她竟先深陷其中，难以自拔。

你可曾改嫁他人，我又问。她摇摇头。若是可以，我愿削发为尼，从此青灯古佛长相伴，以赎我的因果罪孽，她说。我强忍不快，继而再向她询问起祠堂一事，她却说先前已经失火，早在十年前化为灰烬了。只那一瞬，我便晓得，那缕烟尘终于要散尽了。这世上再也没有那人了。我大为震撼，久久不能言语，半晌只叹出一句阿弥陀佛，便要转身离去。临走前，她抓着我的衣袖，泪眼婆娑地问我恨她吗。

恨？我觉得我的眼角是泛着笑意的，可是我早已不会笑了。恨是什么滋味，即使曾终日醉倒在恨意中抑郁沉沦，我也早已淡忘了。

那些刻骨铭心的时日，在这太长太苦的一生里，却仅仅只过了一瞬而已。究竟是谁，是哪里出了错，叫一段不合时宜的情缘，堕落成仇孽般的劫难，叫人爱别离，恨长久，求不得，放不下。

6

师父？

恍惚间，似是有人在摇动我的肩膀，那忽闪的烛火陡然炸裂开来，迸射出星点的光热。趁着一缕蒙纱的昏黄，我缓缓地睁开眼，才发觉是与我对面而坐的小和尚，那一蹿一蹿的火影跳动在他年轻的脸庞上，四处不安地闪躲着，像是要避开我身上衰老的气息。

见我逐渐回神，他也不恼，只是又要沏一杯茶，但被我拦下了。双目对视的那一瞬间，我先撇开了头，视线便落在手中的佛珠上，有一颗不知什么时候已经骨碌碌地开裂，于黑压压的祠堂暮色里，渗出几缕熏人的寒香来。冥冥中，仿佛一只滴溜圆的眼珠，随时要掉落下来，落在我脚边，以仰望我无边的怅惘，注视我无声的哀思。

“师父——”小和尚不温不火地向我解释道，“您方才讲到一半，似乎是睡着了。我看您似乎是做了一个梦，又沉浸其中，便没有叫醒您。”他说得很慢，一字一句地讲着，细声细语的模样，令我想起了一些陈年旧人，也是温声细语的，宛如极遥远的春熹霞光里摇曳的门前柳，撩拨着漂泊半生的寂寞。不该的，我不该再去想那些，但我手中紧握着的那颗开裂的佛珠，又算什么呢？

我端起面前的茶杯，轻轻抿了一口，碍于浓烈的苦涩，又悄然放下。那盏茶已经冷了，然而在这深秋寒露的侵蚀下，却又冷得不够彻底；以至于那残留的一丝暖意，诡异得令人发指，似乎是从人间茫茫长河中偷来的索取，来得更为不可思议。令我想起了刚逝去的时候，活着的人心已经冷了，可死去的人心却还暖着。

究竟是谁活着，谁死了。后来，谁死了，谁却再也没能活过来？

“我的确，的确是做了一个好长的梦。”

滚滚烟尘，南柯一梦。

垓下歌

1

我刚被调到青州任刺史时，曾听酒馆客栈的小厮讲过一段隐秘的往事。一开始我有几分不信，只觉得那故事太过离奇，指不定是一时兴起的酒后笑谈而已。但多年以后，当我再每每回想起那其中的人与事，倒是孰真孰假，难以揣摩了。

那小厮说十几年前，曾有一位游历山河的剑客莅临过他所在的客栈，要了一壶酒，却没要任何下酒菜。小厮不解，小心翼翼地询问所因为何。谁道那人却一言不发，抡起酒壶便向地上整整齐齐的青砖一并倾倒，醇香浑厚的酒在众人的喧哗中洒了一地，他却一口也没喝。

当时，小厮吓得魂不守舍，恨不得当着那剑客的面猛扇自己两个耳刮子，以保小命。谁知那剑客压根不恼，洒完酒后只是从怀中掏出一锭银子，极慷慨地扔给了惊魂未定的小厮。

“我活了这小半辈子还没见过那么重的银子！”只见那小厮咧开嘴痴笑着，一副合不拢嘴的欢喜，又道，“但当时若只是看他的眼神，会觉得那位侠士怕不是动了杀意，要取我的项上人头。谁知他说这酒是祭奠一位故人的。”

也不知哪来的胆子，拿了银子的小厮屁颠地凑上前去，说自己收了客官的银两就该听人叙叙衷肠——这双耳朵本就生来无他用，权当是给人听了排忧解难去！或是被小厮死皮赖脸的执着给逗乐了，那剑客将腰间的剑放在一旁，款款俯身凑近了低语道：“旁人不信我，你就会信吗？”

小厮的头顿时摇得跟拨浪鼓似的，随即又拼命点头，心中直骂自己被几两白银蒙了眼，失了智，竟变得这般不识眼色。

“罢了，同你讲也无妨。”那剑客似是对他的反应司空见惯，只是挑了挑眉，不甚在意地轻叹一声，“当年虞姬一曲别霸王的佳话，你听过吧？”

小厮点头。

“虞姬是真的，自刎也是真的，项羽也是真的。”说到此处，剑客若有所思地看了看躺在桌上的那把剑，顿道，“只是——”他没有急着说下去，而是瞥了一眼那小厮。而对方眼中尽是困惑，急急等着他的下文。

“虞姬是个男人。”他淡淡地吐出六个字，却宛如惊雷。

此语一出，一众哗然。

“他是我哥哥。

“这就是当年他自刎的那把剑。”

2

听说我娘当初怀我哥的时候，曾经好心施舍过一个贫困潦倒、饥饿濒死的道士。我娘于心不忍，煮掉了家中最后一小撮麦糠，盛给了他一碗热粥，算是救了他一命。那道士为了报恩，便主动请愿要为我娘算上一卦。我娘笑着指了指她的肚子，意思是先生不如为孩子算算吧，我这辈子也就这样了，但孩子的路还长呢。

那道士听了也觉得不无道理，于是掐指一算，口中念念有词。这一算不得了，道士眉头却越发紧皱，顿时两片阴霾落在脸上。我娘见了，有些慌神，忙问道长可是算出了什么。只见那道士俯身向我娘作了一揖，缓缓吐出八个字："男生女相，名震天下。"

我娘不识字，也不是什么文化人。当时听来，只觉得像是吉利之兆，便谢过那道士，先前的疑虑也一扫而空。

后来果真如那道士所说一般，我哥从小就生得白净，性子又温顺，再加上那张细皮嫩肉的脸蛋，逢人看了都说他像个女娃，甚是讨人欢喜。我哥刚过三岁时，就被我爹拉着上街，与他一同在街上说书卖艺，挣点微薄银两补贴家用。原本我爹的生意只是平平淡淡，偶尔逢年过节时才稍有些起色，自从带上我哥后，听书的人也多了起来——多半是被我哥那副水灵的模样给吸引了，一时间迈不开步，就索性坐下听一段书。

甚至一度有城里稍富裕的大户人家，单单看中了我哥姣好的皮相，说是想要回家做童养媳。若不是我爹实诚，直接用我哥是男娃这一事实劝退了那些人，指不定我哥小小年纪就被当作女娃卖去给那些阔绰的公子少爷作陪房了。

再后来，又听我爹说，我娘在生我时就没能熬过去，家里当时穷得叮当响，连副像样的棺材都买不起，只能草席裹尸，不能让我娘走得体面。因为这个，爹一直对我有怨，也不愿意同我说太多的话，他似乎是更喜欢我哥一些。

听我哥讲，那时爹在灵台前站了一整天，始终掩面而泣，这是他第一次看到这个男人哭。那时他也不晓得情深二字如何写，只记得那日天黑得格外早，我哥偷偷摸摸地躲在灵堂外像个小老鼠，不敢上前去打搅父亲。

“你生前没跟着我享到福，死后竟还不能让你走得体面。”爹像是失了魂，喃喃低语，“要是有下辈子，你别再遇见我，我便不再让你受苦了。”

我哥在墙角就这么静静地蹲了一夜，冷风吹得两腿发麻，差点都不会动弹了。而我爹喝醉了酒，在灵堂里睡了一天，直到次日半晌黄昏时才醒来，却满屋寻不见我哥的踪影。只有我一个人在襁褓中，因为挨饿而哭喊了一阵，那揪心的疼才将我爹游离在外的神志给丝丝缕缕地招了回来。

又是一日，我哥满眼通红地回来了，刚进门的时候他步伐打飘，像是彻夜未眠。他还带着一纸卖身契和签字画押的字据，就这么轻飘飘的几张纸往我爹手里一塞，却比任何银子都要沉重。那一天，我哥把自己卖给了戏班子，换来的银子全给了我爹。我听说众人见他不等我爹的反应，先跪下磕了三个响头，又走进我娘的灵堂，对着那牌位不住地磕头，直到额角渗出了丝丝缕缕的血，才被人劝住，说要是伤了脸蛋，就在戏班子混不下去了。

“爹，孩儿不孝。”他跪在地上，嗓音喑哑，像是早已哭过几场，“养育之恩，无以为报。只有这些银两，您拿去给娘亲换一副上好的棺材，让她早日入土为安吧。”

说罢，他便转身离开了。爹沉默地抱着怀中的我，自始至终，一言不发。待我懂事后，爹跟我讲起我哥，说当年因为家里穷出于无奈，我哥才把自己卖到了戏班子里去。据说是在那里好歹能学点舞剑杂耍的技艺，讨得贵人的赏识和欢喜，便能吃上一碗饱饭。又何况我哥生来就是一副好皮相，这条路他选得也有他的理。

只是我从小到大都没有真正听过一场戏，总是听老一辈的人讲起，说那戏台一开，咿咿呀呀的，好不热闹。锦瑟红缎张罗开来，百转千回的，把那些情爱纠葛都藏在流转的水袖和眼波间。天上人间曲，一舞倾人城，可普通人哪能有这般境界?

所以我总是天真地以为，我哥终会遇到一位赏识他的贵人的。

只是没想到那个人是项羽，后来的西楚霸王。

3

虞姬只是个名号，项羽帐中的确有一虞氏美人，但她心之所向不在楚霸王，而是另有归属。这个秘密，除了我哥之外，军中无人知晓。作为随行的戏班子，平日里他只是跟着颠沛流离，霸王兴起了便要求他开腔唱上几段，或是在酒席间舞剑助兴。

有一回楚军失利，项羽盛怒之下，在自己帐中喝得酩酊大醉，谁也不敢进帐去。虞氏美人见了，便悄悄唤下人召来了我哥，要他去劝劝那楚霸王，莫要再这般消沉低迷，自毁士气了。那虞氏美人据说先前也是出身书香门第，颇有一番才华，也识得大体。她家人早已为其选好了亲，却不幸被项羽看上，这才委身做了妾。

我哥一开始听了，先是有几分犹豫。但不知怎的，或许是想起了曾经整日站在灵堂中的父亲，他最终还是答应了。只见他转身换了一件戏服，便面不改色地走进了楚霸王的帐篷。再后来，听说项羽奖赏了他一把名剑，对外夸他舞起剑来颇有一番绝代风华，然而无人知其真正用意。我哥从来只舞剑给项羽看，旁人自然没有这个机会亲眼目睹，便更无从知晓其中意味了。听随行的其他戏子说，我哥一直舍不得用那把剑，只是跟宝贝似的将其小心地收藏在自己的箱子中，偶尔夜深人静时才悄悄拿出来，借着微弱的月光，细细描摹上面的纹路。

后来楚军败落在江东，大势已去，项羽早已没了昔日霸王的辉煌，日日将自己关在帐中，以酒度日，颓废不堪。我哥如往常一样，试图劝过几次，但往往都以项羽的一声怒吼和向地上或冲他额角砸落的酒杯告终。终于有一日，他面无表情地从楚霸王的帐中带着几分踉跄地走了出来，额角还渗着被磕伤的血，流淌在半边脸颊上，很是惨烈。一众部将见了，都连忙低下自己的头，谁也不敢多问。

他没有回自己的帐中，也没有去找军医，而是去找了虞氏美人。没有人知道他那天究竟同她说了些什么，只是有细心的下人后来察觉到他离开时，帐中传来阵阵哭声。听说后来，虞氏美人一直孤身坐在帐中，红着眼眶，不止地叹息。

那天夜里，我哥换了一身最华丽的戏服，入目尽是一片惹眼的红。他带上了那把项羽赐给他的剑，若无其事地走进了帐中，说是要舞剑助兴。尚在微醺醉意里的楚霸王，缓缓地从榻上坐起身来，目光迷离地打量着来人，觉得那容貌好似镜花水月，又暗藏一缕不易察觉的落寞。但他没有多想，只是又给自己斟上了一杯酒，看着对方步步生花，身段如烟。

见我哥抽出了那把自己赏赐的宝剑，宛若游龙般娴熟地舞起来后，项羽突然笑了，心想："果然是一把宝剑。"他放下了手中的酒杯，饶有兴致地看着那漂亮的剑花与凌厉的走风，想着这同我哥平时的风格相比，倒多出了几分新意。

"好！"项羽突然的一声夸赞，却丝毫没有影响他的步履。渐渐地，榻上的霸王醉了，眼中仅剩一片闪动的朦胧，看不清他的轮廓，只觉得在皎洁的月光下那人越发地出挑。

他听见他说："大王，再喝一杯酒吧。"

于是项羽又喝了一杯，笑道："今日如何有这般兴致。"

他如鲠在喉，身姿流转，只是笑着摇了摇头，继续挥舞着手中的长剑，像是要刺破那高悬的皓月。

"今日此情此景，若是不作诗一首，甚是可惜了。"项羽晃了晃手中的酒杯，盯着眼前的人，不住地感慨道。

我哥想起来小时候在戏班子里听师傅说过的一句唱词：为君倾一曲，山河美人覆，若问人间所为何，只一个情字罢了，怎又这般，巍巍如山倒。

项羽在他面前开始吟诗，但他的世界里白茫茫的一片，只剩满地的清辉。

力拔山兮气盖世

他转过身，西楚霸王就在他面前，满脸是微醺的醉意，觥筹间倒映着破碎的江山。

时不利兮骓不逝

他这辈子没读过什么书，只背过几段戏词，却知晓世间什么情呀爱呀，都如纸上字句般脆弱。

骓不逝兮可奈何

他这一辈子孑然一身，纵是没犯什么错，却也好似从未活明白过。

“虞兮虞兮奈若何——”项羽叹了一口气，缓缓地闭上眼，似乎又被重重心事所扰。

他把剑往自己的脖颈上轻轻一抹，然后，什么项羽、楚军、乌江，都统统遁形不见。他看见那楚霸王垂下眼眸，似乎还在细心斟酌下一句诗。

他就这么远远地看着项羽，双唇轻启，出口的却是外涌的血沫，止也止不住。

他的口型描摹出两个字——“虞姬。”

他想要挣脱眼中泛上来的模糊，却再也拿不动手中的剑。

落地声明明极轻，却惊扰了一轮皓月。

那一夜，月亮不见了。只剩下层层叠叠的暗云，像一条悬挂于天上倒流的乌江，吞噬了最后一缕光。

4

“那后来呢？”小厮忍不住追问道，“虞姬和项羽都死了，但是虞氏美人呢？”

“她带着我哥的那把剑逃走了。”剑客答道。

“楚霸王就这么放她走了？”小厮一脸的难以置信。

他阴沉着脸说道：“项羽终究还是宠爱她的，为了保住她的名节，对外宣称那晚拔剑自刎的是虞氏美人，她从而得以诈死还乡。”

“所以这把剑是她给你的，你哥的……遗物。所以你没喝那一壶酒，那——”

像是推测出了什么，小厮下意识地朝桌上那把剑多瞟了几眼，却被对方冰冷的眼神给吓得一个哆嗦，不敢再有所动作。那剑客讲完了故事，眉眼间似乎也多了几分疲乏，便是要结账离开，而小厮神使鬼差地想要挽留对方，却见满地的酒后，欲言又止。

“楚霸王是假的，可虞姬是真虞姬。”小厮看着那人远去的背影，止不住地感慨道。

回想起当初我听闻这段故事时，也觉得那小厮是在故作玄乎，或许只是想逗我开心，顺便从我这里讨几个吃酒钱。毕竟逢人多口，早已辗转了好几个版本，是真是假早已没有猜测的必要。但每每回望这段令人惊叹的纠葛，又似乎能嗅到乌江边那一夜的腥，那把剑上挥洒的血，和满地无人收的爱意。

“汉兵已略地，四方楚歌声。大王意气尽，贱妾何聊生？”

他想了想，终归是什么也没说，只是孑然走向了泪目满行的寂寞里。

那里没有项羽，只有虞姬。

第二章

跨越国境线的离散

Diaspora Beyond Borders

五百英里路

美国的火车总是行驶得缓慢，老态龙钟地穿行在金穗麦地间，掩过半人高的玉米地，逐渐变成一个点，消融在苍茫的乡愁里。

太阳圆鼓鼓的，孤独地挂在空中，像一条盘踞的金蛇，褪去了季节的外皮。午后吹起了和煦的风，透着大地成熟的气息，熏染着停留在车窗前一双双炽热的视线，那些明亮的眼睛像闯入白夜的月亮般，极其脆弱地忽闪着，企图掩饰漆黑深处的不安与焦躁。

车厢里的座椅裹着柔软的老皮革，很有往昔的实感，仿佛那些遥远的岁月霎时间被赋予了形状，以至一伸手就能触碰到。美国没有高铁，而这没有什么奇怪的，不过是那蛮横的铁路没能绕开屹立的时间。

而所有的人生仿佛是一张白纸，在瞬息间被缜密的情怀所填满，满得不留缝隙，折叠进了土地的回忆里，所有人最终都变成了厚实尘土的一部分。然后，经过悄悄的四季，终于在某个灵魂出走的深夜，绽放出沉眠已久的野性来，便彻底地认清了自我。

这个国家有太多不完美、过多的赞美及虚无的自由，在泪水泡涨大的盛名之中，枯萎得悄无声息却耐人寻味。

无人之地，荒原以南，只要闭上眼就能看见那些游荡着的、被现实放逐的灵魂，在百转千回的轨道间徘徊，激荡迸裂出理想的火花。他们高声呼喊着令人熟悉又陌生的姓名，一声声如惊雷般坠入静谧的夜塘，炸出噩梦与惊悸，还有那个模糊的夏日：美国的火车似乎永远都不会老去，它一直与未来背道而驰，再也无暇回顾当年的人与事。发酵煮沸的黑咖啡升起弥漫的水雾，朦胧了馥郁成熟的光线，将整个车厢笼罩在金色的蒸汽牢笼里。再也没有鸟鸣与微风，连白昼与黑夜的界限都消亡了，只剩时间掠过树叶的沙沙声。而我早已离家太远，又何止区区五百英里路。

孤独无边

酒吧的人声鼎沸是在后半夜散去的，一场提前的雨将久旱干瘪的夜色润透了，遍地都渗出流动的漆黑与阴郁。

来去的脚步声渐行渐远，隐没在沙哑的广播里，重复着一如既往的单调频率。哥伦比亚的夏日过于苍老亢长，以至于那持久的热意将现实的模样都扭曲融化，欲望也愈发模糊起来，全被一股脑投掷进了昏暗的地下仓库中，封锁在永不见天日的废弃储藏室里。高悬的木质风扇犹如巨大的蜻蜓翅膀，恣意拍打着飘浮的燥热，好像要震荡起时间的波纹，将偷来的片刻安逸都揭发出来公之于世。天空刚起了鱼肚白，虚弱的夜灯便很快被高升的日出给比下去了。街边倚靠着几摊烂泥般生死未卜的醉鬼，远看过去像是一排排温热的尸体。

很快，追逐嬉戏的孩童出现在小巷深处，他们赤脚奔跑在滚烫的地面，在历史的边缘留下一串串稚嫩的脚印。正午时分，高悬的烈日在他们圆滑的肩头上如波子弹珠般来回跳跃，迸发出的光芒穿透肌肤，融进血液，在骨髓间刻下金色的烙印。童年的晴朗转瞬即逝，而被拖拽拉长的后半生，总是被透着潮湿霉气的风雨所笼罩。那些巡逻的自卫队士兵，顶着一张张年轻的面孔，如鬼魂般麻木地穿梭在动荡的年代间，盲目地服从着他们不甚了解的陌生信仰。

令他们意想不到的是，久别经年，被支配的意识竟变得如此恶寒而冷酷。巨大的苍穹投下一道如巨兽般漠然的注视，透着难以揣摩的凛冽，以至于儿时血液中流淌着的那颗金色太阳，都无法将其焐热。整个国家浑然沉睡于一场贫瘠的梦里，试图在暴力与理智中寻找那盏仅存的真理的吊灯。

虚伪的希望犹如人造的光明，将无数不安的灵魂从地心深处连根拔起，那里安息着人间最后的荒谬。

魂断莫里斯

伦敦的喧嚣总是难缠，犹如放置过期的散装糖果，被随意丢弃在灰蒙蒙的街道和巷口。阵雨一过，就随着浓厚潮湿的雾团发胀，渗出几丝干涩的甜腻来，黏糊糊的，像纸糊的太阳的影。

这周六上午八点过一刻，电台里的天气预报还没播报完，他向窗外的阴郁匆匆一瞥，拿起写字台上的公文包和玄关处耸立着的雨伞，便匆匆离开了公寓。门外的天已经大亮了，令他想起自己来不及熄灭的案头的烛灯，此刻仍不眠不休地燃烧着，把浮动在空气里的那些遗留的夜色与遗憾，都烧出了岁月独有的香气来。

趁着他离开的间隙，那团微小的火舌缓慢又审慎地填补了所有的空缺，整个房间都沁满了旧时记忆的焚香。雨毫无征兆地下了起来，伴着几声闷雷，在缜密的云层间胡乱撞动，搅得他心神不宁。

很快，一把把阴暗的黑伞如礁石般，耸立在人来人往的潮汛中，彼此往来间，流淌着疏远与冷漠，将急促不安的脚步声淹没了。一阵凛冽的疾风扑面而来，将系好的领带吹得七零八落，他眼疾手快地用左手按住了腰侧的公文包，那里面的第二个皮革夹层里躺着一本福斯特的《莫里斯情人》，封皮处的标题掉漆严重，大部分书页也已经卷翘发黄，但他始终带在身旁，不时翻看一下，某些段落早已在脑海中排演得滚瓜烂熟。

在人生的剧场里，似乎人们演绎的习惯就是这样养成的，一如二十年前他在剑桥念书的那些日子，将自己彻夜埋头在万千书籍的坟墓之中，挨过每一章长夜深处的孤独，臆想自己在日出黎明之际，成为告别旧时代的新守灵人。年轻躁动的爱意总是断然而仓促，如卡墨的水笔徒劳地在白纸上留下无数划痕，费尽心思雕琢的情愫，却往往被现实剥去皮囊只剩空白的内里。

他和理想主义者不一样，他也许曾经是，但他终究不再于凌晨爬上剑桥的钟楼，抑或是在浴缸里与浇灭的香烟蜷缩做伴。冬日的壁炉里吞噬的诗歌草稿，字里行间腼腆的忏悔，都纷纷化作现实的泥尘与灰烬，融作一扇精钢水泥砌成的、密不透风的真相之门。它紧闭着，将堆积的灵感和那么多荒谬的日夜拒之门外，任其饱受现实重锤的粉碎敲打。

于是他终于认识到，自己的问题所在并非迷失的灵魂、沦丧的自我，而是一种无药可救的欲求不得。欲望毫发无损，依旧辗转缠绵，流转于梦的缝隙间。但是他早已抛弃了文字，抛弃了艺术，将它们一并归为旧日的脏污与错误的胜利，以至于再没有任何信仰或救赎，能够拨去命运的阴霾。

不再有一双来自黑夜的手，温柔地带离伦敦阴沉的雨季，每一道将人疏远致死的冷漠寒意。是的，他从自己湿漉漉的影子里，看见了王尔德那一类人的灵魂。那些张狂绚丽的思想，品尝起来就像是酸涩发苦的糖果，令他短暂地失去了感知爱情的味觉，从而下意识地咬紧了自己的舌尖——那一刻痛感犹在，但浪漫已死。

失眠的女人

她梦见自己躺在地下，人间如婴孩般蜷缩在她身侧，被扼杀的正义长眠于此。她温软的躯体并非被湿冷的泥土所拥，而是许多张褪色的玻璃糖纸。甜蜜的果核早已腐烂发臭，像被生剖出来的灵与肉的脏器，承受着第二性无端的怒火。也并非第一次，她嗅到了这场蓄谋已久的入侵，如狮子口中断首折腰的玫瑰——浓烈而悲怆。她想要伸展日益僵冷的四肢，从而将长夜的褶皱铺展开来，自地平线至天际。光明陨落的时刻，大地也变得沧桑而单薄。纵然披着童话里朦胧的谎言，黑暗也不曾令她失明。可她真正惧怕的，是那清晰而无解的人间：是那欲盖弥彰下野蛮而绝望的真相，而有太多次的黎明，已姗姗来迟。还能依稀听见，那些脚踏于她之上的影子，脚步声，交谈声，以及阵雨落在黑伞上的啪嗒声。那些披着最亲切的皮囊，却说着最狠的话的人："愿她在此长眠。""噢，永远浪漫纯真！"只因为她是最适合被屠戮的羔羊——女人！她曾与人间的爱情同床共枕，却又在一息一叹间与其相去甚远。日子久了，即便是蜷缩在长年无光的地下，仍能感受到季节流动的喧腾。一个女人灵与肉的复生，犹如一场发迹的春。最严厉的凛冬过后，她只身爬出了满地狼藉的人间，虚弱地蹒跚于黯淡的失望里，却仍保有奔向明日的勇气。

从此，那是一息尚存，却只属于女性的——

流浪的温柔。

旧日的作家

黄昏的雾霭已经感染了整个普罗维登斯港口，越过那一排排沉默的船舶，绕过漆黑的礁石与沉重的水流，逐步侵蚀坐落在城镇中的那一排排由矮小的红砖墙瓦堆砌而成，簇拥着绿茵花圃的新英格兰建筑群。

时至傍晚，暮色为步行街尽头的巨大钟楼披上一层昏暗，金色的大钟摇摆着空袭般的轰鸣声，将时间磨砺成一道利刃，锋利地切开了笨拙滚烫的红日。一阵阵徐徐袭来的风，将太阳褶皱的尸体吹落在滚烫的街道上，鲜血如注般溢出好几股灼热的晕影，风干凝固在了那些曲折的巷口。

疯狂的夏天已经死去多时，伴随着孰真孰假的梦境。而秋天的躯体被荒诞的现实啃噬得体无完肤，只剩下一个苍白如吸血鬼般的皮囊，落寞地敲打着紧闭的门窗，从缝隙间渗出几声寒冷的孤鸣和怨泣。

洛夫克拉夫特先生停下了打字机前的工作，那些叮叮咚咚的敲打声随之戛然而止。红橡木的老式办公桌隐隐约约泄出丝缕冷冽的香，与草稿纸上未干的墨迹混淆在一起，变成馥郁的灵感，熏陶着整个狭小拥挤的房间。他起身给自己倒了一杯酒，又将废弃的稿件叠成一摞小山，毫不犹豫地扔进了燃烧的壁炉里。那些跳跃的火舌，犹如超脱现实的臆想，到处弥漫着古典文学的醉意，作家试图借此麻痹那些来自感官深处不可名状的恐惧。

尚未关紧的窗户被一阵突如其来的疾风给冲旋开来。霎时间，月光下泛着乳白色的寒意，如瘴气般从浓厚的夜色里升腾上来，缠上枯瘦的老树枝丫，将其绞杀于尚未到来的黎明之前。报刊编辑部给他的连载月例只供他支付得起偏离市中心的房租，于是这个老旧而幽僻的街区变成了他创作的巢穴，从阳台上远远眺望去，依稀能见普罗维登斯河上缓慢流淌着的紫色忧郁。

这座灰蒙蒙的城市不如波士顿般阳光灿烂，行走在其中，处处都充斥着他字里行间提到的混沌，掺杂着无可救药的寂寥与忧郁。他关紧了门窗，又将自己裹进了一件竖着高领的黑色羊毛呢风衣里，只露出一双骨碌如大地般深邃的眼睛。洛夫克拉夫特缓慢地踱步到了桌前，目不转睛地盯着桌上生锈的打字机，一个标签快要脱落掉光的玻璃酒瓶，以及堆积如落叶般枯黄的稿件。

他心血来潮地从第二格抽屉中拿出一盒软烟，轻车熟路地点燃了自己积郁已久的幻想。借助这一缕燃烧最后的理智而得来的光明，他得以在庞大无形的黑暗中窥见那些古老的来客，聆听它们蛊惑人心的怪诞低语，直面扭曲灵魂的真实疯狂。无限的明日，将伴随着永恒的未知缓缓降临。腐烂的秋天将继续笼罩着这座小城，将其囚禁于阴霾密布的雨季，浇透每一尺人性的坟墓。

休战期的情人

白色的阶梯扭转在一起，渐渐变成一个狭窄尖锐的圆锥，直到我再也无法触碰上一级的天花板，就颓然地弓下腰来，佝偻着背脊，好像破损的蚕蛹里缓缓挤出的一个残疵的梦，里面全是流产的寂寞。我将双眼睁得很大，所有闪烁着贪婪的绿光，凝聚成一条细长的摆钟，在她踱步的高跟鞋间来回摆动。整个屋子都淹没在静谧的寒流里，气压很低，压迫着我的左心房。困顿的喘息间，我察觉到曾经的那些卑微、敏感的情绪，一如迷失在森林中的困兽般，都在此刻收敛了起来，于濒死的边缘瑟缩着，徘徊着。在冰凉地板上躺了一会儿后，我麻木的身躯不再挣扎了。客厅里的光像是被揉碎了，昂贵的温暖洒得到处都是。身体中的每一寸骨骼碎屑都掉落出来，拼凑成一条断断续续的瀑布，慵懒地流淌在地板上，在她苍白的脚踝处打转，漂着几朵虚浮漆黑的浪沫。她的背影是站立着的深渊，发梢间的温柔似乎能把僵死的时间柔化。我想要贪婪地咬噬她白蜡般的肌肤下隐晦的欲望，那是最后的空气，是所剩无几的生命。

蝴蝶夫人

1982 年 12 月 31 日。

人们说法国女人离不开烟，手里没事夹着一支，嘴里抽着一支，上衣左胸前的口袋里还要揣着一盒刚拆封的巴黎牌的软烟。我告诉你，那都是子虚乌有的谎言。唯一真实的只有爱情，如烟一般脆弱而缥缈，在现实中孕育着虚无的憧憬。对于法国人而言，要么爱，要么死。而前者要比后者容易太多，总是这样。

今夜的最后一场演出，那个亚洲男人没有出现在熟悉的座位，我甚至为了他险些跑错了场位，撞倒了一位男演员。“看那蠢笨的女人。”我很确定观众席中难免会传来这样的嘲讽，“她真的是名合格的舞蹈演员吗？或许她才适合去演秋秋桑呢，可怜的女人！”听听，巴黎群众喋喋不休的嘴里，总是能吐露出一根根倒刺，也难怪他们只喜欢悲剧，结局越是遗憾越能赢得满堂喝彩。这就是西方的艺术，当我们将人造的错误归类为浑然天成的美，便自以为胜过了遥远的东方人。当欧洲人写出《蝴蝶夫人》的时候，他们也完成了对东方人的征服与性幻想。

当幕帘终于落下，观众逐渐离席。嘈杂声远去后，后台的化妆室里，除了偶尔传来几声年轻演员的打情骂俏外，什么声音都没有。对着镜子，我卸下厚重的粉底油彩，撕下粘着眼睑的假睫毛，仿佛随之撕裂开的是我女性躯体的一部分：那紧密合拢的灵魂之扇抖动着，战栗着，裸露出自己无处遁形的情愫。我痛恨装扮自己，但又总为了这并不聪明的伪装而费尽心思，只为博得那个年轻亚洲男人的一个眼神。仿佛这些油腻的化妆刷能赐予我一个崭新的皮囊，让我的西方灵魂暂时寄居在一副“东方”的面孔里。

我曾经从法国男人的口中听说东方女人的含蓄，似乎与我们的热情背道而驰。不是所有的法国女人都会轻而易举地将心交付给某个为她点烟的陌生男人。“热情”是一个冲动而草率的名词，我们一般不会轻易提到它。除了爱，也只有爱，似乎能够为一切混乱的秩序正名。爱是一个借口，但总比鲁莽而轻浮的谎言更具有说服力，毕竟每个人都活在别人的嘴里，而非心里。

“瑞倪。”我身后突然响起的声音，如一颗鹅卵石投进了塞纳河。

太简短了，我心想，随之转过头去。我想要更多，是他来了吗？告诉我他不是故意缺席今晚的演出，而是碍于公务。又或许他将向我抛出一个邀请，是的，如果他邀请我今晚去十三街区中心的酒吧小饮一杯，那么我将盛情难却。哪怕那群法国男人会在我的身后指指点点，说：“看啊，一个法国女人竟然和亚洲男人走在一起！她怎么敢——”

可当我的视线落在半开的门缝间时，那里却什么也没有。心中陡然的空落令我手指发麻，整个心恍惚间漏跳了一拍。我将注意力挪回了梳妆镜，在强光的照射下，我却发觉自己的脸上不知什么时候生出几条细小的皱纹来，如纵横交叉的树枝隐没在流动的水里，沉默地抽取着流逝的青春养分。我忍不住地用手轻触那些细纹，开始的点点温柔，很快又被铺天盖地的嫌恶所占据。那些皱纹，定时炸弹般布满我的脸颊，如一件光滑的瓷器上爬满了初显端倪的裂纹——就像脆弱的东方瓷器那样，被摆在上层阶级的白人家庭里，供作欣赏与消遣。那与一只被美国士兵钉在背叛与耻辱中的蝴蝶，又有什么区别？

“瑞倪，如果你愿意，我可以带你和我一起回中国。”

他声音的幽魂又出现了，在白炽灯的照耀下，扭曲在狭小闷热的化妆间里。闭上眼，周身都还是他的气息，他的一颦一笑，举手投足间，无一不流露出东方人含蓄的张扬。真是奇怪啊，在巴黎留学五年的他，为什么没学会如何为一名女士优雅地点上一支烟呢？他甚至从未在上衣左边口袋里装过一盒像样的软烟，简直是无礼得彻底！但他竟然说：“瑞倪，你是一名歌剧演员。”

“所以呢？”

“抽烟会毁了你的嗓子，你的职业生涯，你再也不能演《蝴蝶夫人》——”

“我不在乎演蝴蝶。”

“瑞倪，戒烟吧，总有一天它会毁了你。

“英国人曾经用鸦片征服了中国人。”那时候他抚摸着我的头发，手指在我的耳边轻柔地摩挲着，如同怜惜一只流浪的小猫般，望向我的那双眼眸里充满了不可名状的悲悯，“现在法国人也要这么糟蹋自己吗？甚至连女人也不放过——”我用手环住了他的腰，将下巴搁置在他西装的肩头，脸颊挨着坚硬的格纹布料，轻声调侃：“那中国人现在都不抽烟了吗？”

“中国女人大多是不抽烟的。”

不，他是个骗子。抽烟是我的生命，是早已融入我灵魂的，还燃烧跳动着的爱情之焰。我哆嗦着，试图从化妆镜下的抽屉中找出一盒才拆封不久的烟，却发觉竟连一根也不剩了。盛怒之下，我开始抓狂般地去抠脸上的那些岁月入侵的痕迹，如临时间的大敌般，奋力地撕扯那早已脆弱不堪、憔悴消瘦而失去弹性的皮肤。因为他的一句话，我戒了烟，只为了胜过那个手拿衰老镰刀的时间，在我的脸上肆意地挥洒着它轻浮的杰作。永葆年轻自然是不可能的，但我陷入一种对于东方的狂热痴迷与痛苦中，以至于我想要成为一个东方女人，一个永远不会老去的亚洲女人，即使她终将失去所有，但她那张徐娘半老的脸依然能征服他的同情、渴求，甚至是沉沦。可现在呢？我还是不可避免地老去，成为他那句永不兑现的承诺下，岁月的泡影而已。

也就是在那个夜晚，我被剧团开除了，离开了我为之工作了二十三年的巴黎歌剧院。最后一次卸妆时，我问后辈借来了一根烟。走出去的时候，外面已经下起了淅淅沥沥的夜雨。整个巴黎湿漉漉的，那根烟竟怎么也点不着。我拖着行李箱，徘徊在曲折的街道间，漫无目的地游荡。一个独自行走在黑夜中的女人，没有她朝思暮想的那个亚洲男人，甚至没有一根烟的慰藉。我路过的几个酒吧，昏暗的红色灯光下，隔着窗能隐约看见有恋人依偎在一起拥吻，彼此相拥交融成一只蝴蝶，凝固在时间的展示簿上。那么熟悉而又陌生，仿佛一只只中国的蝴蝶，一抹抹凄厉的红，涂抹在我肿胀而模糊的视线里，一如二十年前那个闯入我生命的，年轻中国男人的杰作。

我老了，原来我已经那么老了。足够老，以至于没有任何男人还会再看我一眼。无论爱是什么，我终将抛弃生活曾给予我的所有苦难与施舍，走向那最终的站台。没有票，我哪里也不会去，也不会再浓妆打扮站上舞台。我将不再歌唱，我会用最后的一法郎换来一包软烟，寻求陌生男人的打火机，点燃我所剩无几的后半生。我会吞吐出一圈圈缭绕的云雾，望着它们凝聚又散开，像一时沉沦而又最终摒弃爱情的法国女人一样，最终化作一只客死他乡的东方蝴蝶。

佳作

我从未见过如此坦露赤裸的时间，犹如一匹俯首卑驯的马，背脊流畅而结实，却在年久失修的檀木地板的撞击下血肉模糊，刺鼻浓烈的腥味令边陲的野雾都为之战栗。呼啸的风将雪松聚拢在怀中，交缠的针叶纷纷埋进了积雪里，通向宅邸的幽径由此便隐没在蹊跷的白茫中。

我曾有幸踏上过那条未名的路，却又受制于一种流动的无力感，以及陌生林间似有若无的死寂。那只已经损坏的怀表依旧将指针指向子夜，碎裂的玻璃交织成一片张扬的蛛网，将时间如猎物般牢牢束缚于其中，动弹不得。夜纱被一股无形的注视熨得极其服帖，严丝合缝间早已不见星月的胴体。

我想走进这一处牢笼深处，亲吻那双尚未被烧毁的女人的手，摒弃愚昧而令人盲目的光明。当我置身于扭曲变质的阁楼旋梯间，轰然倾塌的书柜桌椅彼此交叠成一团混沌的旋涡。自那中央，我便能窥见一盏巨大的、摇摇欲坠的水晶挂灯，竖立在整栋宅邸的心脏间，燃烧着时间肿胀的尸体，伴随着滚烫而黏稠的蜡油，一层又一层将沉默的真相封烙在朽坏地板间的厚重黏稠里。随着堆积，它们逐渐汇成一条满目斑驳的河流，于挥毫的画笔之下，诞生出浪沫般自由的腐烂哀愁，吞噬了所有被放逐的回忆。

我想曾经也是同样的一双手，虔诚地接起频繁扰乱午夜的电话铃，尝试抚平一段带着尖刺的私人历史，尽管那早已是部蒙尘已久的黑色闹剧。我终于无可救药地迷恋上画布中残缺诡魅的面容，那一抹炽烈而生寒的注视，都化作喧嚣狂浪下袭来的巨大狂喜与失望，二者矛盾地充斥着颤抖的胸腔。我试图按捺内心的激动，诧异地望向手中的怀表，却不知何时早已变成凝着血痂的僵硬笔刷，入眼皆是刺目的红，宣告着自由叛逃的罪孽，即便是——灵魂！

遗失在何处——

控诉着一场永不落幕的崩溃。

莫扎特 1791

究竟是从什么时候开始，镂花的悬窗已经关不上了，浅浅半合着，仿佛一双惺忪的眼，等待黎明降临时的震颤，最后一泉夜色也就此干涸。太阳的尸体沉在昨日盛宴的杯底，又一个灵魂迷失在尚未谱写完成的绝望中。他惊慌失措，在房间内踉跄奔走，一如他来时那般冒失。滚落的金币，打翻了墨水瓶里漆黑的不眠之夜，以及纸页上迸裂的琶音与垂死的鼓点。床头柜上的烛泪已如僵死的白蛾，但厅内的壁炉还在燃烧着美泉宫热烈的舞步，仿佛人生的盛宴才是诸神对他的最终审判。《安魂曲》的前八个小节，锁在十二月来不及落下的第一场雪里，在戛然的休止符中，逐一消散在维也纳郊外的冬雾里。不承想有几多人生，开启时已是落幕。既是如此，往后岁月的长灯又是为谁而亮，竟不惜谋杀多少次贞洁的月光？那日的离别竟是如此喑哑，乘着寻常蒙雨带雾的拂晓，金色的铃铛在马车的行进中碰撞、私语、碎裂。时间已被除名，灵感已被流放，纵使跨过四季、人间、地狱，甚至抵达天堂雾霭的至深处，都是徒劳。掉漆的书页将历史折叠出无数划痕，早已失去其原有的模样。1791 年 12 月 7 日，莫扎特于维也纳家中的那扇窗终于合拢，将人间的风雪尽数挡在了屋外，伴随着所有枯萎的欢愉与盛宴。仅剩一棵长青的垂柳，扎根于遗忘的土壤中，数着那个被上帝亲吻过的名字。一旁歪倒的天使雕像掩面而泣，残破的臂膀里怀抱着长眠的月光、雪夜和那一曲永恒的遗憾，仿佛在缅怀某一场前世的忧伤。

后会无期

我真的很不喜欢去海边走，尤其是沉闷的夏日，湿淋淋的雨砸在胸膛上，总是压得我不能呼吸。一件衬衣洗了又穿，穿了又洗，如此反复，仿佛一个惨兮兮的苍白太阳，依附在一具迷惘的躯体上，任其浪费了这偷来的温暖。但我这种人长着一颗焐不热的心。它总是孤单地跳动着，冷冷的，犹如无言的雨滴。在我上衣左边的口袋总是往下坠着，因为里面躺着一部手机，一个从未删除的旧号码，一个永远灰色的掉线头像，都负载着前半生的缩影。耳机线被风吹得呼呼鼓起，里面还在单曲循环着悲伤的歌，徒生出了一阵凄惨的风，刮过发梢、眉间、颤抖的唇齿。在那些我听得快要腻死的旋律里，总能依稀漏出几缕隐约的疼痛，情绪如蛛网般弥漫开来，铺天盖地缠绕住了发冷的、青白的手指。

我不想眷恋这个城市了，它总是在汲取我的精力，像是要把我漫长的一生压成一块压缩饼干，赋予其味同嚼蜡的口感。生活也有保质期吗？谁会吃掉我的压缩饼干？那个人会留下一小块喂给我的猫吗？我在东京租的公寓还有三个月到期，那之后还有一架二手钢琴不知如何处理，会被低价变卖掉吗？老房东太太的孙女好像刚开始学琴，上周我在她家门前见到了她的新乐理老师。她看上去年纪很小，像是和我差不多的，如果那个时候我把书坚持着念完了，是不是会像她一样？

我总是在质问自己，尤其是在我感到饥饿的每一个冬日的早晨。好像这些无厘头的问题，看似光怪陆离，却又能绕出沮丧的迷宫。生活里，我从没有过多空白的闲暇留给自己，它们都仓促地殆尽了，在起床时掉落的头发里，眼周的几朵乌青间，就像被吃掉的精神饼干，被我拿来去充盈每一种饥饿。有时候，我走在海边的人行天桥上，看到远方的公交巴士站旁边耸立着一块融化的路牌，花花绿绿的，像过期发皱的糖纸，死缠烂打地粘在沥青马路的皮肤上。有一天，当我老去，是不是也会变成这个样子？我的心还是甜的，但已经没有人品尝了，所有人都去舔舐时间那蚀骨的酸涩去了。

所以有时候，我会突然停下脚步，隔着天桥的栏杆往下望，把一双眼睛沉入海底，淹没在漆黑的浪沫里，待幽幽的冷意蹿上发憷的四肢，就好像又经历了一场人生的悲欢离合。雨季那么长，像没有尽头的回忆，每当我想要奋不顾身地跳下去时，那些海浪就会不约而同地将我推回去，推回满是苦难的人间。我想我的忧伤是一种不可名状的虚无，但它的确流淌在我脚下的坑洼间，透着真切如初的单纯，永远年轻，永远盲目。恍然间，仿佛一些不再被提起的别离，突然从漫长的遁形中现身，如璀璨星辰破开长云，亮晶晶地散落在岸边，聚拢成无数闪着光亮的希望。渐沉的夜色涌上一抹温柔的涟漪，像寂寞的皱纹，缓慢又安静地蹭开了顽固的流云，露出了盛放的陈年伤疤，还有几朵若即若离的倒影。

我最好的朋友已经离开很久，而我再也不会见到她了。

郁金香狂想

你穿着吊带裙恣意舞蹈，露出凸起的背脊，犹如一排野玫瑰的山丘。我嗅见春的气息从你的纽扣缝隙中漏出，仿佛断线的珍珠坠入汪洋般的眩晕里。你的唇齿之间，是枝头的晨露挂满了黎明酣甜的睡意。你的鞋底沾着忍冬与雪松的寒香，那是记忆与时间腐败后的季节性回甘。我跟着你走进了一座纯真的花园，发现一朵带刺的绒毛花苞，正孕育着人间未出世的苦涩。你停下，问我是要扼杀那脆弱的根茎，还是放任它野蛮生长。我看着你的眼睛，没有说话，直到满腔的沉默将我们交颈的呼吸都溺亡，你的手指比昨晚的月光还凉。“我是如此爱你，”我想，“可若你非要往人间去——”我将带刺的毛花骨朵双手揉入掌心，望着你的眼眸，在你发出那声惊呼前，将它咬碎吞下了带血的喉咙。

梦游症

当一道陌生的影子从梦里爬出来时，窗外的夜色已经落漆，只有房间内的白墙上还残存着它蜕下的薄壳。是的，它没能飞出这场熟悉的疲眠，而是落下了一千只蝴蝶的尸骸，在情人的背脊上继续游走。我想这是一种生命的延续。洗手池的倒影里有一枚摔碎的月亮，即将同过期的安眠药一并被冲刷入湍急的水流旋涡里。一楼那扇紧闭已久的大门，仿佛一面摇摇欲坠的扉页。噢，是哪本书，扎在心尖上的名字，得了笔墨的滋润，仍然疯魔般地抽条生长？冬日的雾霭，夹着风雪而来，犹如一匹无处遁形的黑马，迷路在这年久失修的褪色人间，激荡了不知多少趟百年。也许已经过了很久，久到枕边的书都已经腐烂，最后一根蜡烛也烧得精光。那些字里行间埋藏的秘密，先是从雪林变成干涸的河床，最后在淤积的泥沙中被人类的戒尺所打磨，成为无数条情人诀别时要走的路。

不，人类还尚未绝迹。令人意外的是，纵使多少年后，那些巡逻的夜警仍恪守职责：白手套，白手电，还有十几条不拴链的白狗，在嘶鸣与狂吠中照亮了整个白夜。没有人知道历史曾如何躲在一个废弃工厂里，逃避现世的追捕，直到死去。而只有在我试图奔向遥远的白昼时，才隐约听见它虚弱未止的心跳，以及被闷在毛玻璃里沉重的求救声，如撞向雷电的云。后来我才知道，那是人类社会的秩序在鞭打它，所有的号叫与哭喊——他们高声庆祝着终于抓住了潜逃在外的历史，从此便掌握了时间的所有权。

当我开始为搬家而清理琐碎的书籍时，偶然在抽屉里找到一本从废弃工厂里捡来的过期杂志。封面印着一幅名伶的海报，那已经美得不像是人，更像一幅亵渎神的画卷，蜷缩在封闭的时间棺材里。西方世界已然陷落，而古老东方的面容，像孱弱的云彩，仍旧被锁在搁浅的暮色里，捂死了最后的花香。这是没有任何一本书里会写到的结局：从此人类的浪漫尽失，便再也不懂得如何去盲目地悲伤。

我们终会相见：莫扎特、萨列里与普希金

我开门的时候，他正在抖去肩膀上的雪，整个人都沾上了一层湿漉漉的灰，头发丝好像被冬雾浸泡过的太阳。“我是不是来得晚了，”他顶着一个巨大的紫色帽子，爆炸开的白羽毛将他的脸衬得很小，像是被簇拥在晨曦的花团里，他的声音透着小蜜蜂邀功般的聒噪，“糟透了！我在门口就听见他们了。”此时里屋传来一些不成片段的钢琴声，错落夹杂在人声交谈里，我端详着他年轻苍白的面孔，仿佛在一尊破碎清亮的月影里照见自己的影子，一时间许多话都哽在了屋外疾驰的风雪里。

“请进吧。”我点头又摇头，欠了欠身。他有些面红怯生地表达了歉意，像小狐狸般从我身侧溜进了干燥明亮的厅堂，嘴里嘟囔出一声舒服的喟叹。窗是微微掩着的，有些新森的绿意已经在白雪下开始冒新了。这么好的天光，一扫过往的阴霾，旧钢琴的积灰浮在朦胧里，犹如一块紫色丝绒上落满了回忆的星屑。曾经也是这样的

夜晚，只不过那时的水晶吊灯更为奢侈，明晃晃的金色才华是烧融的太阳，在贫瘠的人间冲开一道违逆命运的河流——而我就是在那里遇见他们的，仿佛一只于湍流中被淹得半透的白蛾，在我生命中最狼狈的时刻，他们将我捞上了荆棘做的小船。起初坐着有些扎，还时常颠簸，但我很快习惯了与他们的相处，就像一片树叶贴近风那样自然。

“你新写的什么曲子？”他饶有兴趣地凑过去，于是琴凳上的人不紧不慢地弹了一小段，引得他双眼发亮，犹如两颗蒙尘已久的铜珠被人登时擦亮了，“有意思，不像你以前的风格！”弹琴的人听罢缓缓起身，俯身看着这个比他矮小半截的年轻同事，一只手作休息状倚在琴盖边沿，另一只手也没闲着，拿起一旁的甜点就往口里送，牙齿间尽是碎软糕点，糊住了笑声：“谁说我不能尝试点新东西？你以为后人会怎么说我们，两个水火不和的冤家？”与此同时，他的目光如剑般朝我劈来，我暗暗咳嗽一声，佯装无事地抿一口茶，幽幽想道：“你俩不妨用纸笔写下来，自然就没什么供后世误解。”但我身边坐着的那位似乎看出了我的心思，扬了扬他手中的笔记本，示意我噤声。我气不打一处来，恨铁不成钢地搓了一把他褐色的头发，恨道：“看看这白纸黑字记录了你约会过上百位女士，你倒是很有出息！”他随即扭过头瞥了一眼还在钢琴那边争执的二人，又转回冲我没心没肺地咧嘴一笑，痴痴地摇头晃脑，嘴里叼着摇摇欲坠的雪茄，双眼微眯呈陶醉状，仿佛在烟雾中嗅到了雪松的沁香。

永远只有片刻的清醒与绚丽，人生大多数时间仍是昏庸的迷茫——这便是我同他们的相处模式。

“贝多芬那个家伙昨晚开会又迟到了！明明他的墓碑离我三尺远

不到，亏得最好的那块位置还是留给他的，你看看我那些坟头的花都烂透了，虽然的确是因为近日天气不好，不怪那些玫瑰。还有啊，昨天我新得了一根蜡烛却怎么都点不着，后来我偷听他们讲这个蜡烛是要通电才能亮起来的——”我顺着声音望过去，他背对着我，手舞足蹈地朝着曾经的同事在空中竭力比画着什么，就像他曾经挥动的指挥棒一样。犹如熟悉的交响乐进入了末章，而他肩头的雪也已经化得彻底，连同化去了生命的重量，他轻飘飘地立在那里，仿佛风一吹就散的影子。在拉扯间一颗金色的纽扣被挣落了，而他好心的同事弯下腰去细心地捡起，还不忘吹两口拂去灰尘，再郑重地将它装回原主胸前的口袋里。“我宣布！”我身旁的年轻男人终于从烟雾缭绕中露出清晰的面孔来，“我应该去演唐璜本人。”“你是认真的？”“而且是用俄语。”“用俄语？！”“你听听看，意大利语的时代结束了。”“不，我很庆幸我没有活到那个时代——”

就这样，我静坐在这个房间里，听着三个鬼魂聒噪的小聚：他们的一呼一吸，一颦一笑，如流动的鲜活墨水，在我的血管里书写哀悼着有别于这个时代的乡愁。在这个满是遗憾的时空里，我从来没有见过他们，但或许又比任何人都要了解他们，我记得每一片落在他们肩头的雪，都是我生命中的一场疾病与劫难，伴随着无休止的考问与自省，直到音乐与文字再次将我沉入命运的河流，当我终于触底，摸到的是嵌在鹅卵石里三个微凉的名字：莫扎特、萨列里、普希金。

黑夜终将过去，而我们再相见时，于命运的黎明之前。

雨果

有一个年轻的男孩，曾经用手头上精巧的零件，将散漫的时光拼凑起来，锁进巴黎黄昏的车站大厅。在那里，过往的人流熙攘不断，余晖透过硕大的玻璃彩窗，如纺锤针般悬落在旅客们的头顶、帽檐，抑或是袖口的珍珠上，缓缓流淌成一道道金色的河流，淌入不断移动的脚步与身影之间。时间并非静止，只是暂停。所有被截停的光，直到轰隆驶入站台的列车冲破人们的喧闹、纷争与期待，于盖戳的车票缺口的缝隙间又一次溜走，不见踪影。他倚靠在巨大的指针上保持平衡，从阁楼最高处向下望，身后是巨大挂钟战栗的心跳声，咔嚓咔嚓，仿佛要咬开那些年久失修的脆弱砖瓦。向外望去，整个巴黎此时都沉浸在蜜色的眩晕里，大马士革玫瑰的浓烈芬芳将城区的人行车道堵得水泄不通。而两侧的法国梧桐也蒙上了几缕晚风的迷蒙，像拉斐尔那座蒙着面纱的少女雕塑，向外舒展的枝丫轻柔地向塞纳河畔投下几扇光影，似有若无地吐露出淡淡的情迷意乱，醺醉了这座城市的灵魂。而车站内，那个戴褐色贝雷帽的女孩顶着标志性的栗子头，出现在人声鼎沸的大厅，猫一般好奇地打量着四周。或许是空气中陌生的香气勾起了她久违的警觉，抑或是火车鸣笛的巨响惊扰了她的思绪，她将手放入胸前的口袋，缓缓地握紧了那只老旧的黄铜怀表。跟随着时间的呼吸与方向，她下意识地抬头望去，刚好闯入他金色的轨道，以及那如太阳般热烈的视线中去了。在巴黎热闹的车站里，日复一日的鸣笛间，无人为时间驻足，导致了永恒的缺席。以至于这个世界上根本没有什么魔法，只有被施咒的绚丽钟表，每一针都指向昨日的爱情。

当她提裙跨过白夜

我曾经在凡尔赛宫镜厅的一隅见过她：珠母色的羽毛扇一弯，白皙的指尖一根一根拨开扇骨，缓慢地剥开深邃的湖面，打捞起一轮勾人的新月——那底下竟露出一张泪痕斑斑的脸。疯癫夜色深处，蠢蠢欲动的万千秩序中正密谋着一场光明正大的暴乱。她闯入层层重叠的明镜之中，那里流动着晦涩隐秘的视线，向四面八方折射出热烈欲望的幽光。那么多双陌生男人的眼睛，犹如患上夜盲症的星星，在失明中垂涎索求，那悬吊于她白皙胸脯之间，堆糖奶油般稠腻的爱。几颗摇摇欲坠的珍珠，挂在她纤细的脖颈上，向袒露的锁骨投下几圈涟漪，渲染出一座座耸起的小山脊。在她的眼眸深处，深不见底的寂寥里，陷落着不为人知的明亮雪夜。原本暴烈的风雪，都乖巧地依偎着她的步履，变成了如影随形的忠诚侍卫。年轻的骑士拔剑破开长夜的厮磨，那么炫目的亮，连她脖颈间的一串珍珠都黯然失色，阴影盘踞成一条善妒的毒蛇，吞吐着烈日般滚烫的舌芯。再也没有人去压制黑黢黢的欲望了，而是任它将爱的私语烧尽得彻底。没有云朵遮掩的子夜，星星眨巴着亮晶晶的眼睛，两颗滴溜的眼珠像盘旋的渡鸦，晚风的哀鸣回荡在金色的白桦与葱郁的雪松枝头，随着霜花纷纷抖落，乱了《马祖卡舞曲》的节拍。那一晚的月亮像一根鹅绒黄的蜡烛芯，被弥漫的燥热所融化，发酵出一个泛着醋栗馥香的、横在理智崩溃边缘的地狱。她提着厚重的裙袍，踩着玫瑰花盛开的高跟鞋，一步一踉跄地跨过可怖的白夜。风呼呼地响，将所有堆叠成花的蛋糕褶皱重新吹散，与轻盈的白雪一并迷失在逐渐隐去的地平线里。她跑得那么急，一边喘气，一边将胸前的珐琅、翡翠，还有蛋白石等首饰尽数从华丽的绸缎上扯下，最后就连一双断裂的高跟鞋也被她丢弃于僵冷的冬日里，化作一道嵌入大地的罪行。玛丽·安托瓦内特知道，当自己终于光脚走在白雪上的时刻，便脱去了人间桎梏于她的最后审判。

巴黎不存在

我总是和别人说谎，说我从来没去过巴黎。

以前在巴黎念书的时候，我所在的整个文学系只有十几个学生，那段时光并没有在我的人生中留下值得琢磨的往事。连毕业照都被我压在了某一本积灰的小说封面下，在某一次搬家的时候不翼而飞。正当房东急着帮我寻找那张单薄的、唯一能关联到我大学青春的相纸时，我却说可惜了那本陪了我十年的老书——那是一名德国作家的作品，名字我早已不记得。故事是短短的一篇，讲述了十八世纪的某个午夜，发生在维也纳的一场不为人知的别离。主人公的名字读起来朗朗上口，但那些音节早已随着时间的流逝被抹去了棱角和意义。那些文字既单纯又沉重，我的灵魂时而沉溺于静谧的深海，时而又漂浮于破碎的浪花间。

而送我这本书的那个人，我从未向任何人提起他的名字。只有偶尔在深夜，当灵感陷入大片的空白时，我才感受到心脏的那处缺口，在漆黑狭小的空间里被无限放大，甚至隐隐作痛。我曾经问过学医的朋友，一个人的伤口要多久才能愈合。她却反过来问我，要看是被什么所伤。那时，我在她的眼眸里看见了惊慌失措的自我，犹如奄奄一息的困兽，任凭马戏团的火焰烧灼我的皮肤。

如果是爱，怎么可以如此痛苦？每当这样的念头盘旋于意识之中，我仿佛在转瞬间回到了在巴黎读书的日子。教室的红木地板上有点点光斑，透过半开的窗，一片摇曳的绿荫浅浅地降落在桌上。那些温柔的风总是喜欢戏谑我的课本，撩起它的裙摆般的书页公然调情。而这种时候我最容易走神，可思绪回归的一瞬间我就看见了黑板上教授正在讲司汤达的作品，低头一看，我的笔记本上只记了一句昨天的摘抄：“每个人的心底都有一座坟墓，是用来埋葬所爱之人的。”冥冥中仿佛又听见他的声音，从遥远又湿冷的海边传来，带走了我仅存的温度。

我记得自己在巴黎的一个酒吧里遇见他。那天傍晚下了些毛毛雨，整个城市被浸泡在两排路灯投映出的昏黄光芒里，行人的脚步碾碎了那些被雨点打落的野蔷薇，以至于空气中都弥漫着一股沁人的芳香。道路很快因有了积水而变得泥泞不堪，灰蒙蒙的塞纳河畔停满了孤独的飞鸟。

我点了一杯酒，坐在吧台最靠里的位置，撑着手肘听乐池中央的人唱歌。那些断断续续的吉他声，像细小的波纹，一点点哼出人生该有的旋律来。我看不出他的年龄，但也一度痴迷于这种无处可寻的答案。微醺之时，他又换了一首歌，听不出是哪种语言的歌，但那美丽的感觉就像邀请肖邦来弹奏莫扎特的《安魂曲》，连火焰都无法触及那单纯天真的灵魂，把天使洁白的羽翼变成藏着誓言的戒指，在这个疯狂的世界里锁住一个念想、一种永恒。

灵感兴起时，我心血来潮地为他点了一杯酒，随后买单仓促逃离。我嘲笑自己像年轻的艾伦·金斯堡，正无限接近着一种叫作卢西安·卡尔的毒药，但遗憾自己连尝试的勇气都不曾拥有。直到毕业前的最后一堂课，我终于和朋友一起翘课去了比利时最大的音乐节，在汹涌的人海里又听见了那个熟悉的声音，犹如一把锐利的匕首，透过金属麦克风和吵闹的音箱，在我的胸口割开一道可怖的伤口，将我的心搅得七零八碎。一时间喘不过气来，我徒劳地抬头，却撞上他的眼睛：那双明亮的双眸之下藏满了酒精般的晕眩，我未饮身先醉。仿佛有一双手温柔地捧住了我的脸，坚定地带我去亲吻这个世界上所有美丽的谬论。我请他喝了一杯酒，他却送了我一本书，翻开就是一个时代的唏嘘和落幕。

从一开始我就知道他不是巴黎人，因为巴黎只是一个城市，而他灵魂里装着整个宇宙。而在这场浩劫里，如果想要穿越洪流，坚持追寻自我，就要付出同等的代价：莫奈的绘画和失明的眼睛，莫扎特的音乐和短暂的生命，兰波的诗歌和跌宕的情感，马尔克斯的小说和泯灭的故乡。如果他在巴黎的那个雨夜从酒吧追了出来，亲吻我的脸颊问我近来可安好，那么在我拥他入怀的瞬间，我就知晓了我要付出的代价：像一段漫长的爱，在漆黑的宇宙里，燃烧出一道寂寞的光，哪怕他的眼睛里，早已写满了千百种盛大的离别，无一不是伤痕累累的结局。

每一次见面，都是下一场无期等待的开始。我从不刻意强调，但他却记得我的名字，像一首被人遗忘的歌。所以当我从大学毕业，开始从事小说创作时，我依旧说谎：无论是在我写过的故事还是采访里，说我从来没有去过巴黎。

一个城市的名字有什么意义，比起一份无处安放的爱？

罗曼蒂克的败亡

你知道抽屉的第一格里，躺着一张泛黄的乐谱草稿。边角已经发皱，开始悄悄卷起，模糊扭曲的日期看上去就像生锈的时间：在满目疮痍之中，皆是藏不住的遗憾，纷纷被回忆揉搓成一片雪，冷冷地降下昨夜的寂寞。高高的门外，延伸出一列笔直的雪松，犹如一段冒着尖刺的背脊。在光裸白茫的冻土上，簇拥成一条黝青的缎带，风一吹便吹散了严酷的僵冷，摇曳出几缕易感的温柔来。你不愿意走出门去，一如既往地伫立在漆黑的愧疚里，守着耀目得刺眼的白夜，受困于发了疯的阴郁中，凝睇着腐烂的钢琴、飞扬的琴键、最后几颗倾泻出的残星。你老了，角落里的安乐椅成了梦的巢穴，以回溯所有过早的别离。一瞥回眸，都是夜半时分肉体的消亡，绽放出睹物思人的幽香。年轻的亡魂，渐渐地，重新聚拢在年老沙哑的忏悔声里，像一尊孤傲又冷漠的太阳，在垂朽佝偻的灵魂前高昂着骄傲的头颅。一时间，你抬起头睁开迷蒙的双眼，看见太多的光与热在年轻情人的胸口前饥渴地燃烧，每一寸都透着熟意，沁出覆盆子酒般甜蜜的灰烬。可你白得发青的枯手颤抖着，在盛怒中将甜腻的马卡龙挥扫得粉碎，以至于乱稿堆积的桌缘缓缓流下一道粉色的沙漠，凝结成一颗静止的心脏。你记得那是交响乐排练戛然而止的一个早晨：地板上，窗台旁，乐谱前，到处都是扑棱的飞鸟，它们用尖长的喙衔走了你郁结的痛苦，带着意欲盛放却最终缄默至死的感情，飞往一处永恒的遗憾。

我们都老了

某一个雪夜，我梦见我们老去的模样。

太好了，我们终于卸下了这一生所有的忧虑，在须臾片刻间，端详这荒诞的人间。你看，西沉的月亮果然承载不住人间的情爱，早早地，便在湖底如明镜般碎开了。往前，你的脚趾在清晰的水波纹里，搅乱了时间的褶皱，每走一步都陷下回忆的流沙。湿的、冷的、泥泞的雪浇在寂寞的乳房上。

窗台的仙人掌开花了吗?

不要急，你说，可你走得如年轻时那般快，像是要急着追赶朝暮，从来不肯回头。

噢，早死了，记得又是一个迟来的雨季。

我只能，我想我是愿意的，跟随你的影子，在更迭的散场电影后，在大雪纷扬的公寓前，在所有无名的暧昧季节里，我是你少年衬衫上的第一颗纽扣。关灯吧，如此你背脊上的几道雪山疤痕便消匿于黑暗中。

读一读，这是我——不晓得写给谁的。

那些被你收藏的私人回忆，积压在数不清的信封里，行李箱底的羊毛衫间，不知什么时候，被我偷看过的眼泪，尽数蒸发于滚烫的灯泡芯里。仙人掌又活了，还开出了两朵小花。但那个名为自我的词，随着吞下的药片，被冲进了都市的下水道，坠入失明的深渊里去了。

今夜，我不再去想昨日，曾经已经离我太过遥远。我已经太老，看不见你，听不见你，更闻不到初雪时的冷香。可只要我闭上眼，握住你的手，便还能感觉到两缕银丝如何缠蜷于彼此的吐息间，仿佛凛冬尽头的两棵雪松，从青丝挨到白头。

蚀骨

我醒来的时候，昨夜的那一团篝火已经被雨浇灭了，树枝的斑痕交织在沙地上，透着潮湿的冷意。你还在睡着，均匀地吐露出一呼一吸，其中还残存着浅浅的夜的余温。天还尚未敞亮，涌动的乌云扣在头顶，从树枝的缝隙中挤进来，在你的眼底投下两道若隐若无的乌青。我感到一丝怅然的压抑，如坠落的晨露里令人不悦的寒凉，使我不禁打了个寒战，心想我还是不要叫醒你了。渐渐地，你的眼皮开始颤动，似乎还在回味那漆黑处的依稀的私语。夜很长，耗尽了我所有的耐心。我不知道它是不是像我一样，在安静地等候着：也许是为那尚未升起的，还沉溺在地平线厚重的、闭合着的眼睑之下，渴望被人安抚的黎明。

我还记得昨夜你坐在我的对面，隔着一簇滚烫的篝火，把你的面容烧灼得扭曲起来，像古怪的忽而沸腾起来的一圈烧剩下的烟灰。你一边说着，要和你的妻子离婚，一边伸出手，任火苗烤灼掌心，在那里有着皮肤细腻的纹理，像一条无声的河流往四处延伸，最终蔓延到一处无人抵达的陌生海域，那里尽是黝黑的礁石和深幽的狂浪。律师下周就会带着文件来，你是这样告诉我，然后我们就离开这里。我没有回答，你继而望着我，窥进我的双眼，仿佛企图从中寻求什么肯定。我只觉得你的目光幼稚而赤裸，像一份荒谬的保险，充满了对我而言毫无意义的安全感。而我们之间那隐晦的不可告人的关系，只是一叶摇摇欲坠的孤舟，明明漏洞百出，却要面对道德的风暴。你知道，这是逃避不了的，你和我将在最彻底的绝望中等待着，被太阳蒸发，被遗忘，犹如既天真又肤浅的浪沫，在焦灼的煎熬中抛弃那些无用的誓言，我只觉得短暂的一瞬间从未如此漫长。

你也知道其实一切并没有那么复杂。哪怕只是一个彼此心照不宣的吻，也可以化作窃窃的永恒中盛放的一朵野玫瑰，而那无法避开的细小毛刺仍会将人划得遍体鳞伤。我会卖掉伦敦的那套房子，然后离开英国，去哪里都好，法国、意大利，你选吧，你说。我嗅到有关你的每一种欲望都是一朵饱满馥郁的秘密，而我要像毁灭一枝花苞那样摧残它，只因那残忍的冷香令我着迷且欲罢不能，哪怕这是一场正在降临的自我毁灭，我也不愿意独自前往。我想要拉着你的手，然后幻想着一道突如其来的闪电，劈开你在伦敦的那栋房子，你木讷的妻子守着的空无一人的卧房，那些咯吱朽烂的老阶梯，终于被这残暴的原始自然所震慑，一如戛然而止的发狂的思念，都在暴雨里尽数燃烧着，幽幽的火跳跃着，我们的身体却是冷的。在那一瞬间，我好像能看见自己体无完肤的躯体，变成土地的一部分，变得僵冷，变得生硬，变成坚韧而冷漠的回忆，静止地安息着。我想起你撒谎时转动的褐色眼珠，细细揣摩着的不安，是遗留下来那一抹躁动的眼白。如此空洞，我从未感受过如此强烈的空缺感，甚至能够超越时间在荒芜大地上撕开的裂缝。我一定不能独自穿过那片无人的沙漠，我会失足跌落，会惧怕，会臆想，会发狂，你的手变成流沙在我的掌心散去的想法令我发狂。但就是这样，没有人会在童年的时候就告诉你，四季其实没有什么不同。所有的枯萎或败落，都只是自然的原始法则，是呼之欲出的野蛮生长，从没有正式的开始与结束。而脆弱的爱情往往就是这样，总在没有星星的夜里，缄默地遁形而去。

我不知道什么时候风渐渐地停止打转了，摇曳的树影也凝聚起来，落在你的脚后跟里，形成一道生人勿近的灰色闸门。我不知道自己的焦虑感从何而来，只觉得它变成了无数根倒刺，扎入我的喉咙，扼杀了全部的话语，一时间它们鲜血如注。可即便是这样，我也不敢面对你。是的，我不会跟你走，这是我没有对你说出口的话。因为我将永远无法面对你。你不知道皮囊之下的我究竟是什么，而我自己也无从知晓。我是贫瘠的荒漠，是衰落的绿洲，是无休止的夜，是炽热的四季；我是风，是雨，我凌驾于你的面前，除了收割短暂的欢愉以外，我的确什么也无法给予你。我是个落荒而逃的刽子手，一个自私的疯子。他们说，他喜欢男人。是的，我都承认，但我否认最真实的杀戮，我扼制最强烈的欲望，一如我否定自己那样。也许是因为这样，我终于开始意识到，这般的夜已经快要消磨完了。但不可否认的是，在缓慢升起的明日里，我依旧期许着你或许还会摸着黑，四下找寻来自我的片刻陪伴，亦是暂时的归属。可是雨已经停了，风暴也纷纷休止，你即将醒来，入目有无穷的光明——那么亮，足以照亮最深的海沟，照亮我那盘踞在黑暗中被截停的、悉数殆亡的嗓音，在漫长的国境线边缘徘徊。让我变成一节坠落的铁轨，一艘沉没的客轮，一个无人认领的幽魂，四处逃窜流亡。我不会跟你一起走，因为我要你活着，有尊严地活着，直到老死，腐烂在我最自私的欲望和爱恨里。每一个失败的爱人都知道如何成就一个优秀的骗子。直到我们闭上眼，还能看见最后一个不着寸缕的月亮时，就没有人再需要如希望般濒死的太阳了。那时候我会跟你走，如果你还记得曾经的路和方向的话。

被截停的爱情

我赶过去的时候，他的车还留在高架桥上，背上好几处灌木丛的划痕，尾部地面留下一道急刹的痕迹。手机里的通话已经被转到了语音信箱，到最后他也都没有按下绿色的接听键。安全带散落开来，白色的气囊早已瘪了下去，唯一活着的是仍在播放的车载音乐，艳鬼般的歌声幽幽地滑入夜里。别唱了，我喊，却无人回应。曾几何时有过这样的沉默？那时我们都还年轻，影子被拉扯入无尽的隧道中疾行前进。从后座向驾驶座望去，他的脸庞仍是旧时模样，却被时间抽离了少年的暖意。无数次地驶向黎明，又何尝不是在奔赴一场瑰丽的绝望：入目尽是城市的绿光，引诱了纯真，扼杀了无知，我们皆无法自拔，甘作被现实屠宰的迷途羔羊。我想那弹软的声带应该早已生锈，在未亡人的夜里覆满了积年的青苔。年少时的战栗与热烈就此沉没，短暂不过一瞬烟火的陨落。他一跃而下，就此离我远去。如此一个人的名字退去了人间的温度，犹如一只失事的船只，卷入了销声匿迹的自由里。半开的车门折断在路灯下，两颗螺丝钉掉在了沥青马路上，分不清折射出的是余晖还是人造光。有一只鞋挂在冰冷的方向盘上，将这场荒诞梦境的尸体温柔地收拢起来。“爱我”是他最常说给旁人听的一句话，可我只看见沾灰的鞋带缠绕扭打在一起，就此截停了一场无人接听的爱情。

无疾而终

他盯着自己双指间夹着的那根细细的烟，燃着橘色的火光，像一颗迷你的星陨。当他靠着桥吐出一口烟时，迷蒙的白雾在空中迅速蜷缩成团，如定时炸弹般，仿佛要随时坠入塞纳河，坠入地心，撞裂开那条漫长的国境线，把一个已经远去的名字给拾捡回来，然后安放在自己失神的双眼里。那个名字，让它发酵，让它肿胀，让它变成易感的泪水，落下的时候如仪式般，用以悼念一种熟悉而又陌生的孤独。巴黎的街灯已经亮起，暧昧地笼罩在过路的行人身上，拉出一道缠绵的长影。

烟雾已经散了，但粗粝的余香尚在徘徊，像囤积在衣柜深处积灰长毛的陈旧衣物，枕边醒来的女人脸上一层细腻的晨曦，映出他眉间日益深邃的皱纹。时间已经过去了那么久，久到晚风都已经转冷，引得他喉咙发痒，昨夜那瓶烈酒的辛辣回涌呛得他干咳两声，在静谧的桥边显得格外突兀，但很快又隐没在巴黎车水马龙的潮汐声里。这个时候，他才意识到自己已经很久没抽烟了。

以前他上衣左边的口袋里总是装着一盒烟，上面印着红裙的巴黎女郎，背景是粉末状流沙般的红磨坊，当手指晃动脆弱的烟盒，边缘就会磨蹭出细腻的颗粒来。那别样的触感，经常会令他想起自己深夜里用到的刮胡刀，就这么一把一把刮去那些在时间里野蛮生长、最坚硬扎人的胡楂。水龙头一直开着，光滑的水槽瓷面泛着冷光，宛如一双幽幽的眼睛，正沉默地注视着自己。他下意识地摸了摸自己的脸颊，感受着巴黎的冷雨，渐渐变成他的另一个行走的躯体——有时在循环往复的四季里，有时却在时间之外，他梦见自己变成一个光裸的金色星球，看似热情，实则内敛，只能散发出黯淡的光。

他眼见着地球变成一个小蓝点，在宇宙磅礴里漫无目的地兜转，令他想起了童年时养过的一只跑出家门的小兔子，消失在屋后的树林里。后来他找了很久，但终究是找不到了，弄丢了。成年的他想着地球是不一样的，它会一直绕着自己旋转，他不会弄丢自己的地球，但他错了。于是他戒烟了，戒掉了前半生里最后一丝光与热，放任自己陷入冰冷的黑暗里去。

后来，住在魁北克的那段日子，冬天总是太长，而夏天太过短暂。所以一夜之间，皑皑白雪过后，都尽数掩埋了曾经遍布坑洼、满是瘢痕的爱情。他住的那间单人公寓临近郊区，挨着一座荒无人烟的森林，有时信号不好经常断电，没有暖气的时候寒冷便愈发难熬。有时他会在白天被冻醒，睁着被寒流被迫撑开的疲惫眼皮，把飘忽的视线试图聚焦在那些冰凌窗花上。厚厚的一层全是模糊的水渍，像巴黎雨天里街道上到处流淌的、郁结的污秽。犹如无数双失望的眼眸俯瞰人间，无法纾解其中的遗憾。这样强烈的情感，他只在酒吧那些流连的客人间偶然捕捉过，但很快都被含糊的醉意和荒谬的喧闹所取代。每一个擦拭过的酒杯，每一次扫过的吉他弦，每一句紧张的颤音，于他而言，既不清白，也不明朗。

悲观的小说家们，扬言说人就是要亲手杀死自己，取代曾经，才能在暮年有所缅怀。但当流转的灯光熄灭，热闹的吧台又被清冷的寒流席卷肆虐时，他只是沉默地坐在皮革转椅上，数完了昨夜挣来的所有收入。他总是数得极其敷衍，草草一遍了事，就拉上自己的背包拉链，推开玻璃转门，走进熙熙攘攘的雪里，一时间觉得自己其实无所缅怀。没有什么是干净的，这个世界一文不值，除了那段走失的感情以外——过于纯粹，过于年轻，过于可惜。要是能再晚一点就好了，他有时这么想，但又转瞬否决了这样的念头，再晚他就老了，等不起了，也不愿等了。那个名字，他想着，放过他吧。

再回到巴黎的感觉，就像是将曾经折叠起来的梦重新展开铺平，以此来弥补缺失的部分。但那些条条缕缕的纠葛，说什么也不愿意跟时间服软，好像要缠绕彼此到死为止。浑浑噩噩的生活逐渐走向正轨，但脱轨的列车早已不知目的地是何方，只是一味地前行着，燃烧着，碾压着每一个麻木不仁的灵魂。有时候他会忘了呼吸，然后在骤然窒息的痛苦中，布满水的浴缸里，找回那么少的、能证明自己的确是清醒活着的关联。是夜，那个名字又会出现在凉薄的月光下，像流动的幽灵，徘徊在阳台向外延伸出去的苍白瓷砖上。

触地的蓝色窗帘常年敞开着，风起时，就一并朝着埃菲尔塔的方向飘扬。翻飞的影子，像落满塞纳河畔的陌生飞鸟，在不知疲倦的时间里来回飞梭。也许诗人会知晓如何按捺住一颗跳动的心脏，予以子弹，予以笔墨，或予以眼泪。但他已经不再读别人的故事了，渐渐地，的确是这样讽刺，他好像也能放下自己那前半生的纠葛了，像熄灭却未止的烟，依旧能令他发呛、咳嗽，直到巨大的痛楚蚕食心智，足以将他的灵魂同躯体生生剥离开来。但他知道自己不会选择这么做。遗忘是一张网，他已经无力挣扎，只能面对自己那逐渐清晰明朗的后半生，虎视眈眈地向自己爬来。

此后每一个仲夏的七月，都莫名地冷得发懵，仿佛一夜之间纷纷扬扬的白雪落满了巴黎，就此降下一场冷酷的告别。

蝴蝶冢

序

1998 年的夏天，我受到邀约到法国巴黎参加一个艺术摄影展的开幕仪式。原本的计划是在巴黎待一个星期后就返回，但最后一天下起了淅淅沥沥的阵雨，以至于我的车被困在水泄不通的街道中无法前行。

一个女人孤零零地站在路中央，没有撑伞。雨顺着她的发梢落下，毫无狼狈之意，却平添了一抹凌乱的美感。我邀请她去喝一杯，却误打误撞地听完了她的故事。她向我讲述的一切太过于虚幻和复杂，仿佛脚踩棉花糖，令我陷入了一种极其不真实的泥沼里，并开始质疑自己的认知和理智。几番踌躇之下，我退掉了回国的机票，转机到了法国北部的城市加来，几乎是一刻不停地奔向了这处海滩——“二战”时期“加来战役”的遗址，她的故事就发生于此。

我沿着海岸线独自散步，试图在沙滩上寻找有关她故事的蛛丝马迹，却发现自己离真相越来越远。或许她是对的：真正的历史没有名字，只有一串数字，镌刻在墓碑上，在生死臆想的疯狂里，超越现实和绝望——那是永恒爱恋的长眠之地。

1

法国，加来，1998。

清晨六点的海滩刚刚涨潮，无垠的蔚蓝介于当下与昨日之间。

一缕晨曦穿过厚重的云层，掠过轻轻呼吸的海面，映出几道模糊的影。潮湿雾气里扑棱的飞鸟，没有方向地四处乱撞。世界白茫茫的一片，什么也没有，只是静悄悄地沉默着。昨夜的月色尚未完全褪去，落在爱人的睫毛上，变成两道扭曲的泪痕。

堆积的电报，复杂的数字，炮火的轰鸣——我闭上眼，一时间有许多声音争前恐后地涌来，仿佛成千上万拍打着羽翅的飞鸟试图钻进我的心里，野蛮地咬蚀着馥郁的记忆。不知过了多久，直到晨霭渐渐散去，我的意识里只剩下一个声音时，那伤口竟流出甜蜜的爱意来。

咔嚓咔嚓，有什么声音，如一把剪刀，将连接我和历史之间那条无形的线断得干净利落。我下意识地睁开眼，意识到那是相机闪光灯的声音，正在海滩上的游客间此起彼伏地响起：太阳帽下灵动的小雀斑，红唇里的香烟，或是男人整洁的胡楂。细软的白沙滩上，花花绿绿的泳衣里包裹着少男少女们姣好的胴体，以及小麦色皮肤上涂抹的一层宛如蛋糕奶霜般厚重的防晒霜，都在光晕里透着蜜色。

空气中弥漫着一股浮动的欲望和躁意。

女人的声音在我的脑海中响起，像一阵忧郁的风，却在逐渐升温的日光里愈发冰冷。

“他曾经也是这样活着，赤脚走过这片海滩，一只手拎着沾满泥土的靴子，另一只手试图触摸太阳。那些海水，暧昧而缠绵地漫过他的裤脚，亲吻他伤痕累累的膝盖，抚平那些战火硝烟的坑洼。我幻想自己是一只低空飞行的海鸟，衔着树枝扎进咸涩的海浪里。那样苦涩，分不清是海水还是泪水，而我只有一个目的，就是在他的心间筑巢。”

她的声音轻巧地破开了时间的冰层，将我从法国的沙滩带回了多年前的回忆里，冥冥之中牵引着我来到另一个陌生的时空，呼吸间都蜷缩着惊喜和舒展开来的诧异。

我记得自己二十多年前在剑桥读书的时候，一个人身处异国他乡，总是容易在秋冬交接的时节失眠。英国像一篇忧郁的诗，好像世间所有情绪的重量都堆积在满地的黄叶里，落下的是有轮廓可描摹的孤独。那时候天蒙蒙亮得早，厚重的云堆里压着古典的建筑楼，草丛间都夹杂着几缕寒。重叠的秋风和冷雨敲打在宿舍的玻璃窗，不时还能发现一两个沾着雨露的蛛网在角落瑟缩。这样的早晨日复一日地出现，而生活就像一杯水，伴着喉间的哽咽一饮而尽，吐出的又是一声叹息。

有时，我会爬上钟楼，俯瞰整个沉睡的剑桥，在钟声里缓缓地翻过纸张，目光流转在文学课讲过的那些恣意的诗行间，幻想过某个时空的罗曼蒂克，在逐渐淡出纸张的笔迹中无声地失控，或是消亡。那时的我只是个二十岁出头的文学生，对世界仍抱有不切实际的热忱与幻想，世间万物都不足为惧。但这么多年过去，我早已不是那个青涩的少年，我的学生更是毕业了一届又一届。即使如此，我还是会时常坐在自己的办公室里出神，望着窗外满目的绿，憧憬一段并不属于我的浪漫。

“如果我早出生一百年，或者，甚至是五十年，我就可以看着他出生长大，结婚老去。我会早于他死去，所以心痛不会占据我的躯体，将我变成爱情的囚徒。”

女人有些嘶哑的嗓音，像一缕烟缓缓地升腾在空中，将人心扭曲成一团乳白色的雾，与无数难言的情绪痴缠在一起，怎么也分不开了。我看不清她的脸，仿佛她本就不该有任何形状。她像一滴水，有时落在我的笔尖，在纸上晕开一道道荒谬的印记，有时又蒸发在空气里化作虚无，犹如昨夜一场未了的清梦。

“但是我和他之间隔了太久，久到我来不及去爱，他也无从回应，时间的美名就像是一杯装满错误的酒，连遗憾都值得陶醉了。有人说我疯了，我总是笑着说，也许是吧。爱上另一个时空的人，的确说不清这究竟是一场闹剧还是悲剧了。”

我沿着海滩，深一脚浅一脚地在浪潮里走走停停。慢慢地，她的声音逐渐远去了，而周围的人流似乎也在倒退，所有的景象都变得模糊起来。一时间，细软的白沙滩盖上了重影和阴霾，黑色的礁石群升起了乳白色的浓雾，视线内屹立的灯塔突然熄灭，在顷刻间轰然倒塌成一片废墟。涌动的人群犹如一盘散沙，被风吹散，了无痕迹。滚落的碎石与弹片，伴着极遥远的轰鸣声，又被洗刷冲上了岸。

那是 1940 年的冬天，在德军的重重轰炸下，这片荒芜的海域如死一般寂静。法国正值沦陷溃败的边缘，而驻守在加来海域来不及撤退的英军受到首相丘吉尔的命令被要求坚守阵地，正面迎敌，为敦刻尔克大部队的撤退争取更多时间。

女人的面孔逐渐清晰起来，一双东方的眼睛里，倒映着残破不堪的西半球。整个欧洲都深陷苦难之中，而她眉眼间的棱角，则把每一场起落都勾画得清晰动人。帝国的崛起，共和国的覆灭，秩序在生与死的边缘挣扎徘徊。她注视着我，目光却决然地穿透了我，仿佛我只是一团空气、一口呼吸、一颗微粒，是一把上膛手枪里年久失修的扳机。

她向我讲述着她的故事，却对我的存在视而不见，仿佛她口中所说的一切都真真切切地存在过，停留在每一帧历史的遗书上，最后娓娓道来的，只剩沉重的美丽。

“我看见年轻士兵一个个倒下，然后变成了从废墟飞出的蝴蝶。”

2

巴黎，一周前。

整个城市都于白日沉沉睡去，人满为患的夜晚尚未降临，故而下午的酒吧空荡荡的。我和她一前一后地进了门，便看见在吧台后悉心擦拭玻璃杯的酒保：一个二十岁上下的法国男孩，黑色的背心里套着白衬衫，栗色的卷发梳得服服帖帖，平添了一抹不符合年龄色彩的成熟。听到脚步声，他的视线缓缓上移，最后落在我们眼睛里，那其中有毫不掩饰的诧异，仿佛在纳闷我们过早的光顾。

“有热红酒吗？”

站在我身旁的女人轻车熟路地拉开了面前的长椅，似乎是这里的常客。那串漂亮的法语从她的唇齿间流淌出来，叮叮咚咚的，像阿尔卑斯山的春泉，自然又清冽，没有法国人拖泥带水的风格——这是我第一次体会到异国口音的美妙。

还在擦拭杯具的年轻酒保先是一愣怔，而后笑着转身准备去了。我见他有些慌张的样子，安慰道：“慢慢来，我们不赶时间。”听了我的话，男孩那双小鹿般的眼睛有些不好意思地忽闪着，带着一丝歉意看向我们。

“法国的酒吧还会提供热红酒吗？”我问道。

“我现在浑身上下都湿透了，如果再不喝点热的，一定是我的脑子被淋坏了。”

“我以为人们只有在圣诞才会喝。”

“当然是。但在巴黎，每天都可以是圣诞节。”

“怎么说？”

“时间静止，或是飞逝。人们觉得那是魔法，其实那根本不是什么秘密。有的人活着，却早已死去。有的人化作尘埃，却一直存在。”

女人额前一缕碎发还湿答答地挂着，几滴水渍落在木质的吧台上，晕成了一片咸涩的海洋。我打量着她的样貌，只觉得她在三四十岁之间，有着一双会说话的眼睛，和抿成一条线的唇，温柔而不失凌厉——那是典型的东方女人的特征。有那么一瞬间我仿佛看穿了她的灵魂，但隔着一层无形的雾，我又在陡然间失明，什么也抓不住，继而陷入一种无措之中。

“那你为什么会在巴黎？”

“我？”

“你。”我直视着她乌黑的眼眸，环视四周，再次确认酒吧里只有我们两个人，肯定地点了点头，“你一个人在巴黎街头淋雨，这不像是有理智的人会做的事情。”

“那你又是做什么的呢，有理智的先生？”

“我是一名大学教授，我在剑桥教书。”

“教什么？”

“文学。”

她突然停住了，转而开始仔细地凝视着我，轻声道：“那你一定读过很多故事，古怪的故事。”

“没有什么故事是古怪的，我尊重每一个故事，并相信它们是真实的。”我纠正道。

“如果我还在读书，我想我会愿意去听听你的课。”她笑了出来，拿起桌上的酒杯，捧在手心里思索了半晌，似乎在等指尖慢慢被灼热的温度所温暖，直到感官和知觉都开始复苏，又才幽幽地开口，“如你所见，我从异国他乡来到巴黎，是为了找一个人。”

我明显察觉到她的语气变得轻快起来，没有了之前的喑哑。

“那你找到了吗？”

她抿了一口红酒，目光却飘向了一旁，有些出神。

“嗯。”

不知怎的，得到这个答案时，我的心头莫名蹿上一股失落，又似是意料之中。也许是我的职业本能在期待她的故事会和普通人有所不同，但有时我的直觉也会出现偏差。

“我是来和他道别的。”她看着我，似乎读懂了我脸上的困惑，

“最后我又变成了一个人，一个人走在巴黎的街头，一个人看着天下起了雨，一个人忘记带伞。”

“他为什么不给你送一把伞呢？”

她的眼眶有些发红，双肩微微地耸动着，似乎是在极力掩饰着涌动的情绪，整个人也变得有些烦躁不安起来。

“不怪他，是我的错。”

“什么？”我有些摸不着头脑。

“我嫉妒战争，我甚至希望自己就是战争本身。像1940年的冬天，我把呼吸隐匿于意识河流的冰涛里、雾霭林梢的深处、落满苍白的战火和刺骨的硝烟。一切都陷入无声的阴影中，以至于孤独从此有了轮廓，虚无睁开了双眼，凝睇着我们在同一个地平线上缓缓升起的影子。在时间绝对的沉默里，我们自始至终都在流浪：从此地球上没有国家，世界只是一扇门。推开它沉重的黑暗，赤足走向仅存的光。

“如果能早个十几年，某一天，一个清晨。我愿意去他的梦里，我愿意带他走，告诉他这个世界还没有放弃他。”她的眼眶里满是快要溢出的情绪，仿佛在质问我一般：“你愿意相信我吗？”

我鬼使神差地点了点头，她这才露出了一个释然的笑容，几乎是脱力般虚弱地坐回了自己的椅子上，靠着把手，小声地呢喃着，像是在念叨着一场快要醒来的梦，在午后朦胧的余晖里徘徊不断。

“1940。

“1940。”她又重复了一遍，“一个驻守法国的英国士兵，他在那一年离开这个世界，变成一只蝴蝶，飞进了我的心里。”

她拿起酒杯，一饮而尽，迷蒙的双眼看向我，仿佛我只是一团不存在的空气。

“我们都在最漫长的时间里消亡，像一根燃不尽的烟，忧郁而又苦闷地徘徊在这无趣的人间。”

我张了张嘴，过了好一会才问：“所以他是你的——”

话未说完，我却欲言又止。

她的脑袋原本耷拉在吧台上，一副昏昏欲睡的模样，却在听到我的声音后猛地抬起来，那双东方的眼睛变得熟悉又陌生起来。

“所爱之人。”

3

“我出生在中国上海，一条靠近静安区法租界的小巷子里。”她说话的时候，一双灵动的眼睛亮晶晶的，认真地直视着对方炽热的目光，好像在宣告它们才是主角。那种活力，把蒙尘的时间和积压的记忆都点亮了，洗去了往事身上的风尘气息。

“一处老旧的民国式宅院，那是我父亲在‘二战’参军前唯一的一套房子，后来母亲将它变卖，带着我逃到了海外，这一去就是三十年。”

“离开中国后，你们去了哪里？”

“美国，先是洛杉矶，后来我们搬去了纽约。”

“只有你和你的母亲，那你的父亲呢？”

“他失踪了。战争结束后，他再也没有回来。”她的语气毫无波澜，仿佛连悲伤都是无关紧要的。

“因为战争？”我小心翼翼地询问道，她却不以为意。

她捋了捋耳后的秀发，晃了晃手中的酒杯，浅笑道：“我并不这么觉得，他或许早有安排，也许他的失踪只是他计划的一部分而已，只是一切都被突然爆发的战争所打乱了。很有趣吧，精明的人们，突然在自己制造的闹剧中乱了阵脚，变得无所适从。”

“你认为战争只是一场闹剧？”

“或者说，是成人版的童话，”她不紧不慢地补充道，“唯一的区别就是，这里的故事结局，也许没有绝对的好与坏，也没有真正的赢家。”

我若有所思地点点头，悟出了几分她话里的深意。

“我们都为了争取而失去，这一点是不会改变的，就像北极如火山般高耸的白雪，明明在离天空最近的地方，可是等到太阳升起时还是会融化。我的父亲并不爱我母亲，甚至在我出生前就在外面有了其他的女人，似乎是在抗议与我母亲的包办婚姻。而母亲则是选择抛弃这段黑暗的回忆，只身远渡重洋，开始新的生活。”

“你身上有种独特的魅力，一半来自于你的东方血统，而另一半——我猜不透。”我如实承认道，“或许是继承了你母亲的品性。”

“我是不完整的。”她极轻松地说出这样一句话，令人自然而然忽略了那话语本身的重量——像密密麻麻的石头压在柔软的草甸上，扼杀了新芽无声的尖叫，在无人的夜，或是凄厉的日暮里，留下一道残影。

“一个不完整的女人。”

她又纠正道：“就像我母亲一样。

“但是，”她眼中的光芒映出了一些前所未有的复杂情绪，我竟读不懂几分，“不同于她，我能经常梦见他。”

“他？”

她点点头，“是他。”

“是你未满的恋人。”

“是。”

“1940 年的冬天？”

“那是结束，也是开始。”她解释道。

“同我讲讲他吧。”我将双手交叉在胸前，注视着她的双唇，期待着她将那些陈旧的故事从红酒的浸泡中提炼出来，带着一缕慵懒的醉意，挂在嘴边，一番长谈。

她摇了摇头：“背负一个国家的爱情太沉重了，你或许不会喜欢这个故事。”

“我是学故事的，我也写故事，我经常给我的学生讲故事。”

“你确定？”

她的眼神里有闪躲，有试探，像奄奄一息的鹿，在快要破冰的春泉旁踌躇不定。

“我相信你。”

“好吧。”她深呼一口气，继而一字一顿地说道，“我能看到他，他的模样清晰而又明确，在虚无的梦里，像水里的倒影。”

她的声音很轻，像柏林早春的雾，泛着阵阵的倦意，令人不由自主地陷入那蜷缩的温柔里。我从未在异国的街头读到令我心脏骤停的句子，但她馥郁的唇语将故事缓缓道来，仿佛一场雨，安静地洗刷尽时间的泥尘。我站在她的目光里，只觉得肩头的寂寞被一点点淋湿，变得沉重起来。

“他的眼里有无尽的长夜，留我独自沉沦在破晓时分的暮色里。你能想象吗？脚步碾过落叶时的轻响，回荡在空旷的寂寞里，缓缓流淌出一片无人的湖泊。风声渐淡，那是一缕流浪的温柔。”

“你真的了解他吗？”我问道。

她眨了眨眼，算是回应：“当然。”

“有多了解？”

我来了兴趣，想要追问到底，像刨根问底后发现腐烂的宝藏里有珍珠般温润的光：它从遥远的宇宙坠落，零零散散地落在土壤里，混着苔藓和清晨的气息，变成了地上流动的银河。在绸缎般的璀璨里，映出恋人的轮廓，盲目热烈而真实。

“就像另一个自我。”

“像你一样？”

“像我一样。”

“但是你很孤独。”我几乎是反驳道，但随即后悔自己也许说错了话，只因她平静的脸颊上闪过了一丝不易察觉的动摇，以及猩红眼睑下那隐忍般的痛苦——在那一瞬间，我前所未有地确信，她一定向我隐瞒了什么。

听了我的话，她只是微微地挑眉，然后陷入沉默。

我招了招手，年轻的酒保端着手中的酒瓶慌忙走来，下意识地要为我满上一杯，被我善意地拒绝了。他眼中写满了疑惑与不解，像法国阴晴不定的天气，似乎是在惧怕来自客人的不满。我从口袋中拿出钱包，抽出几张钞票压在账单下，连同小费一起递给了他。年轻的酒保这才反应过来，有些木讷地从我手中接过账单，尾音上扬地说了一声“Merci”，但随即他又像是突然意识到什么似的，用不太流利的英语对我说了一句“Thank you”，这才转身离开。

整个过程，她都只是静静地坐在一旁看着，仿佛发生的一切只是默片电影中的一帧帧定格，与她半点关联都没有：她像一个冷冰冰的局外者，站在那扇名为沉默的门外，试图将自己的情绪与灵魂生生分离开来。我能想象她在一片无人的漆黑中暗自握紧了双手，每一次呼吸都变得愈发沉重，犹如风暴前的白色海浪在重叠的乌云下挣扎，惊慌失措地扑上黑色的尖锐礁石，如此往来，义无反顾。但她不一样，她不愿像那海浪一样，举头便扎进那深陷迷雾中的人声嘈杂的真相里。

“嗨。”我试图将她从自己的思绪里拉回现实，“你知道的，我并不是那个意思。

“我只是觉得，在内心深处，你的孤独是赤裸而真实的。”

她的目光忽闪，看着我将钱包放回了口袋里，又理了理衣领，兜兜转转，最终停在了我身上。那是一种我后来再也没有遇到过的眼神，像初春森林深处的小鹿，充斥着希望，却又脆弱不堪，每一步都走得心生警惕，如履薄冰，仿佛一个不小心就会万劫不复。

“无论你愿不愿意信任我，我都是一个忠实的听众。”我解释道。

听到这里，她终于有所动容：“我没有责怪你。

“你是对的，我的确很孤独，喜欢上一个半个世纪前的人，似乎并不是什么值得庆祝的事情。”她有些自嘲地回应道，“但我能感受到，在某个瞬间，他的孤独与我共鸣，像鸟雀归来时的欣喜。在陌生的土地上，这种奇异的感觉，像是走进了一个从未涉足的家，一个不透风的巢穴，每一缕感情都能完好无损地被保留，温热而真实，仿佛在某一天就会破壳而出。”

“那很美。”我评论道。

“我倒希望一切没有那么美，”她嗤笑，“太美了，就会令人格外珍惜拥有过的瞬间，以至于丧失了面对失去的勇气。”

“但你是勇敢的，你不仅记住了这些，还讲给了我听。”

“噢，如果你说的是这个，”她停顿了一下，又继续道，“我曾经说给很多人听，就是想要——告诉他们，这一切并不是出自我的幻觉或是臆想。

“但没有人愿意相信我，连我最好的朋友都建议我去看心理医生。

“所以后来，渐渐地，我就不再说了。”

“这是你的故事，你有权利保持沉默。”我补充道。

“但故事需要读者，不然它从一开始就死了。”她的回答令我有些出乎意料。

“我同意。”

“但不同于你们文学家，我并不想把这些记忆写下来，不想把它们框在干涸的墨水里，把它们变成文字的囚徒，在时间的牢笼里枯萎衰败下去。”

还没等我来得及回答，她看了看窗外，说：“雨还没停。”

“一起走吗？”我邀请道。

我甚至不知道自己为什么要凭空发出这样奇怪的邀请。窗外的雨仍淅淅沥沥地下着，落在玻璃窗上又骤然滑落，像一道道无法控制、奔涌而出的泪痕，它们迸发出的声嘶力竭的哭喊，都被清脆的雨声所淹没。雨下得这样大，而我只有一把伞，我们两人一定会被淋湿，一切都只是时间问题。

“或者去我的车上坐坐，你想去哪儿，我载你一程。”我毫无头绪地提议道。

“还是走路吧。”她瞥了一眼自己湿答答的高跟鞋，以及半干不干的裙角。

“我只有一把伞。”我的语气里充满了歉意。

她却不以为意——“没关系。”

“我们会淋雨。”我提醒道，而她只是耸了耸肩。

“走路给我一种活着的真实感，就好像，周围的一切都缓慢地停驻在你身边，而你有很多的时间可以一点一点地与他们擦肩而过，不留下任何遗憾。”说罢，她便从椅子上起身。我也拿起了雨伞，准备向外走去。

“走吧。”她推开了门，而我来不及撑伞，只能追赶她一深一浅的脚步走进雨里。

直到我们变成了雨滴，与六月一起坠落到地面，化作沉默的涟漪。

4

炎炎夏日，雨势却丝毫未减，不知不觉间，我们已经沿着一道漫长的白墙走了很久。那粉饰的油漆上了年岁，已经有要脱离的迹象，在方才磅礴的雨里更加岌岌可危。这一堵刺目的白将里面的建筑围得严严实实。沉闷的空气里，似乎连一只蜜蜂也飞不进去，更不必说那透着露骨芳泽的野蔷薇，在白墙上烙下几道浅浅的吻，像恋人皮肤上的勒痕，隐约地发红。

她走在我的左侧，小牛皮高跟鞋踩在凹凸不平的地面上，却也恰到好处地避开了一路上坑坑洼洼的小水塘。我的裤脚已经不可避免地湿透了，但濡湿的布料紧贴着肌肤并没有带来想象中的不适，反而为燥热的心平添了一丝难得的清凉。

突然，白墙内传来了钟声：不同于我在任何教堂听到的，那声音像轻快的泉水，叮叮咚咚地慢溯在心上，一点点将寒冬的冰层敲碎，掉落在风里，变成飞旋的花，缓缓落在肩头。一瞬间，仿佛有万千蝴蝶从许多年轻而真挚的双眼中呼之欲出。注视着这样的眼睛，就好像目睹着一个人的前半生已经沉如覆舟，空白的后半生却尚未落笔，中间是如同废纸般被揉得皱巴巴的时间，在灼热的日光下微微发焦。

我们几乎是同时停下了脚步。她抬起头，试图向墙内望去，但很快又将视线收回，嘴角轻轻勾起一个笑容。

“怎么了？”我疑惑地问道。

她笑着摇了摇头：“没什么。”

“我们这是在哪儿？”我毫无头绪。

她摇了摇头，眼眸垂了下去，似乎在仔细思考我的问题。还来不及等她回答，白墙内便传来了一些躁动，各种声音混在一起，却出奇一致地纯粹，丝毫没有花里胡哨的杂乱感。

那是孩子的欢笑声。

“没想到，我们竟然走到了一所学校附近。”她虽然有些惊讶，语气却依旧不温不火。

我豁然开朗——原来那神秘的白墙内是一所学校，这样想来，那钟声想必是课间铃。下课了，便有了烟火的气息，有了人间的感觉，与刚才寂静无声的白墙完全是两个截然不同的世界，难以想象它们就这样保持着奇异的平衡共生着。

“我刚才完全没看出来，那竟是一所学校。”作为一名天天和学校打交道的大学教授，我有些愧疚地说道。

听了我自嘲般的评论，她忍不住笑道：“你待在学校的时间比我要长得多。”

一句温柔的讽刺，不痛不痒地撩拨在心口，令我有些无所适从。

“大学不太一样，”我企图解释道，“尤其是教书和读书，这是两个概念了。”

“学生和老师的区别吗？”

“也不完全是。”

“我以为学生和老师没有什么区别。”

“哈哈。”

“我说得不对？”她的眉头微微皱起，语调诙谐却不失严肃。

我摆摆手笑道：“你是对的。”

她突然噤声，将食指放在唇前示意我安静。这突如其来的转变，像试图赢得捉迷藏游戏的小孩子一样，令我有些摸不着头脑，却也默契般地迅速闭上了嘴巴。约莫有半分钟，她才悄悄地凑到我耳边，极小声地说道：“我看见他了。”

“谁？”

“他。”

“你看见他了？”我的反应比声音要大得多。

她肯定地点了点头，双眼中闪烁着坚定不移的光，用手指了指白墙内左前方的一栋灰色建筑楼，上面有一个小小的阳台露在外面，栏杆上爬满了躁动不安的青藤，如一条吐芯的蛇，在沉闷的空气里蠢蠢欲动。

“他就站在那里。”

我顺着她的手指望去，目光所及之处却依然是一片荡然的空白。

“看到了吗？”她勾起一抹笑，像一尊弯弯的窄月，“那个穿着海军蓝马甲的小男孩，衣领皱巴巴的，像是刚和人打过一场架。”

从操场到战场，炮火取代的天空下，映入眼帘的是静谧的尸体。是被摒弃的童真，有错误的相爱，以及时间的绝症，在一个个被枪声敲碎的清晨，目睹着年轻的躯体轰然倒下，与那些飞机的残骸一同坠入坑坑洼洼的遗忘里，堆成一丛衰败的灌木、一簇枯萎的野花。季风来来往往，那些离开的人再也没有回来，也许是变成了万千蝴蝶中的一只，飞越漫长的海岸线，消隐在夜的余光里。

我的思绪蔓延到很远，直到我再也追不上那些蝴蝶。恍惚间，只觉得她的声音变成了一朵轻飘飘的云，将我的身体托举起来，缓缓升高。在空中，我的视线豁然开朗，将白墙内的学校一览无遗，在层层叠叠的灰塔中，我试图捕捉她口中的影子。然后，然后——

我终于看见了他。

顶着一头栗色的秀发，不偏不倚地靠在栏杆前，手里拿着一本书：那是一本老书，原先书皮上的标题已经变得模糊，随时有掉页的危险。他的胳膊随意地搭在栏杆外，一束光照在他的皮肤上，暖暖的热流盘旋在他的四周，像迷路的蜜蜂，伴随着少年情绪特有的轰鸣，传进我的耳中却变成了嗡嗡声。

“他手里拿着一本书。”我向她说道，目光却还不忘追随那少年模糊的脸庞，在晃动的光线下愈发朦胧。像是察觉到了我的注视，他的脑袋缓缓地垂下去，似乎是在沉思着什么。

“是吗？”她望向我，但语气轻快，丝毫没有质疑的意味。

“但我看不清书名，那本书太老了，像是一堆时间的灰尘，风一吹就散了。”我下意识地揉了揉眼睛，方才似乎有沙子被吹了进来，引得一阵刺痛。

一晃神，我再望去，那少年的身影已经消失了。

“他上楼了，”她及时地喊道，“他在楼梯上。”

我沿着她的声音，目光在一片朦胧里无意识地摸索着，终于又寻见了他的踪迹：只见他快步地走着，轻巧地爬上一层层木质阶梯，像一阵纯粹的风，吹得所及之处的心上花圃都变得招摇。那本书在他的手里，像一只随时要飞走的蝴蝶。

“你在哪儿？”我下意识地问道。

她明明就站在我的身旁，愣怔地注视着前方，一双浓眉大眼仿佛盛满了黑色的沙子，在细碎的光下忽闪着，铺成了一片发光的海面。但并不是海的蓝，而是琥珀里的山，此起彼伏地重叠成梦的影，在荡漾的云间，一滴滴落下来，浸润了岁月的形。不知为何，我竟心生一种难以自持的怅然与空虚，好似她是不真实的清梦，下一刻就要如风般散去。

“我？”

“对，”我点点头，说道，“你。”

她突然陷入了沉默——这是我没有意料到的。

一时间，仿佛我们都溺亡在一条充斥着诡秘疑云的长河里，随着泛滥的波澜起起伏伏，像几片漂泊的枯叶，被水流簇拥着，流淌在冷漠的雾气里。那些未知的彼岸里，或许藏着答案，又或许什么也不剩，只是一副美人的骨架，孤零零地散在泥壤里，最终归于荒芜。

直到很久以后，我才知道，或许答案的代价是生命——这就是为什么真相如此沉重。

“你觉得我在哪儿？”她问。

“在云间，在海里，还是路灯下一闪一闪的、橘黄的暖光里？”我试探性地问道，她却只是笑着摇摇头，说：“我倒是从来没想过，自己还能为他人带来光明。毕竟我在这阴霾遍布的人生里，已经狠下心要走到底。无论前方是漆黑的浅塘还是深渊，我都会义无反顾地往里踏。”

“但这真的是你想要的吗？”

“虽然不好，却也不坏，”她说，“有时候，在早晨，我幻想自己变成了一座森林，呼吸在迷蒙的雾里，怀内蜷缩着慵懒的冬天。

“生而为人，忍受患得患失的痛苦不是一种选择，而是责任。”

良久，她轻轻吐出这样一句话。

我一时间竟不知该如何作答，只是跟着她继续往前走。与此同时，却发现一个小小的身影与那少年擦肩而过，也是跑得匆忙而急促，像是要赢过时间般倔强。我加快了脚步，却发现那身影慢了下来，最终挨着一棵梧桐树缓缓蹲了下来。小小的肩膀上还挂着一个书包，走路时一耸一耸的——从背面看去，隐隐约约是个扎着麻花辫的小女孩。

直到那女孩回过头张望，像是站在偌大的马路中央，目光正好对上前路的迷惘和无措。我这才看清她的脸庞，心中暗自惊讶：原来是她——那是年少的她，像初绽的花蕾，在和煦的微风里清冽而单纯，像教室课桌上的一杯白开水，冒出的雾气模糊了少女羞涩的脸颊，淡去了那一抹青春的绯红，而那隐秘之下涌动着的，是无处可躲的小小心思。

只见一棵高耸笔直的梧桐树下蹲着一个小小的身影，一切似乎变得古怪，却又舒适地恰到好处。为什么我会在他的故事里看见她？

这时空的错乱，似乎并不是我一时兴起的幻觉。

“我看见——”我小心翼翼地开口，“你蹲在一棵树下，似乎被心事所困扰。”被缠绕，被束缚，那些可人的绿荫笼罩下来，变成无处可逃的网。情愫在此刻变成了多么易碎的存在，以至于它受困于生活的网中难以脱身，饱受折磨。

“树？为什么是树？”她诧异地问道，“我不记得自己的生命中和树有什么特殊的情结。”

“一棵梧桐树。”

“啊，”她终于反应过来，“那是在上海。”

城市的名字从她的口中轻轻吐露出的时候，似乎无关紧要，却还是在我的心上掀起了些许波澜。像坠入水塘的石子，在一圈圈的涟漪里，不深不浅地沉浮着。我只是一个故事之外的旁观者，却能清晰地回想起那份感同身受的冰冷。

“那是很久以前了，太久了，久到我都记不清了。”

“你不过也才三十多岁。”

“是啊，三十多岁，听上去却像是活过了大半场人生。”

“他倒下的时候，也才三十岁出头吧。”

“什么？”

在一片废墟中，踉跄着向前，直到再也流不出血，那些伤口都开始凝固。像被打湿翅膀的蝴蝶，扑棱着，无法飞向碧空，只能坠入海面——是这种感觉吧。

“一个死去的年轻士兵，在1940年的冬天。”

他倒下的时候变成了一只蝴蝶。

不知何时，她的嗓音结上了一层霜，挂着冰凌，不堪积雪的重负而摇摇欲坠。我仿佛被抛掷到冰雪荒原中，在一片白茫茫间匍匐，却伸手不见五指，只有渗入关节的刺骨寒冷对比出现实的温度。

“而我是一具行走的尸体，顶着三十岁女人的皮囊，游荡在巴黎的街头，像一个无名无姓的鬼魂。

“在我走过的每一个角落，我都能感受到他灼热的视线，透过厚实的砖瓦和堆积成山的骸骨，像末日的一缕光，从地平线上升起，照耀着漫长的夜。

“而我与他不一样，我不会变成蝴蝶，我会化作一缕尘埃，被风抹去痕迹。”

见我沉默不语，她忽地转过头来，一双幽幽的眸子定定地凝睇着我的双眼，似乎要洞穿时间，令我不由得呼吸一窒，半晌我才找回自己颤抖的声音：“为什么提到蝴蝶？”我很难将这个名词与战争联系到一起。

“因为它脆弱又坚韧，是世界上最美的矛盾。”

“就像这段恋情吗？”

“一场无疾而终的爱。

“不曾开始，何来终止。”她停下脚步，轻嗅探出墙外的蔷薇。

“记忆难道不重要吗？”我问。

“为什么人们总要纠结于究竟是什么时候坠入爱河的呢？记住了这样特殊的时刻又有什么意义？在生命与死亡面前，爱究竟算什么？一份礼物，还是惩罚？为什么选择了爱，却依旧令自己饱受痛苦呢？迷失了自我的游戏，难道真的有最终的赢家吗？”

我沉默了半晌，说：“我只看见你扎着一双麻花辫，还不确定那是不是你。直到我看到你的脸时，我就确定那是你。”

“他们说亚洲人的脸有超越时间的魔力，”她自我调侃道，“你能认出年少时的我，已经很了不起。”

我也笑了，连连点头，只觉得周遭的气氛似乎又变得轻快起来。在沉闷的雨季里，脱离了战争的阴霾，终于破土而出了一丝绿意和生息。

“我为你高兴。”像是突然想起了什么，我连忙补充道。

“为什么？”

“因为你没有迷失，即使过去了这么多年，我还能在他的故事里找到你。你没有变成一缕尘埃，或是消失在风里。我看见小小的你背着书包，沿着路边就这么走下去，与那少年擦肩而过，像时空里的美丽邂逅，演变成一场毫无预兆的错乱，一个无人去纠正的误读。”

她有一瞬间恍神，眼睛里的光也变得模糊起来，像是蒙灰的玻璃窗，有种说不出的闷。浮动的躁意和空气中的热浪，在未止的雨里发疯般地弥漫开来，变得饱满而酸涩。

渐渐地，我意识到那不再是雨，而是她的眼泪。

5

“他参军之前是做什么的？”

我瞥了一眼手中她递给我的香烟，犹豫再三后放进了口袋里。

雨已经停了，空气中的花香逐渐淡去，但记忆的面孔与棱角却被湿润的水汽洗去了时间的尘埃，变得越发清晰。她裙角的水渍已经不知何时蒸发了，虽然太阳尚未完全探出头，但隔着几重阴暗的云还是能隐约透出些许光来。就这么漫无目的地走着，我们途经了一条空旷而无人的小巷，尽头是一家老旧的书店。

她没有急着回答我的问题，而是用她修长漂亮的手指缓缓地从烟盒里抽出一根软烟，另一只手拿着不知从何而来的打火机。一眨眼的工夫，她便吐出了两个小小的烟圈，像是没有杀伤力的原子弹蘑菇云，在和平年代的呼吸里显得怪诞而美丽。

虽见我收起了香烟，她仍将打火机凑到了我跟前，试探性地打出小小的火花。隔着一层衬衫，我依旧能感受到胸口正微微地发热，犹如我烧红的耳根与脸颊。在她的坚持下，我终于掏出了她先前递给我的那根烟，顺从地依照着她的火，点燃了那缕饱含馥郁情绪的香。

此时，她脸上的表情终于有了变化，但仍然对我先前的问题置若罔闻：“你就不问问我是做什么的吗？”

或许是抽烟的缘故，她的声音带着几分嘶哑，像脆弱的落叶被摁在鹅卵石上摩擦，继而被划出几道深浅不一的伤痕，引人心口处隐隐作痛。我被她问得先是一愣怔，迷糊着直摇头。

“还是说，你不好奇？”或许是觉得我的反应愚钝得令人发笑，她干脆语锋一转，红唇轻启吐出几句沾染了糖霜的尖酸与刻薄。我心头一紧，连忙解释道：“不是的，我很乐意了解。”

她咧嘴笑了，唇红齿白在一片云雾间，像不真实的美人峰。

“我是个医生。”

“你是医生？”我的语气中带着一丝惊讶——这绝对是我意料之外的答案。

她应声看向我，眼里满是不可思议，“你不相信？”说罢便转身走进了书店。

我摇了摇头，跟了上去，既不肯定也不否定。她丝毫没有在意我的反应，而是接着补充道：“我是一个外科医生。”

“会做手术的那种？”我漫不经心地拿起一张黑胶唱片，心不在焉地打量着上面密密麻麻的文字，思绪却还在她那里沉沦。

“应该是——会做很多手术。”她刻意拉长了“很多”的发音，似乎是为了强调她作为医生的事实。紧接着，她瞥了一眼我手中的光盘，问道：“柴可夫斯基？”

我下意识地点点头，“是《天鹅湖》，他最经典的作品之一呢。”

“你喜欢看芭蕾舞剧？”她问。

“在英国教书的时候，经常有机会去剧院看演出。”

“柴可夫斯基所有的舞剧里，”她边说边注视着那黑胶唱片上已被严重磨损的标题，目光深沉，似乎要将那所剩无几的痕迹也完全地浸泡，然后再剥落个干净，“我最不喜欢的就是《天鹅湖》。”

“为什么？”我惊讶极了，心中升起一阵隐隐不安，仿佛所有事情到了她身上就会脱离地心引力，飘浮在呼吸间，在逻辑的混沌里，变得毫无规律可循。

“没有为什么，”她简洁地解释道，“因为那是个悲剧。”

“悲剧往往令人印象深刻。”我辩解道。

“但为什么《天鹅湖》一定要被理解为是一种不存在的幻觉，一场荒诞的梦境？”她的语气渐渐带上了一丝我无法辨识的复杂情绪，“为什么爱被描述成邪恶的、引人发疯的源泉？最可怕的部分——

“最可怕的部分——是人们还要庆贺以王子自杀为代价换来的完美爱情故事。难道没有人可怜他吗？一个人被逼到发疯，丧失一切希望，无能为力最终以悲剧作匕首，扼杀了自己跳动的心，这究竟是一种怎样的残酷啊！人们却说这是艺术，是荡漾的永恒，在颤抖的竖琴波纹里，辉煌的管弦乐中，怜悯之心夹在乐谱上的休止符之间，跻身永无光明的黑暗里。

“这就是为什么我讨厌《天鹅湖》。”

我看见雨里的日晕从小小的、模糊的光圈，渐渐有了模样，框在她微微抖动的发丝里，一颤一颤，像珍珠锡箔上泛着的泪光，带着陌生的温度，仿佛是最熟悉的历史灰尘落在皮肤上，累积了一层无法抖落的忧伤。

我注视着她脸颊上的泪痕在光下扭曲，生长，从寒崖梢头坠落，融入一条逆流而上的河流。就这么静静地躺在风的怀里，向人间的尽头淌去，那里什么也没剩下，只有流动着的未知的远方。

“一切都是有限的，”她缓缓地摊开了白皙的手掌，双眸的流光落在指缝间，一字一句地说道，“即使作为医生，我也无法医治所有人，而这就是问题所在——

“你知道吗？”她喃喃自语，又像是在向我发问。

我放下了手中的唱片，只感觉自己被一股强烈的视线所洞穿，从而不得不直面她的脸庞，她的声音，她抛掷出的每一个问题，都是硌脚的石子，被放置于我脆弱的脊背上来回研磨。在每一个漫长的瞬间里，我似乎变成了微渺的蚂蚁，在潮湿而长满青苔的皮靴下，化作了黏腻的尘埃。

我问她："你是在责怪自己没能救他吗？"

"谁？"她的眼中透着一丝迷茫，仿佛我方才不小心触碰到了一个错误，而我的问题则是个不该存在的悖论。

"他。"我重复道。

"啊。"

她若有所思地回了神，定定地打量了我一番，拉长尾音说道，"他啊——

"他不算。"

她的回答显然出乎我的意料："他不是我的病人，我治不了。"

我刚想发问，她却突然凑近，在我的耳边用微不可闻的声音低语道："因为我是他的病人。"

突然，我脉搏下流淌的血液如坠冰窖，变得停滞不前。好像潜意识里那些有关爱的记忆，那些温暖的炉灶被人扼杀了火的光热，连焦黑木屑里最后一丝余温都被抽离，悬挂于冬日的窗棂上，在飞扬的风雪里变成轻薄的、透明的遗憾。

"可他也救不了我，"她抖了抖指尖的最后一截烟，呼出一团白雾，凛冽又疏远，"他是一个画家。

"在他参军之前，他有一双沾满季节和时间的手，他的包里总是放满了各色各样的画笔和刻刀，时间对他而言失去了威慑力，坚硬不过一块未经雕琢的大理石，脆弱不过一张白纸。”

“但他上了战场？”我有些诧异。

“我不知道他是怎么想的，家国动荡，也许他是自愿的，也许是被迫的。又或者说，没有人知道这个世界是怎么想的。战争只是一场借口疯狂的游戏，就像人们无聊得久了，便开始自掘坟墓，还不忘将最喜欢的花写进他们漫长的遗嘱里。”说罢，她将抽完的烟头踩在脚下，像碾碎一朵花的头颅那般轻巧。

“但有一点我可以确定，他那双手没有沾过鲜血，没有拿捏过他自己以外的性命。

“他上战场的时候，带着一把从未上膛的枪，里面一颗子弹也没有。战壕里的枪炮轰鸣震耳欲聋，他却置若罔闻，只是拼命地救人，将部队中的伤员从战火漫天的废墟中一个一个背回来，一步一个踉跄。所有人都在向前，可他变成了与时间赛跑中的最后一个。”

“他没有杀过人？”我问。

她摇摇头：“而我和他恰好相反。

“很多时候我站在急诊室里，双手满是刺目的鲜血，感受着麻痹感如何一点点爬上我的背脊，钻进我的意识，全线侵占了我的视线——然后世界变得黑暗而又模糊，我失去了说话的能力，却依旧能听见生与死的对话，在我身后紧追不舍。就算是在手术刀锃亮的倒影里，我也看不清自己的脸。”

我突然萌生出一股极其强烈的、想要拥抱她的欲望。我试图靠近，却被她的冰冷所灼伤，只能小心翼翼地组织自己的语言：“就算手术失败，也不完全是你的错。面对命悬一线的病人，医术再精湛的医生也只能尽力而为。”

她与我平视，淡淡地说道:“如果一个外科医生没能救回病人，那就是杀人。

“一个不会自救的医生和一个不会杀人的士兵，哪个更可笑？”

我无法回答她，正如此时的我完全看不透她的内心。她可以笑，可以哭，但她笑起来的样子和哭如出一辙。

“如果我们多一点自私的话，也许就不会是现在这个样子，”她叹气道，“哪怕多一点点的自私，我们就能得救。

“太迟了，”她低下头，声音渐渐弱了下去，“都太迟了。”

我看着她失魂落魄地走出了书店，留下一片沉重的寂静，我的双膝陷在其中，仿佛被一股无名的力量所拉扯。下坠，下坠，犹如一只翅膀被沾了水的蝴蝶——我的耳边响起柴可夫斯基《天鹅湖》最后一幕的乐章：瑰丽而荒诞的旋律震耳欲聋，死去的王子和天鹅在互诉衷肠。

蝴蝶不见了，再也不会有人说话。

那不过是黎明的一声叹息，沉没在湖水里，于几个世纪后浮起被泡得发胀的一曲挽歌。

6

1940 年 1 月 24 日，战事依旧告急。

驻扎在加来的英军营地传来阵阵沙哑的电台声，播报员低沉的嗓音，穿透繁杂的铁丝网，溜进了驻扎站岗士兵厚重的皮靴里，仿佛一股无形的力量，将他们疲惫的躯体往地心拽去。

夜色正浓，盖在摇曳的篝火上，聚拢的黑暗将大地捂得严严实实，漏不出一丝多余的希望。连光都是冷的，像发烫的白日、脱轨的秩序，无数的憧憬还未成形便在浓烈的暮色中消逝了。

疲惫的士兵们围坐成狭小的一圈，在浓稠的冬雾里紧挨着彼此破洞的袖口，弯曲的膝盖抵着开裂的鞋底，裸露在外的皮肤满是斑驳的伤痕淤青，还有脸上来不及刮而变得愈发浓密的胡楂。他们的目光在微弱的火焰间游离，忽闪，最后失神地落在某瓶没有喝完的威士忌上：摇晃的酒液借着寒冷凝固成明晃晃的琥珀，瓶身快要脱落的标签上结满了一层薄薄的霜花，在呼出的热气中悄然融化，便直直地往下淌，一滴一滴的，仿佛是挤出来的时间。

我和女人站在离他们不远处的树林里，感觉风穿过我的意识，将我缓慢地托起，以俯瞰整个大地：渐渐地，本来在我身旁的她不见了踪影。而士兵们有些醉了，零零散散地向四面八方倒去，在很久不曾做过的梦里，毫无意识地向前倒下，像汪洋泡沫那般阵亡。

“现在是什么时候了？”我问。

“凌晨四点半，距离下一次德军空袭还有十分钟。”

回答我的不是女人，而是一个男性的声音。

我诧异地抬起头，却发现他并不是在对我说话，而是平视着前方，嗓音中还带着一丝不清明的醉意。身旁本来躺下的士兵用手肘撑着坐直了身子，理了理歪斜的帽檐，视线落在漆黑的尘土里。

像是突然察觉到了什么似的，他哽咽了一下，开口道：“我女儿很喜欢这种蝴蝶。”

我顺着他的目光看去，只见那黑色的土壤里什么也没有。他就那样僵持着，定定地坐在那里，一言不发。我又回过神仔细地打量了他一番，年纪看起来也不过是三十上下，眉眼间却盛满了憔悴和倦意，眼中晕散开的红血丝更为明显，像玻璃缸中狠狠撞击边缘，因绝望而试图自杀的金鱼。

“哪只蝴蝶？”此时说话的是一个更为年轻的声音，虽然疲惫，但他面庞前垂落的发丝间，隐约透着几缕微小的、倒映着的火光。

“哪只蝴蝶？”对方诧异地反问道，噗嗤笑出了声。

“我看见好多蝴蝶，太多了，都在这里，”说罢他将食指移向了自己的太阳穴，做出一个手枪的姿势，仿佛要终结那些恼人的炮鸣，“我不知道你说的是哪一个。”

他身后的战壕和废墟以怪异的姿态屹立在荒凉的大地上，被捕捉的风声落下了熙熙攘攘的黑影，融入他的双眼中，变成了浓烈的夜的篝火，将人引入一场难以脱身的色诱。我不记得自己在那里站了多久，我的眼睛早已不属于我，就连那些只言片语都融化在灼人的炽热里，慢慢凝固成他胸口上悬挂着的金属勋章，冰冷而坚硬，成为时间坚不可摧的铁蹄下被践踏的泥土。

我还是没有看到女人的身影，但我注意到他脖上系着的军牌镌刻有一串歪歪扭扭的数字，因朦胧的冬雾而变得模糊疏远。恍惚间女人的声音在我的意识里浅浅地响起：“他没有名字，他对我而言只是一串数字。”

名字是什么？

我仿佛回到了大学时期的课堂，一刻不停地转着手中的笔，把玩着摇摇欲坠的未来，所有挥霍的时间都被我尽数塞进了沉闷的笔帽里，以至于留在纸页上的那些潦草的字迹，都是赤裸的当下。是被我恶意剥去了外衣、不得不以性感示人的真相，都变成了辗转在我意识床畔间的露水情人。

为什么要有名字？我厌恶署名，因为那是一种枷锁、一抹不必要的沉重，逼迫着我去占有一段记忆，属于一个瞬间，变成一个为他人而活的人。名字是如何自私的存在，教会人逆来顺受，循规蹈矩。呼唤他人之名时，我并不是将名字从我的唇齿间抽离，而是将它生吞，甚至不多加咀嚼，便匆忙地咽下，直到大块大块的冰充满了我的胃，连心房都开始隐隐作痛。到了那时，我会心不在焉地抹去额角沁出的细汗，顺便将真正的自我也抹去了。

“你疯了吗？”年长士兵的语气波澜不惊，但他的眼神却比医院层层叠叠的阶梯还要深远，以至于一眼望去根本看不到尽头，无论从哪里开始或结束，脚下都是深渊。

“一月份哪里有什么蝴蝶。”一个闭着眼倒在一旁酣睡的士兵在半梦半醒间不耐烦地翻了个身，嘟囔了一嘴。

“那是你看不见的、彩色的蝴蝶，”他笑着说，“在弹匣里，我曾经找到过它们的尸体，一碰就会碎裂，像枯萎的干花一样，变成时间雕塑底座下的尘埃。我们都要找到一种方式长眠，只是过程往往浪费了太多时间，但蝴蝶就不一样。”

“你不能有这种危险的想法，”年长的士兵瞪大了双眼，极力劝阻道，“你知道他们会对你做什么吗？他们会把你关起来，像精神病院对待患者那样，让你的脑子变成一颗不受控制的子弹，飞向每一个你爱的人。”

“我是一个士兵，但我也有一颗心。”

“你的心是一把手枪，里面除了硝烟什么也没有。”

“不，”他仰头喝了一口酒，紧接着摇了摇头，带着显而易见的醉意，“我在这里找到了归宿。”他的右手紧握成拳，重重地敲在自己的左胸口，“这里有一只蝴蝶。”

“我从未听你讲起过你的爱人。”年长的士兵有些惊讶。

他摆了摆手，笑着说：“因为她不属于我。”

“她已经和其他人订婚了？”

“不。”

“那是为什么？”

“她不属于这里，她不属于任何人，她甚至不属于——时间。”

“你见过她。”

“对，有时候在梦里、在窗前、在我的衣柜里、抽屉上、台灯下，我叠好又打开的毛衣中缓缓流淌出的德国人的血，干涸的浴缸，发狂的惆怅爬满窗台，生出孤独的苔藓。还有家门前那棵倾斜的树，一点点向外延伸出去的那条阻断的路——她都来过。”

“哈，你这个疯子。”年长的士兵夺过了他手中晃悠悠的酒瓶，不耐烦地骂了一句，将剩下的液体一饮而尽。

“也许她是个医生，能治好你的疯病，”他若有所思地瞥了一眼年轻的士兵，不以为然地笑道，“等战争结束了，或许你真应该去找到她，将这些胡话说给她听，看看她会有什么反应。”

“可是她兜兜转转地飞来飞去，就像一只蝴蝶，我碰不到也摸不着，”他痛苦地捂住了自己的头，自顾自地说道，“也许在这样的痛苦之中，战争也变得可以忍受了。也许这场战役告终的时刻，她就会从我的生命中消失。”

“就算他们把你抓起来，关进去，你也不在乎吗？”年长的士兵嗤之以鼻地问道。

他摇了摇头，算是否认："我已经把自己关进去了，就像我的确有一颗心，但那里面空荡荡的，住着我的孤独，还有我走失的影子。黑夜总是很漫长，那只蝴蝶再也不会飞向我，你所理解的温柔正在杀死我。"

我感觉自己的躯体变得陡然沉重，然后四肢瘫软般无力地坠落到了潮湿的地面。大口呼吸间，我吸进了满是酸涩的尘埃，直到女人的声音突然响起，将我从这场不堪重负的沼泽泥泞中拉拽而出："他在看着你。"

"谁？"

我下意识地转过头去，却发觉又只剩下了我和她，方才交谈的那两名士兵已经消失在了视线里。

"你们见过面了。"

她细细打量着我的脸庞，小扇子般的睫毛忽闪了两下，继续说道："就是刚才你看到的那个年轻的士兵。"

我注视着她的双眸，隐约又看到忽闪的蝴蝶在其中低低地掠过高地，像破晓之初飞升的惊鸟，表面的平静之下是翻涌的情感，如浪般狂野炽热，混杂着泥洼的呼吸，绿地上添了一抹黑色的纠葛。

"他说，他见过你，"我缓缓地开口，却欲言又止，"在很多地方，他都记得你的模样。"

她咧开嘴，浅浅地笑了，柔软的耳尖攀上一丝粉红，月光在她洁白的贝齿上跳跃，像是另一场易碎的梦。天色笼着一层迷蒙的轻雾，清幽沁鼻的夜香，如打翻的细腻爱慕，一点点铺散开来。

"我也见过你。"她看着我的眼睛，如此说道。

一时间，我竟不知道自己该如何回答，只觉得身后的夜越发迷离，脚下的路也变得轻浮而不真切。我们曾并肩走过的街口，都只剩下几道模糊的影子，雨水洗刷过的交通路灯悬挂在绿荫间，像被孩童随意放置的一张剪贴画。我仿佛置身一场错位的拼图，唯一的缺口就是我自己，而我在这段故事里却找不到能够安放自我的位置。

我开始有些慌了，手心指缝间渗露出点滴的失措，我好像有些爱上她了——这突如其来的念头将我着实吓了一跳，仿佛蜂蜜和黄油的爱情，最终的结局只是在过度炙热的纠缠中一起融化，难逃被人拆解入腹的命运。

无人的街巷是一道漫长的延伸，变成矗立路灯下扭曲发散的迷蒙灯光、流淌的池塘中沉眠着的一剪月和褪去所有风花雪月的云，然后降落到这枪林弹雨的世界里，变成两颗缓慢靠近，却终将错过的心。远方静谧的雾里，忽然传来一声枪响，打散了在暮色里凝结成霜的肃穆，未说出口的话语，都纷纷攘攘地落向战壕，变成坑洼不平的碎片，一截深埋于梦中的断壁残垣。

血流淌在破晓前的月色下，仿佛枪口尚未完全散去的硝烟般，慵懒地弥漫在刚刚打响的新一场战役里。

有人下坠，变成一只断翅的蝴蝶，直至飞越时间与死亡。

7

我们最终走到了一处无人的海滩，她取下了缠绕的发带，脱下了高跟鞋，赤裸着胳膊，悠然地提着鞋，深一脚浅一脚地沿着海岸线行走。我追随着她灵动的影子，好像自己也变成了夜的一部分，在毫无遮掩的月光下，暴露出了内心深处如钻般的赤诚。

“那场战役后来持续了一个月。他们先是被派遣到法国，随后又接到首相丘吉尔的指令，要求他们不得撤退，坚持抵抗德军的空袭轰炸来为敦刻尔克撤退的英军赢取更多的时间。然后在1940年5月，一切都结束了。”她的语气极轻，仿佛在娓娓道来一个无足轻重的故事，“英国第三十陆军团成了敦刻尔克大撤退的牺牲品，他只是三千个人里的其中一个而已。”

“他的牺牲也是有意义的。”我安慰道。可是话音刚落，她便转过身来，定定地凝视着我，仿佛要将那段历史在我的眼中无止地灼烧，直到穿透灵魂，从而让它变得更加疼痛深刻。

“是啊，所有人都铭记了敦刻尔克的壮举，”她愤然道，“只有三千人牺牲。”

“丘吉尔作出的决定是最符合时局的选择，这是为什么人民依旧敬爱他。”

“不，所有人都可以爱丘吉尔，但我不能。”

“为什么？”

“当所有人为英国的胜利而欢呼时，他们是自私的，因为即使是在‘二战’最严峻的时刻，英国也并没有真正地陷落。这个国家一刻也没有停止它的呼吸，有着跳动的心脏、流动的血，就这么一如既往地向前奔去，以至于那些呼啸的风，将年轻的尸骨、冰冷的雨和僵硬的泥水一同吹散在模糊的历史里。”

“但是——”我几欲争执，却被她悄声压制了下来，她的食指放在薄唇前，对着我身后的茫茫大海，向着黯淡无光的虚无，轻轻吐出一个几乎微不可闻的气音：“嘘。”

我愣怔着，猛地转过身去，却发现那片海消失了，又变成坑坑洼洼的战地，透着潮湿的死气，令人越发昏沉。耳边又响起了刺啦不齐的电报声，仿佛轰隆的雷鸣在捶打一声声微弱的呼吸。

明明正值夏天，却连空气都是冷的，透着一股生人勿近的凛冽。如此怪异，仿佛我曾是这场战争中的一颗尘埃，被吹到了无关紧要的角落，却又无意间瞥见了所有的秘密。它们在我的皮肤上生长成枝繁叶茂的疼痛，却在顷刻呼吸间，被偶然的风抖落下来，宣告着又一场孤独的消亡。

一声炮火的轰鸣将我游荡的神思炸得粉碎。

“我们要死守加来海域，为敦刻尔克的大部队的撤离争取时间。”不远处，一个四十来岁的指挥官正向一群蓬头垢面的士兵下达命令，随即整个军队都陷入一段冗长的沉默。

“长官，我有一个问题。”终于，一个士兵打破了沉默——我认得他，就是那天夜里抱着威士忌酩酊大醉的年长士兵，他有一个喜欢蝴蝶的女儿在等着战事结束，等他回家。

我的心中升腾起不祥的预感。只见指挥官点头示意对方说下去，对方却直截了当地问道：“请问这是首相先生的命令吗？”

沉寂已久的人群瞬间因这个敏感的问题而变得躁动不安，微小的议论声在低低的帽檐间爆发开来，编织成了一张无形的网，将在场的所有人都束缚其中。而由于长期战事的疲惫，他们都早已丧失了挣脱的力气。

“敦刻尔克有四十万人呢，我们只有三千人。”

“三千人的命难道就不是命吗？”

“我们来到法国已经好几个月了，这样下去根本不是办法，我们与德国人的力量悬殊太明显了……”

“就算是到最后一刻，在德军的空袭下我们三千人能撑多久？一天，还是几个小时？”

“一切为了国家……”

“注意你的身份，士兵。”指挥官严肃地清了清嗓子，试图在纷纷攘攘的议论声中重整他的威严。

“长官，我请求您回答我的问题。”年长士兵坚持道，他的眼中再没有了坚忍，只剩一丝悲悯。

“我们为英国而战，我们为国家奉上一切，但我们有权利知道真相。”

“长官！”又有十几个士兵高声附议道。

中年指挥官眼中闪过一丝难以描述的情绪，帽檐之下一张冷面并未有所动容。

“是的，士兵。”然后便又是冗长的沉默。

年长的士兵听了，竟没有任何反应。我看见他的指关节因用力地紧攥着褪色的军装腰带而变得发白，犹如交叠的白骨中拔地而起的森林，冷冽地剔除了生命的最后一丝脆弱。

那一刻，我看见湿软的土地在他脚下塌陷，深深地向地心坠去，在腐烂的时间里变成一艘泥塑的船，穿梭在云雨雾里，漂向那短暂而又颠簸的一生。或许文学课堂里教会我的是错误：托起人们灵魂和身躯的重量的并不是对于已知短暂生命的渴求，而是无奈的遗憾和未了的念想。正如我不知道希望应该如何在伤痕累累的肌肤上续写，英雄要如何从汪洋般的鲜血中再次站起，沉甸甸的历史一旦被写进书里，就变成了薄薄的几张纸片，如同失手打翻的墨水般没有重量，而我的心却如磐石般，沉到了不可见光的深渊。

我闭上了眼睛，任凭风声在耳边呼啸。渐渐地，那赤色的余晖落下地平线，融入了凉薄的夜，隐隐约约透着女人低声的啜泣和一些细小的祷告声。男人的祷告声——我睁开了眼，发觉那个年轻的士兵出现在我的面前，双膝跪在绵软的草甸里，膝盖上却满是被尖锐荆棘划破的血痕。他低垂着头，似乎要亲吻面前那个坑坑洼洼的凹陷，我走近一看，才发觉那是一个隆起的小土堆，孤零零地蜷缩在夜的胸襟中，仿若一个走失在外的孩子。

原来这是一场葬礼。可是他究竟埋葬了什么？出于本能我想要一探究竟，却被一双手拉了回来。

“别去打扰他。”女人郑重地对我说道，视线却落在他身上，一刻也没有移开。

“你去哪儿了？”我下意识地问出口，“我一直找不到你。

“刚刚我们还在沙滩上散步，眨眼间你就消失了。”

她摇了摇头，否认道：“不，我一直都在。

“这里，”她的指尖戳了戳我的左胸口，又指了指那个年轻的士兵，“那里，”最后落到了那矮小的土堆上，说，“我去了很多地方，但什么都没能留下。

“告诉我，你看到了什么？”她问。

“他在为谁举行葬礼？”我反问道。

“谁？”

我指了指那个隆起的小土堆。此时他已经起身，拍了拍身上的泥泞，走回营地去了。借着微弱的月光，依稀能够看见那些无声的篝火在死寂中窜动，透着仅剩的炽热与呼吸。不知何时，营地中又多了几顶白色的帐篷，冒着诡异的寒气，像凝聚在沼泽地上难以散去的浓雾，隐约间能看到一些纤细的白衣在林间走动，或许是护士吧。

“啊，”她恍然大悟般，故作轻松地摆了摆手，说道，“那是一只蝴蝶。”

“一只蝴蝶？”我惊讶极了。

她微微皱眉，似乎对我过度的反应有些不悦：“这有什么奇怪的吗？”

“不，”我摇了摇头，“我只是好奇。”

“好奇什么？”

“……一切，包括他们的结局。”我坦言道，手心也不知何时渗出了冷汗。

“你不是都看到了吗？”她问。

“我只看到了一部分。”我嗅到了一丝疏远，从大海深处涌上来，朝着遥不可及的天幕作别。

“你看。”她牵起我的手，说，“当你看不见的时候，历史却能看见你。”

她的掌心冰凉而柔软，如冬日消融的初雪，雪松沁香的叮咛，让我不由得联想起剑桥的某个古老的书阁，那些浮想联翩的窗帘，总是在夜深人静的时候翻飞出的隐秘往事。仿佛季节只是一场过于消沉的梦境，而恋人们行走在倒立的楼梯间，冒冒失失地在云间穿梭，变成另一朵花期已逝的灵魂。

“我——”

此时，脱口而出的竟不再是我自己的声音，而是一个女声，在轰鸣的炮火中显得愈发脆弱，好像随时都会同那飞扬的弹片一起刺进冰冷的海面，沉没在咸涩时间的深处。

“我在哪儿？”

伤患的呻吟，伴随着抽搐的哆嗦声，令我手脚发麻。直觉告诉我或许战事已经接近尾声，因为就连远处那翻涌的海水都透着丝丝缕缕的血腥，如同画家失手打翻的颜料盘，将所有意料之外的狼狈都施加于这些痛苦的士兵身上，在他们满是绷带的灵魂上癫狂地创作。

“我是谁？”

我有些恍惚地端详着自己的掌心，那里不再是细腻肌肤的纹路，而是沾染着干涸血渍的橡胶手套，透着消毒药水和伤口的气息，它们弥漫在黑压压的树林中，仿佛有千万只铁骑在捶打我的腹部，引起胃中一阵阵汹涌的翻腾，令我下意识地作呕，只觉喉间尽是难以散去的窒息感。我下意识地向腰间探去，指尖触到一丝尖锐，竟是两把不再锃亮的手术刀，仿佛硬生生要将这漫长的瞬间给撕裂开来，将我拆解入腹。

原来我变成了一个在生死边缘几近崩溃的夜行者。

倚靠在一棵树旁良久，好不容易平复了呼吸，我却发觉在这个充斥着血腥与死亡的林地，无数的白色帐篷间，甚至我身上的一袭白衣——都比那冷漠的夜色更深沉。身旁行色匆匆的士兵、伤患，以及穿梭在林间一路小跑的护士们，都在毫无感情的月光下褪去了所有的色彩，变成黑白静止帧里的一处定格。原来历史的缩影竟是这般的单调，如同战争的本质般——只有生与死。

我开始缓缓地向其中一顶无人看护的帐篷走去，每走一步都犹如深陷一种无法脱身的错误。这世界是如此沉重，以至于先前轰鸣的炮火声都逊色不少，那火光冲天和永无休止的黑烟，似乎都在深夜的雾气中遁形了。一时间静悄悄的，周围嘈杂的人群也变成了一棵棵静止的树，沉默地注视着我，以及稀疏月光下我那不完整的影子。恍惚间，我能听见微弱的钢琴声，如潮汐般敲打着我的背脊，渗出一丝令我无法抗拒的绝望——那旋律听着像是德彪西的《月光》，一点点倾泻出模糊的现实，我也难以分清时间的真假。

那顶帐篷竖立在整个营地最远处的角落，孤零零地横在两棵雪松的压迫下，连最后一点重量都要被那漆黑吞噬了。我快步地走了进去，扑鼻而来的是浓烈的酒精气息，与浑浊的空气中挥之不去的血腥纠缠在一起，叫嚣着战事的惨烈。偌大的帐篷里挤满了床位，但大多数都只剩空荡荡的床板和来不及整理而散落在一旁的、布满血渍的被子，破败的针线缝口处甚至还露出了几朵轻薄的棉絮，就这么飘落在地上细细地铺满了一层，仿佛下了一夜的雪。整个帐篷里静得可怕，我险些没能察觉在那最角落处的床位上还躺着一个人。

如果不是凑近听那微微起伏的胸膛下还有微不可闻的心跳，怕是会觉得面前的人早已是一具尸体。他伤得极重，腹部的绷带早已被涌出的血液浸得通红，锁骨间有几处明显的弹片擦伤，剧烈的疼痛侵蚀着士兵平日里敏锐的感官，以至于他连呻吟都无力发出。

似乎是察觉到了来人，他缓缓地睁开了眼睛，因疼痛而抽搐不止的嘴角却吐露不出一句完整的话来。我静静地凝视着他，他有一双深沉的眼睛，犹如漆黑海面上仅剩的两颗孤星，却光芒渐弱，像是随时要隐匿于那无边的黑暗中。我不知道它们是否会陨落，坠入那深不可见的地平线下，或是英格兰湿软的草甸里，也许他再也无法回到自己的故乡，走到伦敦街头为胜利而欢呼游行的人群中去。

“我会救你。”我努力地平复着自己的呼吸，压下自己起伏的情绪，但连我的声音都在不停地颤抖，听上去一点说服力都没有。环绕四周，这间帐篷设备简陋，连最基本的医疗器械都没有几个，更别谈手术救人。无奈之下，我提议道：“但我得先将你送回主营地，他们将你扔在这里不管不问，你会死的。”

他一动不动。

“我不会让你死的。”我小声说道。

没有人回答。

我小心地绕开角落那些废弃的器械，来到床前，俯身察看他的伤势。腹部那濡湿一片的浸血绷带似乎已经有段时间了，需要及时更换。我下意识地往腰间探去，却发觉那本该装满急救用品的医疗袋里空荡荡的，只剩一卷用得快要见底的绷带，寒酸地躺在令人窒息的咸涩空气里，平添了几分压抑。

“没有足够的绷带了。”我不知道自己算是喃喃自语，还是在对他说话。

他轻轻地睁开眼睛，目光飘忽地打量着我，又很快眯成一道缝。察觉到他的动静，我有些惊喜地俯身上前，刚要开口询问他的身体状况，只见他费力地抬起一只血迹斑斑的手，好似迟疑半晌，随后指向了自己左胸口前的口袋。那里鼓起了一个染血的小包，像是塞满了什么沉甸甸的宝藏，一直被他用另一只手护在胸前。我一瞬间明白了他想要将最重要的东西交付与我，也许下一刻他就要撒手人寰。

我愣怔了一秒，定定地注视着他，有些不知所措："不，我不会让你死的。"见他挪开了护在胸前的那只手，我小心地将那口袋中的物件取出，却发觉那是一沓沉甸甸的信件，被缠绕在一层绿丝绒的缎带里，应该是受到了原主一直以来极为细致的呵护。

他的嘴唇一张一合，我隐隐约约地读出他的口型——像是在说："我要死了。"

我霎时红了眼："我是医生，我会救你的。"

他的眼角溢出几丝笑意，像是对我无声地否定。

"这些信，"我指了指手中沉甸甸的一沓，目光落在他那双眼眸里，一瞬间只觉得全身沉入了无底的沉默，彷徨与无助感如同恶兽般将我扯向寒冷的深渊，我想要尖叫却不能发出任何声音，最终只能僵硬地吐出一句，"是需要我转交给什么人吗？"

他没有说话。

"家人？

"朋友？"

面对我的问题，他都只是摇了摇头。于是我凑到他身旁，耳边却只捕捉到了喑哑的只言片语，在沙沙声中仿佛磨砺的砂石，听来含糊不清。除此之外，还有那沉闷而微弱的心跳，如沾水的蝶翅，在无休止的雨季里下坠，落到那久违的赤地中，等待一场蜷缩的安眠。

"好吧，也许我该帮你收好，"我努力地朝他挤出了一个笑容，尽管语气早已染上了几抹悲观的色彩，"这样就可以等你痊愈的时候亲自归还给你了。"

见我悉心地将那沓信件揣入怀中，他的眼角溢出几丝温柔的笑意，像是肯定，又像是无声的否定。

“你的伤势还很严重，待在这里绝对不行，”我环绕四周简陋的摆设，叹了口气，“我先去拿几卷新的绷带回来给你换药，之后我会申请将你转移到主医疗区。”

我不知道自己最终是如何走出那顶孤零零的帐篷的，留下他这样一名濒死伤患，独自面对黑夜中无尽的等待，和对于生命未知的叹息。那时的我只知道我需要拿到那卷绷带，然后回来，治好他，带他离开。远离那顶帐篷，远离那片洼地，远离那处海滩，远离战争，远离死亡，如同一只高飞的蝴蝶。

我在阴暗的树林中向前跑着，步伐变得沉重而酸胀，仿佛我也变成了一名士兵，肩上扛着的不再是枪，而是重伤昏迷的队友。在燥热的炮火间，只觉得后背一片濡湿，对方源源不断的血和我的伤口交融在一起，汇成一条细腻的溪流，看上去诡异却又亲密非常。

直到突然的一声枪响，我的视线开始旋转，变得越发模糊而浑浊。腹部那下坠般的尖锐疼痛充斥着太阳穴起跳的神经，紧接着那些子弹擦过我的肩头、锁骨，却不曾没入我的皮囊中去。但几乎是在一瞬间，我感到一丝前所未有的寒冷在这具沉眠已久的身体中爆发开来。

很快，我肩膀上的伤员如断线木偶般倒了下去，落地时发出轰然的巨响，而我踉跄地向前，却也只是勉强地半跪半爬，仿佛再也够不着地上的队友，我们之间的距离隔着所有被炸毁的半个世界。冥冥中，有隐约的脚步声从身后传来，我趴在地上，脑子里一片嗡鸣，周围的轰炸声一刻也未曾停止。在离死亡最近的一瞬间，我能想到的却只是蝴蝶，大大小小、各种各样的蝴蝶，从狰狞的伤口中涌出，宛如一股股不受控制的浪潮，盲目狂热地飞向高空，再沉入冰冷的地底。

我不由得想起了那个女人。

她口中的那个人终于走到了我面前，他有着和我一模一样的脸，但唯一不同的是他手中拿着一把手枪：我能看见他有一双很稳的手，看上去像是外科医生般灵巧的手，或者是一位画家的手，总之怎么看都不像是饱经风霜的士兵的手。

我想起了我曾经的梦想。

战争没有留给任何人选择的余地。枪林弹雨中，对与错的界限也变得模糊起来，如同崩坏的世界中早已不存在秩序的好坏。被剥落后的色彩，一切变得单纯而残酷，仅剩生死，再无其他。那是赤裸的欲望、不透光的灰，无论如何都无法在色盘上调出那样的颜色，是生者的哀痛、死者的沉默，是我未了的所有念想。

“这场战争快要结束了。”他对我说道，一边举起了手中的枪。

我张口想要回答，却看见那颗锐利的子弹破开空气，最终变成了一只飞向我的蝴蝶。

是的，等战争结束后我要回到故乡，我要给她寄信，告诉她我仍爱她，我愿意同她一起把这一生好好地过完。我要去找那只彩色的蝴蝶，直到我老死在儿女围绕的床前，看最后一缕斜晖落在玻璃窗上凝结的四季，在透明的生命尽头我还能记得她的样貌，怀揣着如年轻时一样的悸动，无关所有被时间埋没的悲伤。

直到那只小小的蝴蝶降临在我的世界，只剩热，再没有光。

我死在1940年的冬天，那一天没有下雪，我也并非孤身一人，还有遍地冻死的蝴蝶。

8

细软的白沙陷落在脚趾间，曾铭刻于掌心的白日里的灼热，也随着夜的降临而消散于水波之中。

“其实，”她终于开口，“那便是结局了。”

“你想象他还活着，”我补充道，“幻想着他如果活在现代会是什么样子，又或许，他会以何种方式走进你的生活，成为你人生的一部分。”

“你觉得梦是真实的吗？”她突然转过身问我。

“我——”迟疑着，我没有回答。

梦究竟是什么呢？文学里的梦是一场脆弱的温柔，仿佛冬雨来时，浇湿了等待中的双眸。每一部小说里的戏剧性往事，都像泡沫凭空捏造出来的假象，在夜的涛声中席卷而来，再沉默地冷去。

离开那片海滩后的傍晚，我们又去喝了很多酒。酩酊大醉倒是说不上，但脸上多少都带着微醺的醉意，走路也不如白日里轻快了，又或许是这故事的沉重令我们都放缓了脚步，沉默占据大多数的时间，挤进了我们肩并肩的缝隙里。她总是低着头盯着地面，偶尔抬起头来瞥向我的方向，双唇微启，似乎是在深刻地斟酌着字句，却最终什么也没有说。她的头发已经扎起来了，清瘦俏丽的侧脸在发丝中若隐若现，映出几道细长的阴霾。

法国的夜比我想象的热闹：小巷间灯火通明，点亮了一座座低矮的小酒馆，在橘黄的窗上映出剪纸般的人影，满目皆是觥筹交错的声音。这一切与我在剑桥的生活有着极大的反差，我总是夹着几本厚重的书在图书馆与教学楼间奔波，以至于无暇顾及那静谧的夜色里是否还有被我遗漏的情绪悄悄扎根在角落，等着绽放一段不为人知的隐秘往事。醉意攀上了我的脊柱。我有些头重脚轻地走着，路灯的身姿也模糊着重影，仿佛一瞬间，那些酒吧里的人纷纷拥上了街头，高举着手中的啤酒杯，在燥热的夏夜里欢庆这静止的时间。

那场景顿时令我觉得自己误闯入了一个游行，被水泄不通的人潮簇拥着向前：我仿佛变成了一个零碎的彩色纸屑，在此起彼伏的高声中沉沉浮浮，飘无定所。我被人抛掷空中，高高地飞起，又迅速地坠地，那钻心的疼痛感竟来得如此真实，一如坠入历史的坟墓般沉重。不知怎的，我想起了当年读到“二战”胜利后伦敦街头的庆祝游行：人们挥舞着国旗，仿佛那空气中浓烈的血腥和硝烟便能就此散去似的。所有人都穿着自己最体面的衣裳，鲜艳亮丽如橱窗中琳琅满目的糖果，为惨烈的战事包裹上一层甜蜜的外衣。

当全世界开始兜售这虚假的快乐情绪，来自战争结束后脆弱又逼真的产物，我们还会美其名曰为“一场浩大的胜利”。

人们照旧唱歌、跳舞，欢快的音乐震耳欲聋，响彻大街小巷，好像这不过是一场盛大的派对而已：没有人牺牲，没有人失踪，没有人伤痛，没有人抱怨。在那场游行里，遗憾是不被允许提起的，所有人都戴着遗忘的帽子，旁若无人地向前行走着，还不时谈笑风生，满目春光。这样空前绝后的场景，令人不寒而栗。我惊恐地发现自己再也看不见那沟壑纵横的战壕，那尸横遍野的火线，那片寂静的树林，以及那些如花般绽放又凋落的蝴蝶。所有的记忆仿佛被埋进了一座空冢，而徒劳行走于现世的我，才是那个真正想要躺在其中的人。

正当思绪发散时，我与女人走散了。

我试图挤开人群去寻找她的身影，但效果微乎其微。酒精引发的疼痛接踵而至，伴随着呕吐的欲望，我努力甩了甩头保持清醒，然而随着摇摇晃晃的视线，一切都开始坍塌。似乎有人开始尖叫，突然人群让开了一条路，狭小的巷子霎时间变得宽敞了许多，原本昏暗的道路也变得明亮起来。地上铺满了热乎乎的太阳，其中或许还掺杂着别人偷来的月光，把人的影子照得格外亮。接着就是一阵引擎的轰鸣与一道刺眼的白光，歇斯底里的尖叫声，以及向我拥来的成千上万的蝴蝶。

次日，我在酒店的客房中醒来，发觉自己还穿着昨天的那身衣裳，周围的景物纹丝不动。眩晕感再次袭来，我感到头疼欲裂，便下意识地按住两侧的太阳穴轻轻地按摩。随即，我留意到床单上的一封信件，竟是一封皱巴巴的泛黄老信件，上面的字迹早已变得模糊不清，再也认不出收件人的姓名。犹豫着，我最终拆开了那小小的信封，却发现里面什么也没有，只是一张空白的小纸片。我小心翼翼地将其抽了出来，对着光，试图从中琢磨出一二的线索或内容，但那上面什么也没写，只是画了一只蝴蝶。

一只红色的蝴蝶，不像红笔，而更像血。

蝴蝶，又是蝴蝶。

就在我为这封陌生的信件困惑时，我的助理打来电话，告知我已经改签了下周回伦敦的班机。电话那头的声音喋喋不休地列出接下来的工作行程与安排，还不忘询问我之后的私人安排，而我却始终盯着手心里的那张纸片，心里下起了毛毛雨。

“我听说这次的摄影展很成功呢，你似乎很满意那些作品。”助理说。

我回过神，脑海中浮现出女人的身影，淡淡地回复道：“是的。”

“对了，这次在法国有什么新的灵感吗？编辑部那边都很期待你的下一本书。”助理的语气中透着兴奋，我能想象出对方一手高举着电话筒一手拿着笔做笔记，眉飞色舞的模样。

“没有，那不是我的故事。”我干脆地回答，顺便看了看表，时间尚早，决定一会去加来海滩走一走。

“等你写出来就是你的故事了。”助理坚持道。

“我的……故事？”

“你的——”

他还没说完，我先一步挂断了电话。

尾声

从法国加来回到英国剑桥之前，我几番挣扎，终究没有选择带走那封出现在自己酒店房间中的神秘信件，而是将它留在了客房的书桌上——半开的窗户边，微风徐徐而颤动的窗帘，好似蝶翼般轻灵，想必那是能触碰光的地方：在永恒的亮处，连沉默也变得光彩起来。记忆是过去，但不是死亡；故事会结束，但并非终点。也许有人会在遥远的未来为这场遗憾的爱恋补上一个结局，但那早已不是全部。人们权当是把一切的谜团交给漫长的时间，而故事中的人不再需要从时间中寻找答案。

临走前，我写下一张纸条，静静放在那封老信件的一旁，仿佛就此完成了一场无声的仪式。

致 1998：

她在等，等蝴蝶破开时间的冢，向他飞来。

你永远的，
1940

第三章

孑然流浪在美国

Wandering through America

我渴望更多女性的书写

因为我知道，同样的笔尖下，书写出那个映跃于纸上的女性，既可以浪漫铺张，也可以桀骜不驯。她有着远大于男子的胸襟与野心、缜密如雨的智慧，无尽的创意如山谷野蔷薇般恣意疯长，再不会受到天地万物的阻碍。她的少女情怀里不仅是诗，更是她对于世界的永恒反思。没有人再会喝令她该如何过好被社会价值、男性凝视，抑或是世俗标准所定义的一生。反之，她会将这个性别独有的细腻与真诚，用自己唯一的方式，告知人间每一个曾被物化的符号、每一粒无名的尘土、每一朵未开便衰败的花——那些过去的书写里，她们任劳任怨地辗转于厨房厅堂中、玻璃橱窗里、剧院舞台上，不是苦守寒窑，便是金玉其外败絮其中，因爱而生，为爱而死，从未为自己而活，甚至在男性的凝视下为自己屡次重演的掉价而喝彩。这畸形的世界只爱你的皮囊，唯有我，同爱你那美丽的荒唐。书写吧！我挚爱的女性——我将读懂你，以此拯救自我，宛若迷途的羔羊！

Valse triste 忧伤华尔兹

最近在读波德莱尔，他似乎变成了一面镜子：而我是巴黎戏院里的小丑，偷偷摸摸地溜过观众席的红丝绒，妄想绕到舞台的中央去，却不断被绚丽的文字与幻想所绊倒。于是在盛大的人生闹剧前，帷幕随着失望降下后，我隔着厚重的戏袍和粉底，听见了席间透着胭脂气的喝彩。人生不一定是一场流动的盛宴，也许是西贝柳斯悲伤华尔兹里的不和谐音符：如果说诗行不足以描摹我的所见所闻，那么我可以是一个和弦，也可以是间奏相隔的一缕意味深长的呼吸。桌台上的花束依旧挺立着，仿佛时间的化石，透着美神 Aphrodite 的体香。我又忍不住去窥探波德莱尔臆想的月光，它散发着美杜莎双眸的金光，充斥着潘多拉的诱惑，但褪去了世间的俗气！埋身于思考的灌木林中、蔷薇荆棘丛里，我臣服于永恒的文学，犹如一块未开化的顽石。

写到灵气散尽为止

最近才有冬季的感觉了，早晨醒来窗前就堆满了白，远眺是凝固的蓝湖，整个天空仿佛没洗干净的调色板被倒扣过来。发灰的日光，落在桌边缘上，咖啡渣里。衣柜里的围巾都是冷的，仿佛已经在外厮混了一晚的霜雪，又染上些许陌生的记忆。我要睁开眼，然后惺忪着读书，重复一些习惯的 routines。外面是一点夏日的绿都不剩了，红褐的枝头孤零零地瑟缩着，快要伴着不归的往事凋零了。没有花香，没有泥香，地面是静悄悄的一层薄冰般的沉默，好像上个世纪就有人在书写这些东西，而人间没有两根一模一样的烛火，却总是有挨不完的长夜。我想这里的冬天是滚烫的，灵魂尚在燃烧，仍孜孜不倦地滋养那些试图焐热人性的玫瑰们。

一个非典型女人的自白

我想要在凌晨两点半的纽约走上天台，俯瞰川流不息的百老汇大道，无动于衷地放任救护车流光溢彩的蓝色霓虹，一点点蚕食去我身上最后的一层月亮，警笛声是那样急促尖锐，驱散了拥拢在我双肩的几片云朵。我渴望一种能够挣破束缚的第三性暴力，一场颠覆童年梦魇的解放，剥去我们或年轻或衰老的皮囊，露出里头灿烂的太阳。我期许着一颗高昂的头颅，色欲赤裸地行走在街头的时刻，为之侧目的人无须为羞耻心而自责。我鄙视黑白不分的社会教条，却无奈于它们如何堆满了整个濒死的地球。我痛恨每一根发痒的骨头，在白日里，在夜里，在如白日的夜里，躁动不安着，几欲抽枝发芽。不可以，我曾经告诉我自己，这个世界不会喜欢仙人掌开出的花朵。不可以，我告诉我自己，就像被人记住的永远只有尖刺。但是，不可以，我告诉世界，我无心创造一种逆来顺受的温柔，经历不断反复而懦弱的败亡，沉湎于一份荒诞而廉价的信任。夜是女人的眼睛，我问，那太阳不是吗？我曾经无数次想要跃入天空的另一面，但那里又黑又冷，没有星星，只有人造的路灯和折叠的马路。我的名字不重要，所以风能够随意带走它，酒能淹死它，谩骂能压垮它。但一个非典型女人的灵魂，该如何找寻这世间并不存在的慰藉呢？我想要在凌晨两点半的纽约跳下天台，带着未抽完的半根烟，穿着一条会随风呼呼鼓起的红丝绒吊带睡裙，一双赤裸的脚，来不及扎起的未晾干的湿发，就这么跳下去。跳向欲望，跳向梦境，跳向奇异的平衡，然后下坠，不断地下坠，直到坠入另一个自我的怀抱里。但我最害怕的，无非是当我最终抵达了那极远极深处的尽头后，还是会遇到一个落寞怅惘的年轻男人。他告诉我，自己曾经也是一个非典型的女人。

夏之死

我记得最后一次见面，你说“我不喜欢纽约”。

在我任教的某一个冬日，我在办公室里阅读完了一份上课要讨论的文章，才意识到字里行间里“未来”这个词出现了无数次——而它太过沉重，压在我的记忆之上，如一场降临在错误时间和地点的大雪。脑海里的意识仿佛掉线的针，在某个偶然的瞬间，打开了全部的、关于你的记忆——所有我该拥有的，不该拥有的，像纽波特漫长的海岸线上汹涌的潮水，漫延到我心里极深处的沙漠，留下一片赤裸的遗憾与空白。挂在墙上的时针像粘在树皮上的白灰蛾，僵硬的翅膀停滞下来，没有人再去破开时间的茧——而我，终于只剩下我，是被困在其中的人。

往往在这种时刻，我就对于那些教文学的同事生出莫名的羡慕来，因为我无法用任何词语去倾诉一段从未发生过的感情，即使它在每一个时空都以一种错误的方式继续存在着，宛如一条残缺的桥，横在你我的中间——那巨大的缺口宛如一道伤痕，连一生的时间都不够弥补其中的遗憾。而你我间隔着太多遥远的距离，以至于它们模糊了你的容貌，也吹散了我的声音。直到后来你的身影消失在另一端，我终于放弃寻找，低头却望见断桥之下是两条河流，苍白而急切——那个瞬间令我几乎相信它们会激切地相拥，但最终的结局却依旧是奔向两个互不相融的海洋。

所以我不选择怪你，而是把我们之间的故事归为一种人为的错误，像那些维多利亚小说里耳熟能详的戏剧性情节：在某些难眠的夜里，我像个无措的孩子翻开那些沉默的书，拿起白天我用来批改作业的红笔，去涂鸦篡改那些精心设计的人物和对话，好像这样我们就能在新的时空里活出另一种可能：温德米尔湖畔的一缕风，或是凡尔赛上空的烟火。最好没有人能记住我们，这样历史就会抹去你我的名字，免去时代施加于我的怪诞负罪感，以此远离由愧疚堆积而成的坟墓。

我记得你不爱说话，发言也不够积极，你的眼神总是落在那些与课堂不相关的空白里：比如窗外摇曳的法国梧桐，或是悬挂在天花板上但并没有转动起来的白风扇，以及那些捧在你手掌心里厚重的书。你的眼睛在各个不相关的梦里游离，像那些没有规律的、夏日的风——只有当你的视线轻柔地落在案头，吹开了我的花名册，带走了你的名时，我丢失了自己的心。直到很久以后，我才意识到：那是一种何其错误的感情，可它仍然那样轻而易举地支配了整个夏天。

以至于再后来，念你的名字成了一种痛苦的奢侈。就好像被迫去读一首晦涩难懂的诗，突然理解叶芝在他的暮年之作里提到的那种感觉——如黄昏般热情而冰冷。但每当灵魂的一部分感应到那无声的召唤，一种美丽的错误便已经酿成，只待时间的发酵，在躯体归于尘埃后被彻底遗忘。我不愿意看到这样的场景，更不愿意在这样的闹剧里，还会看到你的名字——那个我不再愿意念出口的名字，像一颗光鲜亮丽的珍珠，稍有不慎便会粉身碎骨。也许之后会有人像你，但我知道那再也不会是你。

我们都不擅长告别，而是寄希望于其他的存在。例如，书里的告别总是比现实要直接——我曾经给你推荐过的《追忆似水流年》，也不知道你读了没有。也许你最终买下了那本书，却将其放在一个你永远不会再去触碰的角落，让我们本就脆弱不堪的记忆落满尘埃。又或许，你走在纽约深秋的寒凉里，脚踩那些沉眠的枯叶，聆听那些湿软的泥泞溢出了无声的温柔，在这种说不清季节的天气里，连云朵都低沉得令人窒息。我想象你合上书的样子，视线落在过往的人流里，也许偶尔会想起另一个颠沛流离的灵魂。

其实我以前翻书的时候也下意识地想到你，以及你对我说过的话——像一种幻觉、一束光、一杯福尔马林、一束玫瑰、一道美丽而真实的禁忌、一个不可触碰的错误。后来你的最后一封来信告诉我你去了纽约，那些错综复杂的想象终于化作了一个完整的休止符。我不禁想象，你在纽约上西区度过的第二个秋天是什么样的？是否在你来时伴随着一场静谧的雨，整个街巷便沦陷在柔软的沉默里？这时候从模糊的玻璃窗，或是带着水痕的公交车门上，你会缓缓凝视着自己的影子——身后是在夜里呼吸着的城市，在这片荒诞的平静中尚未苏醒。我不曾告诉过你的故事，是我年少时一场孤独得一无所有的流浪。我的躯体是那样轻，轻得一纸机票就能载我远洋万里，然后下落，跌进发热的霓虹灯管里。那些荒废而廉价的时间，被倾泻出的夜幕冲散，卷入了奔流不息的哈德逊河。明日，它又将变成一朵浪花、一束没有温度的光，在寂寞之外升起，瑰丽得令人发妒。好像我还是我，纽约却化为了一个灰蒙蒙的太阳。就这么毫无感情，洋洋洒洒地溢了出来——冷得发烫。

但在那些忘了关窗的夜，没有光，只剩下清冷的风拂过枕面，令我在长夜漫漫的梦中辗转难眠。梦里，我总是发现自己漫步在一条静谧的林荫小道上，两旁的枯红落叶腐烂在松软的雪里，而我脚下踩着的不再是路，而是易碎的孤独。备课的时候总是容易断了思路，而我闭上眼又全是那个夏天的影子，摇晃在皮肤之上，勾勒出了满目的错误。有关你的一切像一场下不完的雨，打在我阵痛的心上，涌出一阵灵魂深处的战栗。

我时常会遗憾，再也不会有一个人像你那样出现我的人生里，仿佛一场精心设计的意外。就好像三十年前我读书的时候，在纽约冬日里的某个清晨，玻璃窗沿落满了皑皑白雪，而阳光把空无一人的庭院照得满目疮痍。这个美丽又遗憾的错误，令我们彼此亏欠。在那个死去的夏日之后，一切的喧嚣都最终归于沉默，等待时间为其收殓。

即使我知道，在我的生命里，有一个季节已经彻底死去了。一个关于你的夏天，在结局旁写下了我的名字。

那时我说："再见，我的爱。"

芝加哥的雪

我位于顶楼的公寓房间内有一扇落地窗。

有时透过玻璃看芝加哥的雪，总是一夜之间纷纷攘攘，便落满了砖红的楼阁。在人世间待久了，次日的脏雪又成了一鼎香炉里烧剩的灰，令人忘了是哪一段蒙尘的记忆。书里说，当雪落满了青山，就会有一场归来或离别。可是雪哪里有什么定数，它只是轻薄地挂在枝头，抖下几簇皎白的寒凉，冬日里行路的旅人便因此落了眼盲。看山涧的雪，也像看镜里的花，最见不得那些俗世的爱恨嗔痴，怕在时间的雾霭里走散。那些旧时代的书写，关于雪的浪漫，或许只是一个人形单影只走了很久，在趋近白夜、华灯初上的时分，终于走向了无疾而终的结局。

北国的雪不曾令我回忆起故乡，因为那里从不下雪。无尽的盛夏像一团缠绕在一起的错乱磁带，卡顿地播放着络绎往来的人影，在床头、衣帽间，或是百叶窗前，与棕榈树摇曳的心事纠缠在一起，交叠出时间朦胧的轮廓，令人有了四季常青的错觉。后来在纽约的冬夜，看着忽然亮起的行道路灯，飞驰的黄色计程车，歇业后的精致橱窗里无处安放的唏嘘，以及午夜散场的剧院，一时间竟觉得自己置身于无垠的悲凉中。那场雪来得那样凶，那般急，钻进流浪汉冻得通红的指甲缝里，将他们为数不多的温暖给挤了出去。在这样的夜里，哈德逊河两侧的高楼依旧彻夜长明。无数的诗歌流淌在城市的下水道里，那些伏案劳作而忘记关灯的作家——有的倒在向外溢水的浴缸里，有的掏出了抽屉里上膛的手枪，还有的因力竭而睡在松软的晨雪里，头顶三尺之上便悬着一挂茵翠的雪松，被积雪压弯了腰肢，来不及去亲吻地面上太阳的尸体。雪太静了，相处一久，我也融化在那一抹无言的温柔里。

对于冬季的迷恋无非是一种饮鸩止渴。时间一长，只觉得芝加哥的雪像酒，飘在静谧的密歇根湖上，像蓝色的幽灵。三两口雪花入喉，往往不胜酒力，免不了联想起金陵的雪，还有文人墨客笔下的水榭青山。人间若雪，白首不厌，活在纸页上几千年的痴情，看似荒诞实则纯粹。我思索着，虽天地之大，可哪里又有同道之人愿意踏雪寻梅呢？也许夜半微醺，闲数灯花的梦里，有人会为我牵来一匹马：它鬃发如雪，眼眸温顺，却嘶鸣着要闯入那天寒地冻的荒野里去，从此便开始了一场漫长的流浪。没有余地倒退，没有时间回头，马蹄踩裂的季节，仿佛一颗碾过的松果，碎出一瓣瓣的心，被雪缝缝补补，却找不回曾经的五脏六腑。

当我感到一丝冷意时，微掩的窗忽地钻进一片雪，如匕首划过喉咙，令我顿感刺痛。我随即关上了窗，转身想要同朋友说些什么，却惊觉自己已然失声。

原来所有不属于人间的雪，还是落在了我的身上。

最后的加利福尼亚

十七岁那年，我跟随养母从纽约搬到了挨着加州首府萨克拉门托附近的一座小镇。因为我从来没有记住过它的原名，所以暂且就叫它橘子镇吧——我记得橘色的余晖总是将高速公路揉捏成一条口香糖，卷起几道蜿蜒的拐角，就到了我们这座名不见经传的小镇。镇上住着的大多是传统中产家庭，许多人每周日都会去小教堂做礼拜，都是清一色的白皮肤。所以当我顶着一张亚洲面孔现身于此时，一开始的确是引来了许多注视，但渐渐地，他们又将目光投向别处了。毕竟地球还在旋转，而我始终站在家门口的院前，静默着，像一棵无趣的棕榈树——没有悲喜，无花无叶，对于爱凑热闹的美国人而言自然毫无看点。

小镇的原名是用西班牙语写的，镌刻在一块路口处的柏树牌匾上。一串歪歪扭扭的字体，潦草又随便，像一条在朽烂的历史枝丫上爬行的毛虫。初来乍到的时候，我第一眼看到那几个字母，突然想起了被我用壁炉烧掉的所有高中课本，其中就有一本入门西班牙语书：它总是被闲置在角落，蒙着尘，以至于熊焰的火舌逐一吞噬那破旧的书页时，我分不清那究竟是它自己的灰烬还是颓然的时间烧剩的遗骸。自从我被诊断为重度抑郁症辍学之后，我就清空了房间里所有的书，像掐死一道色彩斑斓的彩虹，干脆又果决。在我的房间里，有一扇关不紧的窗，就这么紧紧地拥着那淅沥的冷雨，敲打，嘶吼，将整个十一月的深秋震荡得破碎不堪。我正出神，盯着窗沿处缓慢渗出的一丝盲目的光明，灰蒙蒙的，像是陌生眼眸里下沉的阴郁。我想比起阳光，我是更熟悉阴霾的滋味的。

从前在孤儿院的时候，我就一直不怎么爱说话，也不擅长与人打交道。我的舌尖总是像被野蜂冷不丁地蜇过，变得僵死而迟缓，吐露不出只言片语。即使是搬进了现在的家，那些内心深处的积郁，也依旧因沉积的毒素而逐年恶化，变得肿大而丑陋，在无人知晓的夜里，开始流淌出邪恶的血泪来。有时从心理医生的诊所出来，偶尔会赶不上空无一人的末班车。往往又正值夏天，我喜欢将自己缩在一条宽松的白色睡裙里，幽灵般沿着笔直的公路摸爬着回家去。一根根晃眼的路灯立在我身旁，像无人问津的孤星，只有零星几个飞蛾在我的头顶恬不知耻地盘旋着，扑打着光，贪着热。那些微弱的灯，打在我的脖颈上，痒痒的，把影子拉得很长：其中映着整个加州夏夜流动的稠腻，还有远处地平线下，低吼翻滚着的漆黑绝望。

昨天夜里，我又一次地失眠了。先是隔着枕头听见了隔壁摔门而出的声音，然后只见一楼客厅的堂灯忽然亮起，烧得我视线酸涨疼痛。顷刻间，我想起了原来纽约的家里有一座壁炉，里面烧着我所有的书，我的梦想都尽数化作了扑进口鼻的呛人灰烬。搬到加州后，冬天犹如绝迹了一般，消亡在这片怪诞的土地上，以至于我们的新家里，再也没有那跳动的火了。正当我踌躇着是否要下楼，就听见车库引擎发动的轰鸣声，与此同时，一束刺目的车灯光唰地点亮了整条漆黑的小路，随着一声引擎的怒吼绝尘而去。胆小的月亮早已躲起来了，还挂着几颗芝麻大的明星，横七竖八地倒在黑丝绒的夜幕里，像断裂的项链坠子滚出的一溜碎钻。我嗅着喧嚣的空气，还有徘徊在窗棂处流动的夜，那些遮遮掩掩藏在被风吹起的白窗帘后的视线，我知道它们都在盯着我看。但那些视线冷冰冰的，没有什么温度，不会点燃或是烧毁任何东西。于是，我释然般地拖出床底一只积尘的行李箱，打开了夹层间的小暗格，里面还躺着一本安静的书——是一个自杀的美国女诗人的遗作，自从被我父亲从燃烧的壁炉中抢救出来后，就一直被压在行李箱里，犹如一具被折叠的美丽尸体。

屋里的指针还在嘀嗒作响，划破了皮肤上跳动的阴影，走过了一圈又一圈的怅然。我重新翻开那本诗集，感受着熟悉的疼痛在页角和指尖来回穿梭，仿佛有一根无形的针，将我的灵魂和悲剧严丝合缝地织成了一团看不清颜色的云。那是我短暂的十七岁里最长的一天，我枕着地球上最后的白夜，蜷缩起了身子，然后睁着眼睛死去。

篝火旁的女人

是夜，她绕着篝火走到第七圈的时候，身上的红裙愈发烧得滚烫，仿佛即将被火舌吞噬殆尽。这条裙子的剪裁恰到好处，极好地修饰出她的身形来，只是那艳烈的色彩古怪地凝固在光滑的缎面布料上，犹如几块僵硬的斑点，悬挂着星星的尸体。都说月满盈缺可以用来计算时间，可是今夜的月亮像是已经被人蓄意谋杀，早早地藏匿于心事重重的积云里。

此时没有光，没有人，也没有声音，整个世界静谧如一尊玻璃，抑或是暴烈如一声枪响。行走在混沌与秩序流动的边缘之间，她开始重新审视自己人生的这副皮囊——每个人都该在固定的时间点穿上，再脱去，如此往复一辈子。而作为一个女人，她又是什么时候成为一个女人的呢？

十九岁？不，或许她的记忆出现了混乱，也许更早，比如九岁的时候偷穿母亲的高跟鞋，不小心摔下了楼梯，抬头便望见养父高大的身影，沉默地伫立于楼梯口处。头顶的风扇忽然截停，也许是突如其来的燥热，接下来他开始解自己脖颈处的第一颗纽扣，继续往下——

突然，她停止了回忆，因为赤裸的右脚似乎被礁石划伤了。一时间肉体的瞬时刺痛与遥远的稚嫩重叠在一起，她觉得自己好似一颗被生活的顽石磨砺了多年的贝母，在这个不解风情的夜晚被冲刷上岸，随后又被陌生人冠冕堂皇地割下了那颗唯一的珍珠。霎时间咸液不受控制地涌出，混着浑浊的血与爱，流进他灰白指甲的细缝中；待到日出升起，这畸形的爱意又会凭空蒸发，了无痕迹。而一具尸体将会被小镇上睡眼惺忪的巡警所发掘，惊讶于那人是如何被一颗圆溜的椰子砸死在棕榈树下。

在最深沉的梦里，无人目睹这场“自然意外”的发生。所以她是什么时候成为一个女人的呢？剥去了这个性别与生俱来的柔软，被社会的毛刺洞穿至流血而亡，直到某时某刻，曾经渴慕的春天已变得无异于其他季节时——她醒来了，伴随着新生呼吐出的第一口气息。那不是她的，而是她被迫成为的那一类人的呼吸：那便是新一代的女人。就这样一个好比自毁般的旅程，决然不是通过她在学校里所读过的书、写过的诗，或是扔掉被丢上课桌的恶作剧情书时偶然发生的。哪怕这些细节也是她过于泛滥的细腻情感所幻想出来的。

原来去看心理医生的时候，那个保养得极好的老女人就张合着一口大红唇教唆她做一个游刃有余的女人应该是什么模样——要少想，多做——对此她一直保持怀疑，直到现在她才总算醒悟。她低下头，凝睇着自己黏稠而疲惫的双手，心想，在这荒郊野岭总算没有咨询室里那样充斥着消毒水味的水龙头了。以前她总是有频繁洗手的习惯，明明掌心都很干净，她却总是在水池前一待就是半天。十七岁的年纪，她身上却总带着些怎么也洗不尽的忧郁。

还好，这么多年过去，自己的嗅觉还未失灵，风中仍有咸淡不均的海味，似乎那巨大的浪潮就近在咫尺，可此刻她的心中却一反往常的暴烈，而是风平浪静，纹丝不动。这不是被生活磨炼出来的能力——她终于摸索到了脚心的伤口，血似乎已经止住，混着沙砾的肉却被海浪泡得开始泛白，像是要腐烂——这都是命，她认命了，终于。这是成为女人的最后一步，至少人们是这么说的。

隐约间，她似乎又能听到声音了，咔嚓咔嚓，滴滴答答：是哪卷未放映完的半截胶片，卡在不可告人的情愫里，无法随时间转动向前？有什么滴下来了，落在皮肤上，残余着无法释然的腥气与温热的恨意。“还有吗？”她听见窜动的人群叫嚣着发问，她有些嗔怒，自己竟被当作了供人取乐的小丑。为什么她还不知足——那些人还在得意忘形地比画着，男人女人，其中却不乏她最熟悉的一张脸庞，可是一切都发生得太快太突然，以至于失望都来不及抵达，只有“砰——”

她拖着那条被过度浸泡而僵硬下坠的红裙，幽幽地走过了篝火的第八圈。

悬赏令

S 市，7 月 19 日，星期三

今晨 9 时 42 分，市警署接到匿名报案，一场于海边进行的婚礼遭到蓄意扰乱。其中新娘轻伤，新郎身中数枪，后送医抢救无效，于 10 时 13 分宣布死亡。据在场目击人描述，嫌疑人系一年轻女子，赤脚，着白色长裙，目前仍在逃。如有线索，请联系警署电话 880-812-3118。

S 市警察署告

过期的喜悦

每周日是她例行去纽约唐人街买面包的日子，无论刮风下雨还是暴雪，都阻挠不了这条雷打不动的、不成文的规矩。好不容易挤出了人满为患的地铁口，再往前走一段路，就能瞟见坐落在 Grand Central 大街上的大班饼店：一道脱漆的牌匾拉得老长，蛮横地挂在林立的两栋高楼间。淡了的大红字印蜕出几簇粉，却怎么也盖不住那股老气横秋的油腻年代感。入口的玻璃转门又小又窄，只够一个苗条的亚洲人侧身挤进去，若是体格稍大的美国人，定要费不少力气；七七八八的手印和指纹在门上糊作一团，像是时间指指点点后的痕迹，任凭那些店员用浸湿的老抹布来回擦拭好几遍，也干净不了。她一般是看准了时间，趁着门被人推开的空当，一股脑跟着簇拥的人群拥进店里去。她那一双十指不沾阳春水的手永远插在裤袋里，不闻不问的，似乎是不愿沾染这人间众生百态的烟火气。

那天下午不知怎的，实在是只有她一个人了。九月底的纽约还在热浪中翻滚着身子，烤得大街上来去的行人冒出一阵阵烟丝般的肉香，淋漓的汗直直地往下掉，黏腻又烦闷。她顶着一个吸足了光的黑色鸭舌帽，把玩着手机，假装一副等人的样子，可是站在门口张望好久也不见人来。过了半晌，直到眼前突突地冒出些红绿的光斑，在屏幕上雀跃，刺得视线也阵阵酸痛起来，她才终于缓过了神，顿时只觉得身上的短袖严丝合缝地贴着酸疲的背脊骨，全都浸湿了。她撇开额前一缕瘫痪的碎发，极不情愿地用那只尖细的、在毒烈阳光下晒得红烫的胳膊肘，去顶那扇泛着油光的门，然后做贼似的飘着步伐，幽灵般地晃进了店里。扑面而来的冷鲜气将她包裹起来，仿佛一层无形的保鲜膜蒙着高级超市里的一块冻肉：明明从头到脚都透着僵硬的红，只有这颗心脏还保留着奄奄一息的少女心思。那时她就想，倘若自己变成冷柜里的肉，可能甚至还算不上是 cage-free。

她轻车熟路地抄起一块餐盘，细长的指关节扣着边缘，好像悬空一般，右手挥舞着面包夹，在一众翻起透明盖的面包堆中，熟练地挑拣着：这个看上去肉松少了好多，可怜零星地挂拉着，只剩下光秃秃的面包坯；那个草莓看起来耷拉着，像是要糊到融化得稀烂的白奶油里，沁出一股罐头味，引得她眉间皱起一丝不悦。不愿多作停留，她飞速地夹起了一个黝黑的墨西哥肉松包，不偏不倚地放在餐盘上，和另一块乳酪芝士片挨着并在一起，混着馥郁的香在不流动的空气中爆炸开来。几乎是下意识地，她吸了吸鼻子，再抬起头时，前方结账的队伍已经排得老长了：高高矮矮的白发、黑发，簇成一团灰暗斑斓的岁月，像织混了线色的毛球。还有几个锃亮得冒油的光头，身材却瘦长得如一根挺立的筷子，就这么僵硬地杵在队伍正中央，一边冒出几句她听不懂的老粤语，一边用那枯枝般瘦骨嶙峋的手，指手画脚地戳着橱窗里那黄澄澄的、只有半个小巴掌大的蛋挞。

夹起来的力度必须要恰到好处，不然酥酥的挞皮就会轰然倒塌，那是放多了泡打粉的结局。不信你瞧，我们人类的指甲盖都是很坚硬的。她的目光从玻璃冷柜里移动到前面那黑压压的队伍，像是从胸口莫名地泛起一团沉闷的云，就这么挤压着她所剩不多的耐心，一切都怪诞得令人发怵。那些五颜六色的后脑勺，粗细不一的脖颈，都被各类首饰驯养得服服帖帖：几串成色极好的大珍珠链子，挂得老长的粗金链条，像是太阳的口水哈喇子流了满地，最后荡漾在肥沃的啤酒肚间，就连宇宙的活动也懒得继续了。

“要什么？”

一个肥厚的声音响起，是一个体态臃肿的中年阿婆。她身上套着一件早已褪色得厉害的员工衬衫，领口间绣着呼之欲出的“大班饼店”四个金色的大字。那洗得缩了水的员工服将她的层层赘肉紧绷绷地箍着，她那赤红的皮肤看上去像一节节肿大的热狗肠，外面一层白色的布料像是裹满了面包糠，整个人就是一条行走的热狗包，看得她有些恍神，险些忘了将自己手中的餐盘递过去。

“两个蛋挞，一个葡挞，一个叉烧酥，一个煎堆。”她不假思索地回答道。

那双快要生锈的面包钳在阿婆的胖手中，突然变得格外灵巧起来，张牙舞爪地在冷柜中穿梭，猛虎般敏捷地擒拿住那些小糕点，眨眼的工夫，就风卷残云般完成了这轮令人叹为观止的狩猎。

“还有么？”

阿婆的口音操着一股浓厚的港味，粗粗的，还有几分喑哑。她拖着胖胖的身躯，在狭隘的冷柜前艰难地来回穿梭着。那几圈勒出来的肉，随着她的一呼一吸，都微微颤动着。

“我看看。”她下意识地皱起了眉，撇开了落在视线前的一摞碎发，支支吾吾地答着。其实她的视线并没有停在冷柜的玻璃橱窗上，而是盯着那一排最角落里厚厚的奶油蛋糕出神：那一朵朵绽放着的、花花绿绿的奶油看上去让人毫无食欲，但她又鬼使神差地把目光瞟过去，眼中闪着绿光，像是要陷进那窒息般的甜腻里去。

“小姐？喂，你还要什么别的吗？”阿婆一边问着，另一只胖手拎鸡仔似的抓着那装满面包的纸袋，一晃一晃，摇摇欲坠的样子，“小姐？后面还有好多人在排着队呢，你动作快点行不行？”

面对阿婆不耐烦的喊话，她却充耳不闻，像是故意要挑衅对方一样，这是一种单纯的复仇心理，谁让她总是这样没好气地对待人呢？她也是顾客，顾客就是上帝，难道到了唐人街，这规矩就要被抛到九霄云外了吗？

只见她置若罔闻，仍旧直勾勾地盯着那巨大的奶油蛋糕出神——那看上去劣质又廉价的奶油泡，糊成一团团脏兮兮的云朵，飘在巨大的蛋糕坯上，像一座枯萎的城市。这令她想起了三年前自己第一次来纽约读书的时候，无论是走在唐人街还是第五大道，那挥之不去的恼人气息，无时无刻地提醒着她纽约的确是脏，而且哪儿都脏：就连天上几朵云都蒙着灰，揣着腐烂的雨腥气，黑压压地笼在纵横交错的道路间，像一块固执的污渍，要把过路的人都拽进深不见底的泥沼里去。归根结底，我们都不干净了——她偶尔会这么想，有时更被自己突然冒出的奇异想法吓一跳。但的确是这样，三年过去，她更加深信不疑，纽约总有办法把人变得脏兮兮的，纵使有着再光鲜亮丽的外表，内心却也干净不起来了。

瞧那蛋糕上几个歪歪扭扭的字，七拼八凑地合出一句生日贺语。

她忽然想起来，还有一周就是她二十一岁的生日了。在美国的生日，总是随便草草地过了——陌生的城市、陌生的人，一切都是陌生的，熟悉的人都不在身旁，她甚至连张口说话的欲望都没有。再者平日里，她社交本就不多，就算上了大学也不见得有结交更多新的中国朋友，更不要说美国人了。所以她总是一个人在学校里独来独往地穿梭着。她性子又是出了名地孤僻古怪，其实还有几分认生，不容易与生人打成一片，自然也擦不出什么罗曼蒂克的火花来。几个跟她同届的中国女孩子，平常不见特别热情张扬，都怀揣着几分腼腆和内敛。纵使是在教学楼里，或是食堂间，碰了面，也只是微微颔首，像是对暗号似的，小心翼翼地打着招呼。但只要一到周末，个个都打扮得花枝招展起来：美国女孩爱穿的包臀超短裙、高跟鞋，小扇子般浓密的假睫毛，还有火焰一般的口红抹在脸上，就这么一窝蜂勾肩搭背着，笑嘻嘻地坐上一号线地铁，胭脂粉末夹杂着睫毛胶水的塑料味，充斥着腐烂发酵的车厢，都没心没肺地朝着下城的派对奔涌而去了。正如人们所说的那样，纽约确实是个顶奇妙的大熔炉，虽说什么人都有，但真正的戏剧性往往出自个人本身：只要简单地化个妆，换身衣裳，就犹如重获新生，好似能把旧日里的荒唐都抛之脑后了。

“小姐——”

终于，她听见了阿婆的呼喊，像是从即将喷发的火山堆中猛地抬起了头，差点迎面撞上阿婆那双鼓得如灯泡般圆溜的死鱼眼。突然间，她从那彷徨的思绪中抽回了自己的一魂一魄，使得她在面包店长龙中的队首站定了，四下打量一番，才发觉耳边那纷纷攘攘的嘈杂和抱怨声又不知何时回来了。方才队伍前高高瘦瘦的那个筷子腿光头，不知什么时候已经坐在一旁的铁椅上，开始吃他手里不及巴掌大的黄溜溜的蛋挞了，嘴角还沾着几粒渣滓。待到她再回头望过去的时候，他已经用舌头舔掉了。她忽然觉得自己恍若置身人间地狱，像是掉进了那正在融化溃烂的巨大生日蛋糕里，无数的奶油和廉价的祝福灌进了她崭新的马丁靴里，然后，她的四肢也变得异常沉重起来，犹如中央公园里那些半死不活的枝干，极其恐怖地僵作一团。甜腻的香气充斥着脆弱的口鼻，连皮肤上都是黏黏腻腻的，像是被烤焦的蜂蜜所刷抹过一番，泛起阵阵不正常的蜡色。她有一种预感，若是再在这里待下去，她就要被送进深不见底的烤箱熔炉，被这座恶魔城市永恒地惩罚炙烤——

“不要了，结账吧。一共多少钱？”也许是出于心理上的后怕，她语速陡然加快，声调也拔高了许多，带着自己都未曾察觉的一丝颤抖和沙哑。随即掏出口袋里的手机一看，下午三点四十分，时间刚刚好，离下一班回程的地铁大概还有十几分钟，她便松了一口气。

“七块六毛。”

“好。”

她快速地拿出自己的黑色钱包，拉开了放着现金的那处夹层，点了点钱，便放在了橱窗冷柜上，整一套动作一气呵成，丝毫不拖泥带水。阿婆毫不客气地大手一揽，就将零钱尽数收走，转身便哗啦啦倒进那个老式收银机里，又捣鼓了小一会，才从旁边扯下一只透明的印着“大班”二字的塑料袋，将面包都一股脑地装了进去，递了过来。后面排队的人似乎又开始躁动了，她快速地提溜着塑料袋，铆足了劲地推开那扇玻璃转门，飞似的逃离了店里。

待到她顶着烈日晃悠着飘忽的步子，终于走到地铁站的时候，已经是快下午四点钟了。地铁站里人来人往，延伸至黑暗深处的远方铁轨不时轰隆作响，如耳边绽放的炸雷般，令人措手不及。又过了五分钟，她终于挤上了人满为患的车厢，座位早已被抢占得满满当当，她只能勉强蹭到一个人流并不那么密集的角落，扶着把杆站好。从纽约中国城开回上西区的地铁途经将近二十站，即使中途不转线，也需要三四十分钟。怎么打发这无聊的光景呢？她一只手提着面包袋，另一只手扶着杆子把握平衡，根本没有第三只手可以用来把玩口袋里躺着的手机。在这时候，她那双生来好奇的眼珠子就滴溜地转起来了，骨碌碌地审视着阴暗车厢内每一副陌生的面孔，伴随着极强的穿透力，像是要把它们一个个都烙在心里似的。

就在她斜对角处的第二个座位上，一个小个子、顶着亚洲面孔的女人，画着长长的尖细眼线，穿着一套黑色的商务西装，怀里抱着一个硕大的皮质公文包。盯着对方，她忽然想起来自己个子其实也不高，但总是觉得别人比她高似的。也许是因为那笔直挺拔的西装，两边的立肩设计将人小小的、平瘪的身子衬托得立体起来，充盈了不少气势。又或许是那张脸上敷着的一层厚重的粉底，竟诡异地混杂着一股生日蛋糕的香甜，叫人忍不住想要凑上前去一亲芳泽。那殷红的唇仿佛会勾人，低低地抿嘴，像是一种令彼此心照不宣的暗号，足以开启成人世界的大门，以窥入丑恶的另一面。有些关于职场上的黑暗传闻，尤其是在纽约精英云集的金融界，她是没有少听她的那些学经济的同学在茶余饭后提起过的。只见对方后背抵着橘黄色的塑料椅子，低垂着头，极缓慢地磨蹭着双脚。她感到诧异，定睛一看，才发觉对方早已脱掉了脚上一双圆规似的尖头高跟鞋，旁若无人地晃荡起两根穿着肉色丝袜的腿来。那个女人坐在那里，就像一根摇摆不定、泛着铿亮寒光的针，嵌进了车厢内的阴霾中，直叫人想要下意识地规避危险，却又因为那磁铁般的诡异魔力，令她移不开眼睛。

列车又行驶过了七八站，她站得有些酸疲了，便伸了伸懒腰，扭了扭脖子，企图变换着姿势站立。当她的目光再次扫回那女人时，对方正从公文包里掏出一个浅黄色的食品保鲜袋，里面是一堆混杂的坚果干：杏仁、腰果、葵花籽、夏威夷果、蔓越莓干，本来应该是花花绿绿的，却在车厢昏暗的灯光照射下褪成了清一色的灰，似乎连那一丝诱人的果甜、坚果特有的油脂奶香，都给抽离了，令人一点也提不起食欲来。她不晓得那女人是如何在这样的环境下，一把一把地抓着坚果干，往自己涂着口红的嘴巴里送的。她吃得那样麻木不仁，只是机械地咀嚼着。明明长着一张俏丽的脸，颧骨凹陷下去两道深印，可两个腮帮子一时间鼓得圆圆的，整个人看上去就像个没充满气的干瘪气球，从每一天忙碌的华尔街大道上摸爬滚打下来。

在纽约就是这样子：每个人都是一个气球，初来乍到的时候，都是气鼓鼓的、跃跃欲试的一副模样，摆出天王老子都不怕的架势来。于是有跨洋过海来的人，初入纽约，终于如鱼得水，曾经一蹶不振的事业变得蒸蒸日上。眼见他们飞升了，越飞越高，越得意忘形，忘了自己的家国，忘了自己从哪里来，忘了自己的根，最后把自己也遗忘在茫茫天地间了，再也不知道什么时候自己会难逃气数耗尽的命运，而最终坠落在林立的高楼厦宇间，变成肮脏的十字街口任人践踏的垃圾残骸。纽约客们一辈子奉献给这座城市的血泪，终于令他们身死异处，纵使飞得再高再远，最后也是要像尘埃一样，无足轻重地飘回到这十年如一日冷漠无情的百老汇大道上的。

回到上西区一百三十街的公寓后，她把面包糕点一个个从袋子里拿出来，往比她还高出两个头的大冰箱里一塞，只留了一袋上周剩余的面包在桌上。冰箱门内，亮黄的灯沁着凉气，开了又关，一明一灭，像是把她下一周的温饱都压了回去似的。大一的时候，她去食堂较为频繁些：在大学校园里，孤独的人总是这样的，总是把彻夜经营的食堂当作是不成文的避风港。高兴了去，伤心了去，无聊了也去，目的不尽相同。有时是为了下课赶着吃上当日的菜品特供，有时是匆忙打包两块黏稠得能够拉两三米丝的芝士比萨后匆匆赶回隔壁的图书馆通宵写论文，也有的时候，她并没有去拿那媲美脸颊大小的盘子，只是简单地嚼着一杯冰汽水，手里揣着两块黄油曲奇饼干，便默默地从人满为患的食堂里退了出来，漫无目的地在校园里，孤魂野鬼似的晃悠着。

再后来的第二年，她发现食堂并不能从根本上解决她的忧虑，反而徒增许多脂肪，腰间的肉不知道是什么时候多起来的，以至于以前的裤子尺寸都渐渐地穿不下了。有一天雪夜里，她怀疑自己在回家的路上被人跟踪，一路惊恐踉跄着向前快跑，终于上气不接下气地回到房间。连身上覆雪的大衣都来不及脱，就直接关上灯拉上被子，直到盖过头顶。她吞掉了最后两粒从国内带来的，原本是治时差的安眠药，接着做了一场光怪陆离的噩梦：梦见自己也变成了那个被人宰割分尸的巨大生日蛋糕，被停置在大班饼店老旧的冰柜里，听着电器一刻不停地发出令人头疼欲裂的嗡鸣声。没有人知道该怎么形容那种孤单、那种无助，像是陷落在无穷无尽的恐惧里，就像纽约对每个人做的那样，无一例外，她也逃脱不了。

终于，她变得不喜欢去食堂了。随着年级升高，有时候熬夜得厉害，次日免不了要起晚，就索性拿冰箱里从中国城买来的面包凑合了。对她来说，面包总是很安静的，没有食堂那样多余的嘈杂声，更没有黑皮肤白皮肤黄皮肤那样五花八门的花样，有的只是廉价的奶油和稀稀拉拉的肉松而已。一样的甜腻，一样的咸涩，什么都没有少。以面包代餐，这样一来，的确也省下不少时间，足够让她在晚起后，还能不紧不慢地踱去教室，趁着没人注意，悄悄溜到最后一排再坐下听讲。

她喜欢把一双胳膊肘枕在桌子上，掌心支撑着脸颊上的婴儿肥，目光散漫地扫视着黑板上前一节课尚未擦干净的笔迹：美国人写得歪歪扭扭的字，雾蒙蒙地糊成一团，像生日蛋糕上那几片腻人的奶油花一样，忽然令她觉得自己有几分不愿承认于众的顽贱——明明讨厌那座脏兮兮的中国城，还有那永远泛着鱼腥臭和汗味的唐人街，却每周日还要雷打不动地光临购置那些卖相一般、食品安全堪忧，但廉价的面包。只有这样的食物能让她饱腹，让她感觉到自己还活着，在肮脏的纽约卑微地活着，就像每一个纽约人要经历的那样——当她终于回到了曼哈顿上西区的家，做的第一件事就是打开水龙头，把手伸进白瓷砖的水槽里，就这么让水哗啦啦地流，冲去中国城那固执的污臭和脏秽。但有些东西就是这样，再简单纯粹，来了纽约，终究是洗不干净了——想到这里，她无可奈何地叹了口气。

窗外的天色已经完全暗下来，她收拾完便一骨碌地爬上了高高的宿舍床，在枕头间化作了一摊烂泥。收音机已经打开了，慵懒的夜色正谆谆低语着，但她的心绪早已飘到九霄云外去了：下周二十一岁的生日，她决定要去店里也订一个那样的生日蛋糕回来。什么人都不需要邀请，也不需要提前到馆子或者酒吧里订位置，她是不喜热闹的，就独自一人在房间里点上几根蜡烛便足矣。电台里的天气预报说纽约的天要开始转冷了。很快，慢慢地，人的味觉也会变得迟钝起来。她知道那种感觉，是那种连痛苦和快乐一并尝起来都没有什么区别的感觉，就像是两美金一个的墨西哥肉松包里如出一辙的廉价奶油，腻在喉咙眼里，压住了从饥饿的胃中涌上来的酸涩。她只是需要静静地等，等待一切转入秋冬时节，等到那个时候，纽约的生活或许也就没那么难以下咽了，她如此想道。随即撕开了手中剩余的那袋面包，那扑鼻而来的香气像是已经过期的喜悦。

仙人掌之花

一棵仙人掌的小花，从小扎根在沙漠里。所有人都羡慕她身处的广阔空间，但只有深陷沙中的她，期待着有朝一日会有一位知心的旅人，途中口渴难耐时，再将她连根拔起，带离这片她自小生长的荒漠。可真正待到那天来临时，她注意到旅人手中还有一把匕首，似乎是要先将她的刺砍下，再赋予她期待已久的自由。那人的手甚至还未触碰感受她尖锐的脾性，就先皱起了眉头，数落起她如何与其他柔软的花不同。为什么要这样对她呢？如果她是带刺的玫瑰，或许旅人能看在她的美之上，忍受她的刺痛吧？但偏偏她只是仙人掌头顶上的一朵小花，要顶着白昼的炙烤和夜间的寒凉，可她来到这个世上野蛮生长，从来不是为了遵循人间的规矩与花期的。她绽放的不是花瓣，而是这个地球上最后的孤独。口渴的旅人最终砍下了她的刺，摘掉了她小而扁瘦的花苞，开始吸吮她发苦的泪水，于是整个沙漠都酣醉了。

阿拉斯加的灵与骨

如果有天你想找我了，就去阿拉斯加吧。

不记得我们是怎么做的决定：趁着芝加哥的春假北上，去到这个星球的极地边境，像是掉入冰蓝的深渊与旋涡，连同所有的烦恼都陷了下去。那晚飞机的气流晃得厉害，像是头一回来人间，歪七扭八地落了地。坐在灯火通明的航站楼里，我们费老劲才打到一台极度 sketchy 的黄色小 taxi，车门也是破的，惨兮兮的一块黄色塑料挂在这副钢铁之躯上，我想这是人类文明对自然的入侵。去民宿的路上必须紧盯手机导航，有一段路是在摸黑的森林甬道里前行，只能看见晃眼的车灯和司机的白发。临近落车点，一脸胡子拉碴，笑起来满口黄牙的司机老爷爷喊住我们——莫不是小费没有给够？我们心有灵犀地摸摸口袋，手心也攥紧了，谁知他老人家只是叫我们抬头向上看。噢，那就是了——极光，家门口抬头就是，像一块展开的祖母绿，幽微的光线稀薄如纱翼，脆弱地挂在名伶的肩头。这半分钟里，仿佛经历了宇宙诞生爆炸毁灭，点点星屑从神话古籍里脱漆掉出页来，凝成绿森森的、鬼魂般流动的欧若拉。我们仰着头，脖子酸酸的，一时万籁俱寂，天地只剩我们三人：一老两少，还有天地万古的发光遗骸。

饥饿是后来才苏醒的，从肠胃一路爬上我的喉咙眼，真是辛苦了。傍晚十点后还营业的餐厅所剩无几，于是你把车打到了 Jazz Bistro：还没进店门，就能望见橱窗里琳琅满目的 live band 乐器和忽明忽暗的霓虹灯管。是魅紫色，原来在纽约见过的，我戳戳你的胳膊肘子，你训斥我专心点菜。好吧，那先来两杯酒——糟糕，我没带 ID 在身上，只能眼巴巴看着你小口细酌。可以偷偷喝我的，你朝我低声暗示，而我开始装傻不自在起来。你怎么喝酒都不上脸的？我仿佛一个坐在角落里作弊的小孩，还得趁古巴裔的老板闪进厨房的时候，抓过你的高脚杯猛吸两口 Chardonnay。荒谬，明明我早就满二十一了，我的灵魂却仿佛拖着两万零一百年的沉重，遇见你，这首歌，我是不是在哪儿听过——兴头上的老板和年轻的女服务生正在弹唱着，应该是西班牙语，很多的 O 和 A，听多两曲我的耳朵都好像被绕成了麻花。在北极遇见古巴，听异乡人唱两首遥远的曲子，我借着盲区偷偷喝酒，南美洲的海浪声在这个狭小的屋子里潮起潮落。店主的画作就悬停在四周的墙面上，线条交汇出他意象中的古巴：今夜，你听，今夜没有人想要回家，but no one will abandon it，好的，慢走，再困也要记得道晚安。这样的夜不能常有，人是会上瘾的，从此再难以戒断。

你记不记得，那一队阿拉斯加犬兴致勃勃拉雪橇的时候，狗毛都是湿的，满雪地里乱蹭，一点不害臊地翘着屁股在我面前，憨憨地撒丫子跑，还一边偷吃旁边两尺高的雪块。是呢，当时我把你圈在怀里，我们如连体婴般半躺在雪橇里，所以你看得应该比我更清楚，狗下巴都沾着冰凌子，后腿和绳索都打结了，但所幸很快又稀里糊涂地绕开了。我看见你耳朵边缘也冻得发红，像两个圆圆的落日。一路就这么跑跑停停，德国裔的年轻拉狗人从一开始问我学的什么，噢，文学！他的眼睛开始发亮了，no，可不要跟我聊歌德，你是德国人也不行。于是后来，我们都很会心地闭了嘴。别在这个时候讨论学术了，你听那些狗叫唤得此起彼伏，和平日里我们坐在恼人的教室里似乎也没多大区别。我开始咯咯乱笑，你可能当时只感后背一阵莫名的颤动。待到我们终于滑到小树林深处时候，四周静得可怕，像前半生被油封起来，一丝氧气都冒不出泡。再也没有更多的声音了，太安静了，仿佛无意间翻到了小时候读的德国童话，那些莫名其妙就下了一夜的雪，从此盖住了人间四季所有的喧嚣。

我生日那晚，你早早就在当地那家百年老店订好了位置，我们胡乱吸入一顿根本不是从阿拉斯加捞起来的帝王蟹（仅仅两条腿而已），结果却因为被 taxi 放鸽子，成了最后被困在那里的客人。为了与服务生拉扯争取更多的时间（店铺要关门了），你夸赞他们的海鲜奶油 chowder 后意外得到了一份 secret receipt，我看见你郑重地收好，说要回芝加哥了自己尝试制作。但我哈欠连天，早不知道把那张巴掌大的纸扔到哪里去了。先前，服务员因为记漏掉菜还给我们送了一份 Crème Brûlée，算是给我们庆生了。Fairbanks 的 taxi 实在是太难打，我们被迫滞留在这个贴满熊皮挂满鹿头的屋子里，感受猎屋一般昏暗的灯光，不晓得自己置身何处，昏昏欲睡间只觉得仿佛回到远古的冰河世纪。你的手掌心温温肉肉的，时不时捏捏我（只要不是人中就可以）。忽然袭来一丝冷风——衰仔 taxi 虽迟但到。

后来欧若拉就开始同我们玩捉迷藏了。等追极光的车来时，因风雪太大，我们误入一个极度赛博梦核的民宿，里头是低矮的小木屋。起初只是为了躲风雪，进去才后知后觉里面安静得可怕，昏红的灯光像冷藏室里的眼睛，杂物装饰侵蚀了整个狭小的空间，最里边的转角处还有一个空空如也的狗盆，但水渍好像未干。这里像极了电子游戏场景，没有人知道我们其实并不属于这里，但也没有人询问我们来自哪里。他们只是沉默地脱去鞋袜，在灯光下如红色的羔羊群，口中喃喃道着晚安，仿佛在进行某种心照不宣的神秘仪式。心虚就开始发汗，不如我们跑吧，你说着不想松开鞋带，可是门前不知何时又进来一位胡子长长的老大哥，压着嗓子问我们要去哪儿。去追欧若拉，唔，很蠢的答案。万幸，他放我们走了。但那晚，我们明明什么也没有看到，云太厚了，把视线都给捂死得彻底。好心的领队或许是可怜我们，从裤兜里掏出几根烟花棒，又变戏法般摸出一个平时日料店里常用的喷火枪，也不问我们喜好，就点燃了。丝丝火舌，蓝的，红的，但它们烧不到你身上。为什么呢？我没有跟你讲——你灵魂的颜色，我一直是看得很清楚的。没什么光亮的子夜，我们顶着茫茫夜色穿梭在结冰的湖面上、白雪砌成的森林里。面朝着巨大高耸的松树群，像一截截被拔地抽起的城市根脉，只是它流淌着极冷的血，而我看不清我们的命运，犹如两道蜿蜒的林路，究竟通向何种尽头。

我们背靠背泡温泉的时候，感觉皮肤都舒展成雪山大地的一部分。高温汤池烧得我意识直冲飞天，脑袋发晕得厉害，但还能看得清你的妆一点也没花。熬过没信号的半日，在傍晚回城途中又邂逅了紫红的晚霞，忽然就想起电影《大话西游》里最后的场景。只是这样张扬的霞光难得出现在这茫茫凄凉之地，已是北国的赐福。欧若拉，你不要以为你换了张皮我就认不出你了——我素来是靠嗅的，味道，皮骨，最后才是内里滚烫的灵魂。我想那时候，我们各自耳机里的音乐还在放着截然不同的两首歌，但似乎没有人在专心听了，温柔乡都融化在了含糊的歌词里。我们终究要臣服于自然的，就好像爱它爱得心甘情愿，爱得理所当然，就愿为此赴汤蹈火，在所不辞。所以下次卡拉OK，你再多唱两首歌吧，我就不会错过啦。

两个年轻的女人走在雪地里，但整个世界都在发热发烫。我们早就过了小学一起手拉手去洗手间的年纪，好像交换的烟酒就是成长的一种不成熟的标志。夜里还能听见远处的狗吠，偶尔的一棵巨大的路灯把你锁骨处的沟壑照成了一捧明堂上的雪。嗯，我是认真的，我有点想和你脱了鞋在雪地里赤脚跳舞，看着北极的风把我们的发丝缠绕在一起，如黑色藤蔓紧吸大地。数到一二三就伸出舌头吧，尝尝就知道了，雪是甜的。人生如此，微醺刚好，以后就不会走丢了。

流放夏威夷

六月的小岛上，我忽然有种与自己和解的快意。纽约和芝城的冷意，经过数年的打磨，早已有一部分刻进了骨血里。阴晴不定的都市，时而盲目，时而冷漠，生命流动时的那股纯粹愉悦不知所踪。而今时今日，迷失在自然里，我有幸获得了一种短暂的失语，更是一场胆大妄为的、对过去与未来积虑的叛逃。

几团拉丝的云絮，慵懒地绕在棕榈树的脖颈上，扇状的针叶如马尾般徐徐扫过晶莹的海面，悉心梳理着破碎的水波。古老的太阳早已迸裂如浆，碎裂成万物尘埃，乘着滚烫的光芒，涌向稚子般年轻的浪沫。这偷来的时间没有彼岸可抵，如同一条机灵的小蛇，钻过砂岩间微不可见的缝隙，时而盘身于暗礁之中，栖息在地平线之下的暮色里。热带的记忆也会冬眠吗？还是说岛上的每一次日出，都是含蓄而神秘的一场复苏？倒映出的自我，已然不同于昨日。黑夜骤然缩短，仿佛待启的速食罐头，里头掺杂着人生的五味杂陈，具体有什么谁也不晓得。营业至凌晨的海边停车场，蜷缩在一盏孱弱的橘色路灯下，浸润在人造的光明与温暖里。就这么漫无目的地游荡在稀薄的夜里，穿过草地、沥青马路和冷却的沙滩，只觉得明日的降临变得不再重要。在那段偷来的惬意时日里，自己一半是风，一半是无数微渺瞬间里与时间共生的永恒；有时是游人白色衬衫背后停歇的一只小青虫，拉面铺后厨的日本奶奶手里的一团菜馅，一颗成熟菠萝被砍下时飞溅的糖蜜；有时是忽然挡住帽檐视线的一朵紫色牵牛花，半开车窗擦肩而过的一簇仙人掌丛，抑或是绊了粗心马儿一跤的小石砾。四季更迭的土地上，一朵花，一棵树，一个人。

我乘长夜，踏尽风雪而来，从此要往人间春色去。

思凡

何为人间？何为天堂？何为地狱？

北方与南方——一条是从纽约曼哈顿岛的上西区到下城的一号线轨道，另一条则是美国地图上漫长的南北分界线。北方有严冬与疾风，数不清的水泥工厂与摩天大楼拔地而起，簇拥成一片跨越时间的永恒阴霾。可是南方有什么？

作为一个象牙塔里埋头苦读的博士生，蓝郁极少放任自己去浪费可贵的时间来思考这些令人毫无头绪的问题。但她明白，只有偶尔，当孑然的孤独也变得乏味时，自夜深处迸发出的那强烈的逃离欲望，才会令她挣扎于一种教人堕落的希望中。在纽约，每个人都是自己的救世主，都要寻找自我救赎。可唯独面对自己，人总是难以自我成全。也是唯有在这里，坏人多于好人，因为做坏人远比做好人要容易、幸福得多——这便是她所知晓的北方。

但今夜，她决心要逃离这里，将冷酷无情的上西区天堂抛之脑后。一种难以自持的念想蛊惑着她往南方去，往繁华的曼哈顿岛那灯红酒绿的霓虹下城去，去探索那些她在前半生的岁月里都未敢触碰的条条禁忌。犯戒会是人间的精髓吗？如若不然，为什么人们纷纷来到这世上遭一番罪，却美其名曰是为了修行呢？还是说，人本是妖，才会有那么多丰富的七情六欲？反而是爱也爱了，恨也恨了，终于没了期盼与念想，什么感天动地的山盟海誓都不过空头支票罢了——非要到了这个地步，认命了，才算是成为人了。那她宁愿做妖呀！做人有什么意思？不如祸乱人间去！既然生来做女人，他们已经把每一桩沉重的罪名扣在那颗美貌而无辜的头颅上了，那为什么不轰轰烈烈爱一场呢？凡是想想李碧华小说里那些令人悲悯的女人也好，女鬼也罢，古往今来有多少关于她们的悲剧又是自己酿成的呢？既然那些游走于大千情场的女人们可以沉沦于红尘放手一搏，那她，一个总被人说是书呆子的大龄女博士，想必也该是可以的。

这不，机缘说来就来。前几日艺术史系里的同事向她引荐了一位年轻有为的律师，不到而立之年就事业有成，在纽约法界叱咤风云，一时间声名鹊起。一开始蓝郁是不愿意去见的，毕竟难以平息心中的落差——人家是单身钻石王老五，甘愿自己贴上身投怀送抱的美人们怕不是要从滔滔哈迪逊河的一端直直排到对岸的新泽西州去。见蓝郁踌躇不决，几番推辞，同事百思不得其解道："纵使他条件再好，你也算不得高攀不起呀！你一个常春藤的女博士，才貌双全，难道不比那些只会败家的花瓶强吗？你俩在一起郎才女貌，就算没这个缘分，认识一下做个知己朋友，也不亏呀！"或许是被同事这一腔糨糊般的热血灌蒙了理智，又或许是自己的确已在茫茫人海中等待太久，有时候她甚至觉得，自己早已过了海枯石烂的年纪，怕是要比那蹉跎岁月还要老上几分。恍惚间，她托腮的手不自觉地上移，无意间竟感受到了眼角逐渐清晰的皱纹，引得她心中一阵刺痛的悸动，便顿时下定了决心，答应道："好，那就去吧！"

回到当下，蓝郁刚挑好出门前要涂抹的口红时，放在案桌上的手机便开始频繁振动，连带将桌上堆积成山的论文也发出轰隆的响声，卡上了窗外雨滴的节奏。有些思绪开始如雨水般漫延，浸透了房间里每一个被杂物堆积的角落，将她并不安分的心困在潮湿而阴暗的洞穴中。她一只手还拿着半旋开的口红，另一只细长的胳膊伸向高高叠起的纸张小山，如盲人般细细摩挲着，这才在一片白色的废墟中瞥见了那亮得发烫的屏幕。

她终于拿起了那颗烫手山芋，后知后觉地意识到那几个未接来电早已经躺在垃圾箱许久。放下手机，她重新审视着镜子中自己那张化妆化到一半的脸：仿佛一个未完成的艺术品，封印在大理石般苍白的层层粉底之下；几重深浅不一的眼影拥挤在狭长的眼角，像雨天的纽约里那些静止的高楼色块，被抽空了曾经的灵动；即使她刻意将几抹绯红扫在苹果肌两侧，它们也没能吐露半点少女情怀的羞涩，反而像一道道堵塞僵死的溪流，水面上浮满了猩红的水藻。每当凝睇镜中的自己时，那股无名的怅然便油然而生。

她是美人吗？至少系里的同事朋友都曾是这么夸赞她的，但那已经恍如隔世。她的确喜欢美，试问又有哪个女人不爱美呢？但是她的年纪已经不小了。曾经的高中同窗都早已谈婚论嫁，投入到被新生婴孩的哭声所填满的生活深渊里去。毋庸置疑，她们同她渐行渐远：游乐园的照片中，她们手中曾经的奶茶被孩子的奶瓶所取代，脸颊上油油的，是太阳融化下来的光，与母性特有的疲劳慈爱融为一体，仿佛浑然天成。蓝郁惊觉就在这些令她熟悉而又陌生的脸庞之中，昔日里那些珍珠般散落的少女柔光，终于如掉线的珠子般，不知道蹦到世界的哪个角落里去了。噢，或许她是坚守在纽约的最后一片忧郁之海，埋头扎进深不见底的学问中，苦心钻研着一种避世不出的理想乌托邦，那将会成为她后半生的栖息之所。是的，不是任何一个男人的怀抱，仅仅是她自己，拖拉着一条赤诚慷慨的灵魂，就像飓风后的渔夫在沙滩边发现了一头搁浅的鲸。这是一个女博士该有的样子——手机再次振铃时，她终于在百般磨蹭下涂好了最后一层口红。

“嗨，我在楼下了。”接通后传来的低沉男音，像冬日里波澜不惊的哈迪逊河，徐徐沿着落日的方向奔涌而去，刺骨的冷意中又蒙着一层橘色的暖纱，犹如一幅印象派的作品。她浅浅地应了一声，同时按下了电梯间下行的塑料按钮。

苏野是一个什么样的人？这个早于凛冬来临前的名字，犹如一场突如其来的初雪，将她的心意给掩上了一层严严实实的白霜，叫外人窥不见其中的丝毫。当她初次从系里的朋友口中听到这个名字时，便有种置身于梵·高麦田旷野之中的错觉，仿佛行走在根根分明的背脊骨上的热浪，令她每一寸皮囊的记忆都刻骨铭心。这种几近燃烧殆尽的、神似爱情的游思，成了她不敢再触碰的禁忌。在前半生不再崭新的画布上，她已经犯下些许不为人知的荒谬罪行——多半归咎于多少他人的丑恶灵魂曾垂涎她的纯洁，一名女学生的单纯！认识苏野纯粹缘于偶然，虽经系里的朋友介绍，但直至今日两人才决定从各自忙碌的生活中抽身，见面小叙一番。蓝郁并不迷信，但冥冥中她意识到或许苏野会是不一样的存在，或许该由他来拾捡自己搁浅人间的灵魂，或许他会抽干整个纽约市的海水去为她陪葬。

这孤独得可怖的浪漫！倘若成了真，她要如何回应——

“你好，我是苏野。”

电梯门开的刹那，蓝郁应声抬头，打量着他的面庞。这是一张年轻的脸，但她明明从中看见了时间若明晰的轨迹，那是只有像她这个年龄的人才会熟悉的纹理，犹如一个农民熟练地摆弄着他菜园里的叶子那样。苏野长着一张端正的脸，两撇平静的眉毛如纽波特的海岸线般向外延伸，底下藏着一双如电影般会说话的眼睛和一张谈吐文雅的嘴。高挺的鼻梁如一道山脉将其他五官分离开来，彼此构成互不影响的独立美感，整个人看起来优雅而又疏远，像一只藏在白衬衫里、将头探出领口的猫。

“久仰了——”出于礼貌，她握住了对方有些寒凉的手掌，从簇拥的围巾堆中挤出了一抹笑容，“我是蓝郁。”当自己的名字脱离了禁锢，被释放于纽约深秋的潮湿空气中时，它迅速地膨胀开来，仿佛一个快要爆炸的蓝色小行星。咚咚咚，或许那只是她过快的心跳声，藏在层层衣帽的掩盖之下，一刻不停地敲击着她敏感的耳骨。

其实她想说的是“好久不见”，但不知怎的，心中咯噔一下，竟险些让这句毫无来由的话蹦出口来。他们明明是初次见面，却迅速地从彼此身上找到了一种莫名熟悉的归属感。一时间，她感觉自己仿佛被人折叠起来，犹如一件被放置在祖母阁楼间压箱底的老旧毛衣，在冬日篝火的刺啦燥热中不知何年地昏沉睡去。

见对方没有反应，她又硬生生地重复了一遍：“我叫蓝郁。”

“啊，我知道的，我知道你的名字，”苏野突然咧嘴笑道，“早前听朋友说起过你，当时就觉得配得上这个名字的人不愧是学艺术史的女孩。”是吗？蓝郁闷闷地想。然而那抹笑意却透着罕见的纯粹，并非美国小镇上的男孩时常向她投来的顽劣笑容，这个偶然的发现更加证实了她先前的猜想——或许苏野是不一样的。想到这里，她冲他笑着摇了摇头，并没有接话。

一路并肩走到地铁站口的时候，两人都噤了声，几乎是不约而同地抬头向上看：头顶上悬挂着叽喳的黑鸦，蜷缩在光秃秃的干瘦枝丫间，将本就昏暗的天色密密麻麻地压得透不过气来。纽约的秋日无时无刻弥漫着一股拒人于千里之外的寒潮，无形的寒凉将纷纷落叶席卷而下，一时间连地铁站入口早已掉漆的绿色阶梯上都涌动着鎏金的色彩。这便是蓝郁所能在这个季节里寻觅到的、所剩无几的一缕生气。她深呼了一口气，径直迎着反向的人流朝地下走去，地铁站内早已饱和的潮湿暖意瞬间扑面而来，将她熏得有些醉了。

刷过票闸后，离站台还有几十米的距离。置身于人流中，蓝郁突然觉得自己又有了与人交流的欲望，甚至不惜亲自挑起聊天的话题："听说你今晚订的餐厅是在中城？"

"啊，不，是在下城。从时代广场那边还要往下走几个街区，靠近麦迪逊花园附近。"

"下城啊。"

"是一家很不错的日料店，好不容易才订到两个位置。"苏野刷起了他的手机屏幕，开始研究起苹果地图上深蓝色的路线图。

下城。长期居住在上西区的蓝郁，试图从脑海中调出一幅她从未有过完整印象的纽约地图：纵横交错的街道穿插其中，红绿相间的路牌数字占据了一条条人满为患的路口。至少这就是曼哈顿岛的特点，以川流不息的百老汇大道为一条核心脊椎，余下两侧的每一条小巷都是笔直的，僵硬地横居在彼此之上，互不退让。而那些水泄不通的车流，犹如堵死的血液凝结成块，依附在曼哈顿这具庞大的巨人身躯中，日益啃噬着古老记忆中的灵动。整日穿梭于这样古怪地形的纽约客们，或许也逐渐养成了无动于衷的冷漠脾气，总是板着一张脸，夹着黑色的公文包，于黄色的斑马线上来去匆匆，对交通信号灯的变换熟视无睹。纽约，蓝郁想，是一个让艺术和灵感去死的地方。它是毒药，让人们对其依附而上瘾，然后在无数的灵魂尸体与不断更迭的死亡之中，那些佝偻挣扎的艺术家们又获得了第二次新生。

苏野收起了手机，理了理快要散落的围巾，漫不经心地拍去了肩上的落雨，轻声道:“那是我原来在纽约的律所实习时非常喜欢的一家店。每次去都是人满为患，怎么也排不上号。这次我提前打了电话预约，才订到了一个靠窗的位置。”

“你是去年夏天来的纽约？”蓝郁将双手揣入羊绒大衣两侧温暖的口袋里，只觉得发冷的身躯被地铁站内橘黄的灯光所散发出的暖意给缓缓包裹起来，连两条深不见底的漆黑铁轨也变得柔和了些许。

“不，前年，”苏野忙解释道，“实际上，是很多年前——当我还在纽约大学读本科的时候。”

“很多年前？”她有些不解，为何从他嘴里说出来的话，总是带着一种若有似无的年代感，犹如一阵突如其来的旋涡要将她吞噬，淹没在不停旋转的年轮之中，“可是你明明也还很年轻——”

“那也是五六年前的事情了。”

哦！五六年前，不过是人一生中的十一二分之一的时间罢了。说长不长，说短倒也不短，但为何经他口说出后，就变得令人回味了呢？仔细想想，她的青春时代，倒也似乎没有走得太远。一如纽约街道间奔驰的黄色出租车一般，在行尸走肉的人群间依旧惹眼，于高耸入云的摩天大楼间欢快地来去穿梭，仍然绚丽动人。

“那倒也没有过去多久嘛！在那个时候，你也是读的法律？”

苏野愣怔了一下，摇摇头：“不，是哲学。”

“呀，哲学。是不是就是那些柏拉图、亚里士多德之类的东西？”

“不过那个时候还是个追求理想乌托邦的学生呢。”

“但你现在仍可以是学生啊。”蓝郁强调道。

不知怎的，她心中莫名泛起一股汹涌澎湃的不甘。好似刻意强调“学生”这个身份，就能够与物欲横流的现实社会剥离开来，撇下任何一丝一缕的瓜葛。物质世界，繁华大千，但那里却是她永远不想坠入的深渊。像许多人一样，她选择了逃避。但作为一个女人，她又不甘平庸，转而便扎进了学术的象牙塔，在寂寞的书堆与漫长的思考中细心雕刻自己的灵魂。都说美玉质朴，无论经历多少泥沙的冲刷与埋没，都终将展露出其独有的特质与光芒。可是在茫茫时间之河上泛舟已久的她，却愈发看不清自己灵魂的颜色了。打磨着，打磨着，那些往昔的棱角也淡去了，取而代之的是她眼角偶然察觉到的几丝愈发明显的皱纹。那些小小的细纹，如爬山虎般，渐渐占据了她巴掌大的脸。

苏野摆了摆手，笑道：“是了，但那又如何呢？谁能想到竟要不了短短几年，我也堕落到世俗物质社会的深渊里去了呢。”他忽然抬起头，只觉得眼中异常干涩。他朝远处望去，只见橘黄路灯一闪一闪地蒸发了地面的雾气，露着几颗诡异的黄色大眼睛，在纽约的钢筋水泥森林中，冷酷地审视着往来的人流车浪。

“可是怎么就会落到这个地步了呢？”恍惚间，她偶然想起了

《霸王别姬》的故事里，“文革”时期，饱受批斗的程蝶衣对段小楼吐露的那句充满愤恨的话——“你当今儿个是小人作乱？不！不是的！是咱们自个儿，一步步落到这个田地来的！”可怜最是戏中人，但若非如此，又岂能笑他人罢，自个儿却依旧枉度余生？！“不应该的——”她喃喃自语，“不该是这样。”

“谁知道呢，或许我命该如此。”苏野道。

“我不信命。”

他忽然转过头，一双漆黑的眼睛盯着她：她说这句话时，恨不得咬碎满口银牙。仿佛有种无形的力量，在背后支撑着这短短的四个字节，要一股脑地推到他面前来，叫他承认，叫他屈服，叫他服输，说是他错了，她说得对，人不该信命——

可是命不由人不由天，那该由什么呢？

“那时候哲学系里的一个老教授，也是我本科时期最熟悉的导师，在我毕业的时候还向我抛出了博士的橄榄枝。全球排名第一的哲学啊，我想，的确是很诱人的选择。”

“但是你没有选择抓住这千载难逢的机会。”蓝郁猜测。

“是的。我犹豫了很久，终究是没有接受他的邀请。现在想来，那或许就是我人生的岔路口吧，毕竟我已经作出了选择，”其实哪有什么千载难逢的机会，苏野笑道，“我的前半生好像一直在一条单行道上骨碌着匍匐，这么多年过去，一根筋的固执毛病却一点没改。或许是时候寻找一条新的路了。”

那会是一条不同于往昔岁月里他所走过的路。但偶尔在夜深人静时分，他也不免在枕上辗转反侧，时而回想起那条单一色彩的老路：他的家在京城以北，可是中学却坐落在城南。视线随着笔直的马路延伸过去，依稀能望见夏天的苍白教室里，积灰已久的风扇挂在破旧的天花板，将空气中的燥热晕眩吹散开来。北京的柏油马路热得发烫，蒸腾的雾气笼住了两侧的白桦林，将层层叠叠的荫绿包裹凝固在白蜡般的空气里。偌大的北大校园里，除了读书、单车，或许最不缺的就是那些学生们所踏过的路——它们蜿蜒散开，通向天涯海角，在许多人未来的岁月里，又成了某种失而复得的怅然。恍然惊醒时分，京城的记忆被折叠成一条笔直的路，倒退着，回溯着，掉进某年某月里已然遗失的夏日，直到他再也找不到那条路，那条回到南方的路——

“法学院是一条不能再回到过去的路。”

它指向北方的极地，那里落满了毫无感情的积雪，封存着人类世界所有严酷的法律秩序。

“是啊。”

不知怎的，蓝郁听到他意料之中的回答，心中竟缓缓升起一缕莫名的喜悦。像是在海边找到一块失而复得的童年贝壳，虽然已经碎成了星点，任时光作黏合剂也拼不回去了，但那似曾相识的硌人感却依稀停留在指甲缝隙中，连同海水沙砾一并凝固在暂停的瞬间里。

就在此时，一号线列车闪着两颗巨大的红眼缓缓入站，整个站台顿时被外界风雨的潮气所席卷，连最后一丝流连的暖意也被惊扰散去。等车的人们如刺猬般扎堆地向狭小的厢门缝中拥去，时而推搡几下，免不得要扎伤一些暴躁的同类，以至于人潮中不时爆发出几声尖锐的嘶吼或是谩骂。蓝郁并不着急，只是安静地等候在一旁，最后才进入密不透风的拥挤车厢，站在了开关门旁犄角旮旯的小转角，而苏野就在她的斜侧，一只关节分明的手正抓着车内的栏杆，用以保持平衡。车门猛地夹上，将沙丁鱼般的人们压缩进了一个密闭罐头中，缓缓驶向这座城市的内心深处，所有那些见不得光的腐烂里。察觉到自己的身躯正在随着车厢缓缓前行，她埋下头，闭上了双眼。

有人曾说，或许蓝郁的性格里就有一种甘愿慢下来的怠惰，这种品质总是令她与纽约周遭的一切格格不入。不可否认，这样的性格倒也成就了她细致入微的观察力，一个天生的艺术家。实际上，她并不在意他们今晚的目的地，也不关心那家餐厅是否大有来头，她之所以愿意出来，纯粹是为了追寻一种漫无目的的流浪感——某种自她被“关”进象牙塔读书以来，便早已丧失的冒险精神。而最为讽刺的是，她竟是一名纽约客！更多时候，她却只能与白先勇书里那些挣扎于城市泥潭中的纽约人产生精神上的共鸣，以至于她时常怀疑自己是否已经成了一个完全的悲观主义者，而悲剧——系里的一个老教授曾对她说，或许是一种与生俱来的气质。所以，如同苏野在人生的分岔口选择了自己的道路般，她也已经在冥冥中作出了一些选择，且不会再逃了。

那他呢？他选择法学院的时候，是出于自愿还是生活所迫？蓝郁被自己的念头吓了一跳，她并非有意去揣测苏野的内心，或去用自己的眼光衡量他人的选择。恰恰相反，从某种程度上，她这种毫无来由的疑惑甚至是忧虑，自然而然地从这节空气浑浊、灯光昏暗的车厢中缓慢滋生，犹如一条无形的藤蔓，悄无声息地攀爬出来，绕过重重人影，最终依附在她斜侧方的那个年轻男人身上。灯光下他的侧脸棱角分明，透着雪松般冷漠的气质，释放出一股独有的疏远感。但这份疏远更多是源自个人与外界分离开来的孤独，而并非现实中交错道路间的遥远距离。相比之下，精神上的长途跋涉，往往才最恼人心神。而她终日困蜷于狭小的图书馆隔间中，与堆积如山的论文书籍做伴挣扎时，谁知他又已经独自在精神的沙漠丘脊中，行走了多远？

“嗨，我们到站了。”

他拍了拍她的肩，将她那些尽数游离在外的散漫思绪给纷纷拉扯了回来。直到神志缓缓聚拢，她才回过神来，刚好对上苏野那双神采奕奕的明亮双眸，如旋涡般吸引着她去窥探其中的光明，好似方才沐浴于浑浊灯光下的那个寂寞灵魂并不是他，而是另一个陌生人。她轻轻皱起了眉头，假装整理自己的大衣纽扣，不紧不慢地随着他出了地铁站。夜的帷幕早已降下，缓缓升起的几颗稀疏的明星挂在上空，看起来并不遥远的模样。跻身百老汇大道上五花八门的荧光牌匾与巨幅的广告海报中，相比之下反倒是夜空中的星更逊色了几分。

从拥挤的沙丁鱼罐头地铁中释放出来，置身曼哈顿繁华之都的罪恶下城，人们摇身一变，仿佛一张张被静音许久的黑胶唱片，终于被放置到了金色名利场巨大的留声机转盘中，随着节奏与舞步旋转出悠扬沸腾的旋律，一路响彻至长岛边境上空的海路云霄里去。再往下的东村，便是曾经的爵士之城，数不胜数的音乐酒吧藏匿于红砖阁楼的转角深处，在夜半时分仍回响着叮咚跳脱的琴声，以及几缕低沉而富有磁性的女中音，哼着那些过往的迷惘时光，还有那所剩无几的、并不属于任何人的爱情。

“很久没来下城这边了？”见她有点愣神，他笑着调侃道。又或许是他的语气里生来带着一种近乎黑色幽默般的诙谐，以至于那些字句从他的嘴里吐露出来时，所有潜在的刺痛都被层层厚实的花蕊所包裹起来，令它们无法近身伤人。

“嗯，有一段时间了。”

然而事实上，蓝郁已经将近半年没有来过下城。自最好的几个朋友在上个夏天纷纷毕业，选择回国发展后，她似乎也一时间丧失了所有流连于苹果之都的理由。狭长的曼哈顿岛如同一只尚未睁开的沉睡巨眼，在最深的欲望梦魇里悉心潜伏，企图于每一个无眠的长夜将她吞噬，而她会在最深处的孤独之海下坠，下坠，下坠。

“这里，”苏野指着斜前方一家装修精致的服装买手店，说道，“曾经是家我最常去的爵士酒吧，但自从拆迁后，就不晓得搬去了哪里。”

“搬走了？为什么不是倒闭了？”她能够想象一个阴郁的酒吧老板，或许是生活所迫或家庭变故，基于某些难言之隐，这才难以将自己心爱的酒吧与爵士乐经营下去，不得已转租搬离这一条繁华得发烫的街区——这般自圆其说的解释听来才更是细致，更有说服力，“难道不是吗？”

蓝郁的反问先是令苏野一愣怔，但紧接着他又十分肯定道：“不，只是搬走了而已。”

“这么说来，那家酒吧是往上城搬去了？”

“具体搬去了哪条街，我并不清楚。”不知何时，他额头前的几缕碎发被风吹了下来，挡在视线之前，令原本就笼罩在鹅黄路灯下的整个人看上去更显几分颓废沮丧。在灯光的效应下，他五官原本的凌厉感被削弱不少，从原先的疏远也渐渐演变成一种生人可近的温和。

蓝郁没有吭声。

“但我知道，那家店一定只是搬去了另一个地方而已，并不是倒闭了。”他说这话时，头微微地转了过来，无声地侧视着她。那双眼睛——啊，她现在终于看清了，原来里面也徜徉着几根细小的血丝，如游萤般四散蔓延，像是要将整个黑色玻璃球眼珠给笼罩起来，如蜘蛛捕猎布下的层层天网，只是猎物竟是他自己而已——可怜的人！但回看自己，她也不由得扪心自问，这般懦弱而无所作为的自己，又有什么资格去评判他人呢？难道自己所渴望的一切都拥有了吗？来到纽约追梦的多数人，不都还是竹篮打水——一场空？一个所谓的保守主义者，美其名曰不过是为了捍卫自己所剩无几的颜面，从指甲缝中去克扣那些荡然无存的尊严，好让自己活得看似有几分光鲜亮丽——但也不过是失败的另一个名字罢了。

“哦。”蓝郁心不在焉地应了一声，尾随着苏野的脚步终于来到了一家装潢精致而小资的日料店门口。从外向里望去，能隐约瞥见一名年轻的服务员隔着透明的塑胶帘幕，正应接不暇地照应着店内的客人。见到站在店外的二人，那活泼的服务员终于探出头来。

“两位吗？”

“是。”或许是出于职业律师的良好素养，苏野的一声答应来得恰到好处，丝毫不拖泥带水。对方打量着二人，点了点头，记下了手中的账目，又准备将头探回去。也不知是怎的，他总归在那一瞬间察觉到些许不妥，连忙补充道：“那个，实际上——”

“嗯？”服务员停下了脚步。

“我昨天打电话给你们，是订了一个包厢。”他解释道。

“噢。”

“是靠窗的位置，街景很好。”此时，他突然转过身来面对着她，有意降低了音量，语气却依旧低沉，仿佛在她耳边吹着气。那些字眼顺应着呼出的热流，就这么暖烘烘地吹到了她心底，化成一摊汪洋。她必须承认，至少在当下这一瞬间，她竟有些失语，甚至是受宠若惊，尽管这些小家子气的情感从未占据过她早年的身心。是从什么时候开始，曾经自视清高的她，也需要这些无用的小恩小惠来娱乐这百无聊赖的生活了？

“好的，我查一下记录。”出乎意料的是，店员并没有急着邀请他们进店入座，而是转身忙活手头上的工作去了。苏野看着有些郁闷，两撇眉毛顿时不自然地拧在了一起，口中不断呼出白色的雾气，随即又消散在纽约车水马龙的深秋街道间，无影无踪。

“你——你冷吗？”

或许是等得有些无聊了，一路在地铁车厢里这么站过来，现在又伫在寒露极重的雨天里，双腿也难免有些胀痛发酸。蓝郁一边搓着手，一边试图从这如发条卡壳般尴尬的空白静止中寻找一个新的聊天话题。她的确不擅长制造一些有趣的气氛，从前参加同学派对的时候就是这样——至少在年轻的时候，她的所到之处便自然而然成了万众瞩目的焦点。那时候还有许多男人争先恐后地向她表达自己亦真亦假的爱慕之情，却总也焐不热她那颗冷冰冰的、世人时常怀疑是否还在跳动的心。

“我吗？”他有些诧异，却还是那一贯温柔的声音，“我很好，不冷。”

她点点头，欲言又止。

其实直到现在，她才开始仔细打量他今日的衣着。先前在地铁站浑浊的光线下，她看得不够真切，不够仔细，总以为他也如她一般穿着极厚实保暖的冬衣——可实际上，他只着了一件轻薄的羽绒夹克，里面露出两道西装白衬衫的笔直立领，像被切开的、规规矩矩的直角三角形，就这么僵硬地屹立在他柔软的脖颈间，如坚韧的盔甲般，于冥冥之中，于千篇一律的生活里，守护着某些她或许永远无法理解的事物。

“噢。”

骗人，她想，他明明很冷。那双修长白皙的手，十个光滑圆润被打理得极整洁的指甲，明明都已经冻得有些发青泛白。可她却难生责备之心：这毕竟是在狡诈的苹果之都，人与人之间善意的欺骗顶多算是一项生存技能。冷漠多年的纽约客，个个都顶着一张能拒人于千里之外的霜脸，如银色旋风般席卷了这高楼林立的恶魔都市。他们在危险丛生的马路间横冲直撞、肆无忌惮地闯着红灯，对人为规定的交通法则以及那些横立于十字路口中央可怖的血红大眼都置若罔闻。上班途中，个个好似亡命之徒一般，欣然地奔赴生活的死亡，然后又在晚间六时左右从一栋栋办公大楼鱼贯拥出，获得物质上的新生。

“真的不冷。”苏野有些哭笑不得，像是要证明给她看似的，便将羽绒服领口的拉链往下拉了一小段，露出了里面一件黑色的西装外套，一看就价值不菲，“你看，我里面还有一层外套嘞。”

她顺着他的目光看过去，只觉得自己恍惚间什么也没看见，反倒是一个律师的模糊身影变得愈发清晰起来——律师！哪怕现在是法学院的学生也好，毕业后苏野终究会成为一名律师，如纽约一众的高薪人士般将自己挤进华尔街寸土寸金的楼盘间，还有一个个如纸片方格般狭窄的办公桌里，虽然置身职场的云端，可是他们的心早已被弃入了纽约黑咕隆咚的下水道啦！

“哈，还真是。想必是金钱护体的味道，果然不一般。”她打趣道，试着化解横在二人中间的某些不可调和的尴尬，他也被她这突如其来、没头没脑的话给逗笑了。

此时他们刚好处在一个街灯正下方，橘黄的直射光如刀刃般笔直地劈向二人。不同于车厢内的眩晕感，她只觉得被暴露在冷风中的头脑变得格外清晰，或许是借助了这犹如博物馆陈列厅内的刺目光线，使得她能够在这荒诞混沌之地静下心来去欣赏一些事物本身的纹理与裂痕——仿佛苏野就是她面前的一尊艺术品，某件馆藏于大都会博物馆的无名雕塑，这是他的首次面世展出，虽然唯一的观众只有她——一个终于渴求被爱，却也不再年轻的女人。

“抱歉久等。”又是原来的那个服务员，再次回到了他们的视线中，语气中却少了几分欢快，掺杂着一丝歉意，“这位先生好像并未在我们餐厅预订过包厢呢。”就在这刹那的变数之中，她下意识地对上他的目光，竟从这位横扫华尔街的律师先生眼中捕捉到了一缕转瞬即逝的窘迫。

“你再确定一下，我姓苏，应该是昨晚七点多打电话预订的。”他不紧不慢地解释道，“有没有可能是你们记漏了，或者是系统出错了呢？”

服务员依旧撇着眉，满脸遗憾地重新打开了手中的平板，从头到尾又浏览了一遍当日的预订记录，却依旧没能从各种五花八门的冗长姓氏中找到一个简明的“苏”姓拼音。蓝郁忽然觉得有些好笑——或许这就是纽约的特点之一：即便是置身于一个亚洲餐馆里（哪怕他们现在根本没有进去，仍是站在门外），一个亚洲人也依旧无法忽视掉自身与周边环境那种格格不入的诡异感。这里被称作是文化的大熔炉，但事实上，并没有哪个文化真正做到了彼此交融，恰恰相反，它们保持着有尊严的独立，甚至是敌对，即使都被历史的车轮不约而同地推着，最终投掷进了这巨大滚烫的熔炉之中，但它们至死也没能产生任何水乳交融的浪漫反应。

“实在是没有找到您的预订记录呢，苏先生，”服务员有些不好意思地解释道，“或许您致电的并不是我们这家分店？在整个曼哈顿岛，我们一共有三家分店呢，不如您再去别处看看？”

苏野推了推眼镜，一副恍然大悟的模样：“这倒真有可能。我昨天就是选了手机推荐出来的第一家，也没多想就一个电话打了过去，没想到竟有可能是弄错了分店。”

听了他的话，服务员终于如获大赦般朝他毕恭毕敬地点头哈腰，随即便进店忙活去了。蓝郁察觉到苏野那双亮晶晶的眼睛正直直地盯着她看，双唇一张一合，她却没有注意听他说的话。

“不好意思，你刚刚说什么？”她揉了揉眼睛，佯装自己方才只是无意走神。

“没事，我是说，不如我们换一家分店吧？”他有些抱歉地晃了晃自己手中正亮着屏幕的手机，“我刚刚查了一下，我订的那家店就在这附近，离这里也不远。我们走过去就行。”

“啊，要去找那家你昨晚预订好的店吗？其实在这里也挺……”话音未落，她却瞥见了店内人满为患、座无虚席的景象，顿时将剩下的话语都一股脑压回了肚里，连忙改口道，“不如就去你说的那家店吧。”

“好。”

傍晚终于到店入座的时候，苏野瞥了眼手表上较长的那一枚指针，已经落到七点过一刻的区间内了。一如诸多日料店惯有的风格，这家不大不小的居酒屋门口挂着显眼的锦鲤旗与红灯笼，被穿堂风灌得鼓胀起来，一时间有几片塑料花瓣，纷纷落在了那棵通了电的假樱花树下。可再细看，整个店面竟隐约透出一种赛博朋克式混搭的诡异和风：几根发烫的霓虹灯管贴着墙面，照亮了店门口湿润的马路，以及对面高耸入云的金属写字楼，银光红光还有雨渍混在路边水塘反射出的倒影中，缓缓地流进街边深不见底的下水道里。

很快，二人被热情的店员带领着，一路穿过狭隘的走廊小道，仿佛行走在京都古镇的街巷间。两旁飘动的幕帘中，不时传来客人们的低语与笑谈声，还有充斥在居酒屋中馥郁的酒香与炸串的辛辣。总算是有点人间的烟火气了，蓝郁心想，像是暂时远离了纽约这座地狱般冰冷的摩登之都，回到了那个尚存温度的人间。她跟在苏野的身后，望着面前这个男人的背影，心中泛起一阵莫名的怅然若失。仿佛也是很久以前，她听别人说，人总要受过冷，才能识得暖的好。

“蓝郁？”

她登时脑海空白，下意识地闭上了眼。感受着，他低沉的声音，是如何在呼唤她的名字，在狭小的旋转楼梯间四处碰壁、回响，仿佛沉稳的钟声，一下下敲击在她脆弱的心房上。刹那间整个喧哗的世界又如婴孩般沉沉睡去，合上了那可怖的巨眼。再没有任何赤裸灼热的目光，她感到一缕不可言说的心安，如云朵般降落在灵魂深处。

“你跟上来了吗？”

可怜的年轻律师，或许是他走得太急太快，太害怕再一次的尴尬与失败，方才是刚下车便一股脑地冲进了店内确认他的预订信息，直到回过神来，才意识到在过去近十几分钟的奔波中，自己再没与对方说过一句话。她其实什么都知道，女人的第六感向来很准，但她就是要故意捉弄他似的，不愿给出一个正面的答复，而是半晌才悠悠地憋出三个字：

“有点黑。”

忽然，她能感受到对方停下了前行的脚步，先是一愣怔，随即她也站直了身。可惜当时室内的灯光过于昏暗，像是蒙着一层灰蒙的纱，他的面孔又变得模糊不清起来，惹得她想要伸手去擦拭那些扰乱她视线的烟雾和水汽——

“你跟紧我，”如同敲栗子般，他这一句话，将她那本就如糨糊般混乱的思绪，给彻底敲散了，变成稀巴烂的浪漫，“不要走散了。”——听上去，仿佛又是一个让她服从的指令。蓝郁不由得抓紧了包，兀自怀疑着，难道苏野也会像万千大众那样，永远遵从主流的游戏规则吗？哲学难道不是教人如何思辨，进而去挑战权威思想的吗？那些曾经在途中走散了的人，谁又知道他们抵达的终点也有可能是除毁灭与死亡之外，他人都无法触及的希望与新生呢？她就是一匹不断在流浪、行走在边缘地带的不合群之马，可是纽约的天地本就该如此广阔——

“不好意思，我们店面内部的通道就是有些窄，”带头的服务员连忙解释道，“为了给顾客提供更好的就餐体验，灯光也是被特意调暗的，望您见谅。”

噢，清醒了。蓝郁彻底清醒了，去他的这片自由土地上呼吸的空气，去他的早已在长岛诡绿的灯塔下粉身碎骨的美国梦，现在的她不过是一个豆蔻年华已逝、三十当头苦心读博的女人，此时此刻正与一个未曾谋面的男人一起，置身于曼岛中城一家漆黑而压抑的小小居酒屋中。和所有来到这里的人一样，也许她也有愁可消，不，太多了，她应该同李煜对酒，那样便可以一人问，“问君能有几多愁，”一人合，“恰似一江春水向东流。”古今数不清多少愁，都醉啦，也烂啦——

终于被领到桌前，她如释重负地脱下了身上那件米白色的毛呢外套，一边顺手解下了围巾，将其挂在了红木椅正后方的衣架上。苏野预订的位置正好在二楼窗边，仅仅隔着一面硕大的落地窗，便能将对街的风景尽收眼底，一览无遗。除了人声鼎沸的下城以外，事实上，纽约的中城若是疯闹起来也毫不逊色：犹如一只嗜血的巨兽，贪婪地吞没着无数年轻而彷徨的灵魂——他们多是海外的学生，漂洋过海来到这座举目无亲的罪恶之都，面对繁华大千的花花世界，便被一股巨大的魔力给吞食了心智，一时间都乱了阵脚，乱了方寸。许多人漫无目的地飘零至此，消费年华，只图挨过一个又一个的漫漫长夜，待到天亮时分又犹如大梦初醒，每张疲惫的脸上都透着再难以粉饰的苍白与空虚。

“喝点什么？这家店里的酒都是自酿，口感很不错。”他拿起了桌上的一份酒水单递给她，她犹豫着，最终还是没有接过去。

像是突然失去了胃口，又不好意思在他面前显露出来，她推搡着已经递到自己面前的酒水单，打趣道：“我就不看了，你来点吧。”

“你确定？”

“不用啦，”她笑着摆了摆手，“既然你先前来这里吃过，那便应该是行家了。我相信你的眼光哩。”

是的，就这么交给他吧，有个忽然冒出的声音在心底劝道，把一切都交给他，看看他会怎么做。换作是任何一个人背井离乡多年，也该学着独立的。可唯独这一次，她竟萌生了想要依赖他人的陌生想法，让自己放手，就交给他去吧——

真好，她又为自己找到了一个合适的开脱理由。早先出门时她已经明白，自己此番出来的目的并不是为了这一顿晚饭。那又算是为了什么呢？她不知道，那时她答应下来这个见面的邀约纯粹是因为她厌倦了上西区死气沉沉的氛围，尤其是那座永远冰冷的象牙塔。她想要像《孽海记》第一场的戏折子里所唱的那个小尼姑一样叛道思凡，肖想佛法之外的红尘，向往流连于人间的各种情爱里去。可是呢？戏里唱的总归是和生活有所出入。现在好，她来了，可那心绪中的爱意却又一时不知从何寻起。她眨眨眼，入目是端坐在对面正同服务员点餐的苏野，她要找的东西在他身上吗？不！现在思考这个问题怕是还为时尚早。可如若不寄希望于眼前人，她又该往何处去呢？趁着这难得的空当闲余，小尼姑蓝郁的思绪早已穿破窗棂，自顾自地神游在外了。

就在居酒屋的对街，映入眼帘的除了拔地而起的大片水泥森林，也依旧有一小部分人正在挥汗如雨，苦心搭建这壮阔巨景的根基。她飘忽的眼神很快被十字路口那几个惹眼的荧光橙马甲给揪住了：那些都是纽约市施工抢修队的工人，正勤勤勉勉地修补着沥青马路上破开的一道大口子。

乍一眼望去，那恶劣的伤口如此巨大瘆人，仿佛地球暴露在外的皮肤被往来的车流碾得生生开裂，在数日的高温暴晒下，流血不止直至干涸枯竭，便免不了开始溃烂发炎，散发出人造填充物的恶臭来。工人们围绕着这块皮开肉绽的发白伤口，犹如一群色彩斑斓的乐高玩具人。他们面无表情，却又心无旁骛地应付着这名特殊而沉默的伤患。他们仿佛一群专业的医师，在伤患处架起了一条条精巧的钢筋水泥，却又如同杂技演员般敏捷而灵活地行走其中。这施工的一幕，仿佛化作了一场怪诞而精彩的表演，足以摄人心魂，好似永远没有落幕。纽约这座城市将它面目全非的伤疤都赤裸地展现出来：过去、当下，与未来的血脉交织成一体，它不断在受伤，不断被修补。纽约的看似金刚不坏之躯，实际上没有什么能够永驻。马路的伤口可以被修补，虽然是用极简单粗暴的方式：几桶水泥或者沥青，滚烫地浇灌上去，这就算是封杀了曾经的伤痛。可人心都是肉长的，倘若也受了伤，总不该拨电话给 911 吧？

那马路上凹陷进去的巨大黑洞，仿佛散发出无穷的魔力，引诱着蓝郁跳下去。从纽约的这个破洞一跃而下，是不是在顷刻之间，不费吹灰之力便能抵达地球的另一端——到那遥远不可及的南方？

“在看什么呢？”苏野突如其来的询问打断了她的思考。这名年轻有为的大律师，正凭借着自己高超的职业素养，将她那些抽离魂魄的流浪思绪又一点点拾捡了回来。

“没有，没什么。就是随便看看，你点好菜了吗？”

他点点头，压低了声音，仿佛在亵渎一个秘密：“这里其实有一款汉堡很好吃。”

这世上还有比这更古怪的事情吗？两个中国人在日料店吃汉堡！她噗嗤地笑出了声：“都说纽约是世界文化的大熔炉，果不其然。

我竟不知道原来现在的居酒屋里还卖美国的灵魂食物呢。”

他倒好，也故作神秘：“这可是在纽约，纽约人都明白一个道理——认真你就输了。”

他一边嘴上忙着调侃，一边手上的功夫也没闲着。只见他轻巧地拉开了桌上两罐还冒着冷雾的可乐汽水。一套动作下来行云流水，轻而易举地便剥下了锋利的易拉罐口抽条，看得她胆战心惊，双眼发直。

“这次没有点酒，忘了事先问你了，”他有些抱歉地将一罐插好吸管的汽水推向她，“我怕你不爱喝酒，所以只要了两罐汽水。你看看还要加酒水吗？”

她接过易拉罐，享受着手心中的冰凉所带来的神魂酣畅的清爽，坦言道：“没事，我平时很少喝酒。”

上菜的时候，正好是一人一份。两个瓷白的大碟里各立着一只秀色可餐的浑圆汉堡：顶上的面包撒满了黑白双色的芝麻，淋着些许她根本叫不上名的自调酱汁，宛如几道褐色的瀑布蜿蜒地淌过中间焦脆肉饼与爽口蔬菜的夹层，最终化作一池堆积在盘底的浅塘。不愧是日式改良过的汉堡，这道菜的摆盘也尤其讲究，不仅在盘子的边缘粘了几块粉色萝卜雕琢的樱花瓣，还佐以盐渍的烧茄子秋葵与仔姜，都切得细细条条，排列整齐。就这么几道晶莹剔透的素菜，硬是被摆盘成了一座江户时代的御花园。

“怎么啦？”苏野察觉到蓝郁正一言不发地盯着盘中的汉堡，脸上说不出是喜悦还是失望，“不喜欢这道菜？”

“也不是，”她摇摇头，拿起刀叉戳了戳盘中的汉堡，惊觉它比自己想象的要坚硬，“只是觉得很神奇。”

"神奇？"

"我的意思是——"她吸了一大口冰可乐，本想着缓解喉咙深处莫名泛起的一阵干痒，却不料自己还得拼命压制着从喉口蹿上来的发胀气泡，于是只能含糊不清道，"我们是中国人，坐在一家日料店里，吃着改良的美国菜。难道不神奇吗？"

苏野切汉堡切到一半，骨节分明的手还握着一把反射着银光的餐刀，忽然停下了动作。

"这有什么奇怪的？你我难道不是在纽约——这个众所周知的文化大熔炉？"

她戳了戳那几块萝卜雕刻而成的樱花瓣，它旋即便轰然倒塌，整个花倒在盘中四分五裂。"你看，"蓝郁指着那朵花的尸体，缓缓解释道，"这些文化……无论是饮食还是艺术，来自西洋还是东方……它们最终的归宿都是千篇一律。它们并没能在这里扎根生长，更别说开枝散叶。纽约——更像是焚炉，将所有文明扼杀于此，再创造出一个又一个的混合残次品，哄骗着那些天真无知的游客们，向他们兜售这些美其名曰'跨文化与种族'的纪念品。"

"我觉得你有些过于悲观了。人总要向前看，我们不可能永远活在过去。"

"不……"她摇头道，"我并不是深陷于过去无法自拔，过去本就是生命的一部分，没有什么好否认的。可我依旧认为，一个无法接纳过去的人，要如何活好当下的时日呢？"

"我们现在这样活着，难道不算活吗？"他顺势往嘴里送了一块汉堡。

蓝郁沉默地凝视着自己盘中逐渐发冷的食物，一声不吭。良久，她开口道:“是，也不是。”

苏野咽下了汉堡，抿了一口可乐，只觉得酣畅淋漓:“那你觉得什么叫活着，什么不算？”

她没有着急回答，而是一只手托着下巴，仿佛陷入了漫长的沉思中去。是的，直到现在为止，他看出来了——她的忧思，她的郁郁寡欢，都足以证明她是一个格外诚实的女人——至少她选择将自己所有的喜怒哀乐都表露在外，不做丝毫忸怩的隐藏，这就足以区分她和剩下多数那些久经世事、城府颇深的女人了。他是这么想着，一时间她眼角边边上那几缕细小的干纹，竟也变得愈发可爱起来——不怪她总是去思考一些无头无尾的古怪问题了，毕竟人到了一定的年龄，就难免会去琢磨一些平凡生活之外的事情。时间的确打磨了她年轻时的棱角，却未曾抹平她的光泽，反而令她愈发动人起来。

什么不算活着?

蓝郁心想，一时间，脑海中的诸多场景从意识深处此起彼伏地涌现出来:是朝九晚五坐在华尔街密不透风的方格办公桌里，面对着六个拼接在一起的大屏幕上频繁跳动的股市与数字，一刻不停地端着手中的电话听筒，向客户兜售着最新的金融理财信息，从早到晚说到口干舌燥，还要靠着自己的那条三寸不烂之舌去交纳曼岛 CBD 区那贵得骇人的高昂房租，在各种开销对账结束后，一年到头的银行存款或许也仅剩下个三四位数的美金数字而已——

还是那些不断奔走各地、穿梭于长岛和布鲁克林大街小巷的自由音乐人，背着他们的吉他与音响，随时可以席地而坐来一场说唱就唱的演出。有时是人声鼎沸的地铁站，有时是某个安逸午后的公园广场，无论何时何地，纽约都不吝啬给予他们观众与掌声，可是那音乐盒里的钱呢？那些墨绿色的美金，皱巴巴的几张小额钞票寂寞地躺在黑丝绒的盒底，似乎从未真正地多起来。与他们费力演唱、几乎要吼破胸腔的高音相比，金钱的旋律仿佛在生命极端的热情与冷漠之间戛然凝固，不再灵动了。

是牺牲自我的梦想，换取一种体面却行尸走肉的人生，还是为自由付出温饱的代价？这些，那些，在她看来，都不算是活着。只因为有什么东西陡然缺少了，仿佛心上被挖下的大片空白，那个本该破茧而出的字眼，消失在生活日复一日的摧残与打压中。没有，没有，再也没有——

爱。

一个人想要活着，多半是为了爱。

去爱，还有被爱。

“可能，”她终于开口，“没有爱，就不算活着吧。”话音刚落，她作势咬了一口汉堡，意图化解这沉默中的尴尬。

“真是个有意思的回答呢。”他像是赞叹，但语气中的复杂又令人琢磨不透。

“苏野，其实，”她咽下了那块汉堡，仿佛瞬间被某种无形的力量所充盈了身体所剩无几的勇气，推动着她去尝试自己从未想象过的事情，虽说是踌躇着，有些怪不好意思，但她终于还是克服万难开了口，“我想请教你一个问题。”

他又极有耐心，只是温和地点点头。

“你说，如果两个人这辈子不能做恋人的话，那还可以是什么关系？”

“不是陌生人的话，那当然是朋友。”

“可如果连朋友也做不了呢？”

“怎么会？”

她急了：“但不是什么人都可以做朋友的呀！有些人、有些人，他只能作——”

“那就只能做仇人了！”出乎意料的是，苏野铿锵有力，斩钉截铁地打断了她。这突如其来的一句，如惊天暴雷般炸开了锅，引得旁桌微微侧目，可他却依旧保持着正襟危坐的模样，虽然带有几分开玩笑的戏谑色彩，但坐在对面的她还是倒吸了一口冷气。

她不甘心地追问道：“一定只能做仇人吗？”

见蓝郁这副战战兢兢的模样，竟将自己的恶作剧当了真，苏野不由得笑出声来：“哪里的事！我当然只是开玩笑罢了！不做朋友不做恋人，那不就只剩下陌生人了？这个社会不就是这样运作的吗？”

是啊，其实道理她也都明白，但这些俗套的话从苏野的嘴里说出来，就变了味了，就是另一种意思了。为什么世间万物，男女情爱，也必须受缚于社会的游戏规则才进行得下去呢？那样胆战心惊而疲惫地活着，根本不是在谈情说爱，而是一场关乎生死的考验啊！

“那我们今晚就这样出来——我是说，我们今晚出来，是、是……”她磕巴着，竟说不下去了。是的，她不敢将“相亲”那两个字眼当着他的面说出口，仍旧在拐弯抹角地挣扎着：“你知道的。”

他们让我和你见面，让我们单独这样出来，明明就是为了——

“什么？”他有些疑惑。

她心中的不安愈演愈烈，表面上却还得努力保持着随时要决堤的冷静，只能不断地摆弄着手中锃亮锋利的餐刀。在双手频繁调换了好几个别扭的姿势与角度后，那双刀叉终于将她餐盘里躺着的那块已经冷却的汉堡残片给捅了一个对穿。

而他盯着她盘中的动静，一言不发。那一刻，她看见那块七成熟的肉排渗出了丝丝缕缕的殷红，一瞬间好似她的心脏也在无端地流血疼痛——好了，也许这才终于是血肉的感觉，这样的痛才够真实，也许这就是爱。

“噢，”他饶是后知后觉，也明白了她的意思，竟有些腼腆地笑道，“这种事，当然是要慢慢来。今晚咱们能在一起吃个饭，认识一下彼此，日后也好做个朋友知己。”

她察觉到他的用词，“朋友知己”，里面没有一星半个她想听到的字眼，比如“爱”。

但的确，爱情这种事，急不得，也强求不来。可是人生短短几十年，谁又等得起岁月蹉跎的代价？去爱他人明明是一件极其自我损耗的赔本生意，可多少痴情男女仍义无反顾地为这桩事业慷慨献身。现在轮到她，一个躲躲藏藏近三十年的女人，是不是也可以为了自己再勇敢一次，努力一把？但如今面前的这个男人，难道就是她用几乎空白而单纯的前半生所换来的一个答案吗？

“那你说，爱是什么呀？”她想要从他口中亲口听到那个不肯示人的真相。

他愣怔住了。爱是什么？他的确不晓得该怎么解释，或许他能够谈一谈爱不是什么。爱不是某一首陈奕迅的老歌，封存在某些失恋之人的手机中，单曲循环直至半夜三更。既然一些遗憾是被唱烂掉了的，那就最好再也不要有——什么蚊子血、红玫瑰、朱砂痣。

有许多次他经过耶鲁校园附近的教堂，尤其是在周日的早晨，前来做礼拜祷告的基督徒早已将门前挤得水泄不通。往往在这种时刻，向来以危险犯罪闻名的纽黑文地区，竟真化作了《圣经》中所描绘的那个安宁平静的天堂。这或许也是为什么，有那么一瞬间，他感受到自己被某种无名的力量所驱使着，想要走进那神圣的肃所，来到那穿着黑袍挂着十字的冷漠神父面前，无比谦卑地询问道："上帝创造男人和女人，究竟是不是为了相生相克？"为了这百无聊赖的人间戏所，去增添几分供君消遣的苦痛，作以暂且的欢愉？

"我们——我们是什么呢？"

他举起手中的餐叉，指向蓝郁的时候像是要将她扒光了狠狠地钉在墙上，而后却又摇摇头，将刀尖一转指向了自己，带着几分琢磨不透的戏谑，说道："不，不是我们。只是我而已。我这种人，也可以作一个爱情的渣滓、大众潮流中不愿循规蹈矩的败类。"

"不爱就要被社会淘汰吗？"她显然是被这个答案给沮丧到了。

"当然不，sweetie。爱早就不是爱本身了，而是一项竞争而已，"他笑着解释道，却似乎又有几分无奈，"在法学院的这三年，如果说我学到了什么，那便是终于认清了这个明码标价的世界。我们做律师的，连正义都可以谈拢价格，道德也能够在辩护法庭上被作为商品出售，你说说看，还有什么是不可以的？"

蓝郁有些恼了，但又不死心，只是狠狠地戳了戳盘中早已四分五裂的汉堡，晶莹的肉块上凝结着淡淡的血丝，她就这么固执地盯着它看，迟迟没有下口的欲望。她想起了李碧华笔下的那个潘金莲，那个不愿意喝孟婆汤忘却前尘的孤魂野鬼，手中拎着自己前世被武松砍下的血腥头颅，可怜兮兮地游走在永无天日的阴间，等一场轮回，只为复仇，为她自己谋求一个爱情的正义——如若那时候，她能得到一个律师便好了！蓝郁只觉得后脊骨阵阵麻凉，若是这辈子没有缘分也能逃过一场情劫，说不定自己竟比她幸运哩！

“那这辈子不能做恋人的那些人，总归有下辈子的机会吧？”她吃下了那口带血的肉，原本口红脱落的双唇霎时又被染得格外艳丽起来。

他看着她，有刹那的愣怔，坦言道：“老一辈的人常说，若是要想下辈子好，那这辈子一定得做个好人，算是在为自己的来世修行积德。”

哦？她不禁冷笑，可你们这些男人是怎么对待潘金莲的？我可与她不同——我只想要这辈子——她双唇欲启，却终是什么也没有说。

“蓝郁，是不是你们学艺术史的人，受到了许多熏陶，都爱追问一些浪漫尽头的哲学问题？”

换作是平时旁人这么问她，她一定会回撑过去。但此时此刻，他的调侃并没有惹恼她，反而令她觉得自己的内心小九九就要被人一眼看穿。几乎是下意识的反应，她忙着给自己打圆场：“不、不是的，不是这样。”但奇了怪了，平日里她并不在意他人对自己的看法，可偏偏今晚，此时此刻，她又不愿给他留下一个有关艺术生的刻板印象：在多数人的眼里，她们最终的归宿无非是坐在空无一人的大都会博物馆办公室里，处理着一些无关紧要的、来自政府或者慈善机构的捐赠文件；又或是滞留于某个时期的艺术展厅内，对着成列排开的沉默大理石雕塑与墙上不苟言笑的贵族画像发呆。过往的历史皆成烟云，仿佛人间的平凡琐碎、爱恨情仇，以及那些沙漏般流逝的时间从来都与她无关，唯有艺术是永恒不倒的宇宙真理。

可如果这种无法言说的孤独就是生命的真相，为什么她还要一门心思地逃离自己所在的上西区象牙塔，带着一股脑的冲劲与懵懂，去企图闯荡那人心复杂的凡间江湖呢？曼岛的繁华下城是顶热闹，却也顶危险的是非之地，稍有不留神，便会被什么情爱纠葛给绊住，跌进某些利欲熏心的圈套里去了。当一个纽约客不再是客，而是脱身换骨成为一个纽约人时，这才是一场悲剧的完结。

“噢，”没能得到自己想要的答案，苏野几乎是微不可闻地叹了口气，很快又自然地将话题一转，“那你觉得这道菜怎么样？”话是这么问，可他的目光依旧停留在她的脸上，带着几分严谨，不错过她任何细微的变化。

“挺好的，”她顿时松了一口气，点点头，“虽然不经常吃西餐，但我还挺喜欢这个汉堡的，东西方结合做得很有创意。不瞒你说，我还是头一回在纽约尝试这种创意菜。”

“纽约其实有很多非常棒的餐厅。”

“噢！”

“你不怎么去探店吗？虽然美式料理的确在全球榜单内排不上号，但纽约的餐厅多数做得还有几分水准，尤其是米其林榜上的那几家，往往在一年一度的美食周都是爆满的。”

是了，她从未真正探索过纽约。在这里住了快十年的光景，她却还不如百老汇大道上，抑或是特朗普大厦前，那些举着单反相机一顿闪光灯乱拍的游客——或许他们早就在短短几日的旅程中，将整个狭长的曼岛给摸索得知根知底了。可在纽约漂泊的这些年里，她似乎从未真正从哥大的象牙塔中脱身出来。并不是没有时间，而仅仅是一动这种不可思议的念头，便仿佛要耗尽她所有的生命力。

“我不喜欢外出，”她开口道，“有时候，我可能更喜欢一个人待着。在我自己的公寓里，总是能够清静些。”纽约是一个永远吵闹的地方，她想，整个城市犹如一条老旧的破损磁带，被放入时间的播放器内。那些被卡壳的转筒，不断抽条的磁带，噼里啪啦地炸出许多不和谐的噪音，迸发出的火花一路飞升，最终化作了哈迪逊河流上璀璨的烟火，盖过了河畔人们的欢呼声，以及川流不息的高速公路上从未消止的喇叭鸣笛与司机的咒骂。

他打量着她将近一分钟，迟迟没有再说话。终于，他将桌上的结账收据折好装进西装口袋，有些沙哑地开口道：“走吧，我带你去一个地方。”

会是南方吗？她心中默念着，可是这个来自北方的男人要带她去哪里？

他要带她去的地方，是下城一家出名却隐蔽的爵士酒吧。两人从日料店出来时，夜色早已开始四合。或许是先前被店内的暖气给熏得有些傻了，意识也被不断膨胀的眩晕所占据。出了店门，那些未曾察觉到的寒意，终于一窝蜂地从各处漆黑的巷口间蹿了出来，前仆后继地挂在往来行人浸着雨水的夹克外套上，仿佛要渗进每一具血肉之躯里。深秋的晚风不同于夏日的风，肆意一吹，便觉得冷，仿佛进了超市尽头的冷藏区。哪怕是脚步未停，可身子只觉得冻得僵了、狠了，随着嘴巴鼻孔不断呼出的乳白雾气一同，都散在了苍茫的夜色里。

脚下被浸透的枯叶，自然也受不住这样汹涌的寒潮，纷纷都软下了身，弯了腰，温柔地蜷缩成堆，好似要提前进入冬眠的季节。

蓝郁的一双皮鞋踩在厚厚的叶垫上，只觉得时间就这么脆弱地碎在了自己的步履之下，变成一摊模糊不清的昏黄。她始终低垂着头，一声不吭地跟在他的后面。

“怎么不走了？”她问。

他指了指头顶：“红灯。”

抬头对上那只血红的大眼，她的眉头微微皱起，不以为意道：“红灯也可以走。在纽约，大家都是随便闯红灯的，根本没有人会去注意交通指示灯的颜色，更不要说遵守交通规则。”

可他依旧笔直地站着，一副不为所动的模样，反问道：“这倒不奇怪，纽约人若是循规蹈矩，那便不是纽约人了。但就算是这样的一群狂徒，你觉得他们还会遵守些什么规则呢？”

要说服从，那想必只有金钱规则才能驯服纽约人吧，她想。

在这个缄默的瞬间，两人的对话仿佛是被口中呼出的一团雾气顺理成章地带出来的，就这样流动在纽约孤寂的秋夜中，犹如两只各自流浪于严寒中，但终于找到彼此的小刺猬——这场萍水相逢之后，它们是要抱团取暖，还是分道扬镳？

几番左圈右绕后，他们终于来到一个毫不起眼的隐秘入口：除了两侧疯长的野蔷薇外，门前只有两盏小油灯，醉醺醺地耷拉着脑袋，挂在深棕色的玄关前，铁丝灯罩内微弱的烛火跳着，底下却是快要燃尽的蜡油。在这样冷的夜里，这两盏灯犹如一对困倦的小眼睛，有气无力地眨巴着，试图看清每一位来客的身影。

“就是这里？”她有些吃惊，试图从这名不见经传的门口寻找有关于这家爵士酒吧的蛛丝马迹——牌匾名字，明明什么都没见着。但隐约能听见屋内传来的钢琴和弦，还有断断续续的叫好声。苏野点点头，轻车熟路地拉开了门，同里面的人交谈了几句后，他冲蓝郁招了招手，示意她可以进去了。

踏进酒吧的那一瞬间，光线渐暗，仿佛一颗太阳陨落了。在这晕眩的黑暗空间里，包容着各色各样的人：买醉的、失恋的、闲聊的，有些倚靠着角落的墙角懒散地坐着，有些则是一声不吭地站在黑暗里，目光空洞而出神，仿佛被无名的心事所占据。这些夜行客，不愿在白日的喧哗中抛头露面，更偏爱嬉戏于暮色下的剧场，一个个摇身一变，就化作了幽灵的影。只见他们伸出许多无形的手，拖着蓝郁下沉，再下沉。那些轻缓的爵士乐，如河流般在浮动的冰块里打着旋，于暧昧的灯光下，流过人们脸颊上微醺的绯红，还有一池风月后的衣香鬓影。苏野在前方走着，可他的影子似乎越来越远。蓝郁只觉得自己仿佛泡在夜的酒精里，半梦半醒间，四肢躯体的僵冷也逐渐开始瓦解，雪后融春的舒适令她缓和过来，不单是封冻的感官，还有沉睡已久的燥热欲望，都苏醒过来了。或许这就是她寻觅已久的那道禁忌——它还有另一个名字，叫作人间。

其实她不常喝酒，但此时此刻，她竟萌生了想要一醉方休的念头。既然来了人间，就要体会一番世人贪图流连的滋味，才叫值得。喝了两口度数不高的酒，竟觉得耳目愈发清明起来。她看向他的时候，耳边的小乐团刚好一曲奏毕，取而代之的是献给台上稀稀拉拉的几片掌声。

“你常来这里？”趁着酒吧难得几秒的安静，她问。

“倒也不是，但在我最喜欢的那家店关门之后，便常常来这里了。”她听不出他的语气究竟是平和还是失落，“毕竟这家爵士酒吧，还算是纽约为数不多的较为清净的一家。”

她点点头："这里有点像上海的清吧。"

"你原来在上海？"

"啊，是呀，"她心不在焉地放下了手中摇晃的高脚杯，几乎是调侃地说道，"那都是很久以前了。"上海——这个遥远的城市，这个已经愈发陌生的名词，从她舌尖跳出的时候，是从什么时候开始变得如此陌生而疏远的呢？她不晓得。是来到美国后，她就开始遗忘了一些过去的事情，连同回忆一起，都打包封条后，被时间之河仓促运走，变得不知所踪。她自己呢？也好不到哪里去，宛如一架脆弱的纸飞机，被人投掷于广袤无垠的天空中，漫无目的地随风飘扬，落到哪里就算哪里吧。可是就在这个途中，她开始贪恋停留在空中的感觉，忘不了风的暖，以至于她竟不想再降落了。

"说什么久不久的，明明我们还年轻。"只见他一边享受着爵士乐，一边轻轻晃动着脑袋，脚下踩着鼓点的节奏，年轻的躯体好像被点着了，就快要燃烧起舞。

是啊，她忍不住喟赞——我们的确还在而立之年的边缘徘徊，流连于某个不可思议的遥远夏日。不同于京城短暂的盛夏，她自小成长于南方连绵不断的雨季、台风与永无休止的湿热中。一年四季里，似乎最不缺的就是夏天。恍惚间，那种湿热黏腻的潮气又从热带植被的肥叶中溢出来，像要将她的整个身躯包裹于其中。明明还年轻，换作原来在上海的时候，纵使是深更半夜脱了鞋，赤脚走在黄浦江边时，也未曾察觉岁月在自己脸颊上留下的些许痕迹。

"那你喜欢上海吗？"他问她，可是她摇了摇头。的确，抛开其可圈可点的地方，上海讲真是个没有什么缺点的城市。但即便是在那里，即便是行走在静谧的法租界小巷间，歇息于浓密法梧桐的绿荫下，她却丝毫未觉身心上的充盈。自己枯瘪的灵魂依旧垂死着、干涸着，畸形地委身于时间的镰刀之下，认作物质世界的悲惨奴仆。

究竟是从什么时候开始，意识到自己的心也不可救药地苍老下去了呢？是来到美国这片陌生的自由之地后，却惊讶于它未曾向外界展示过的赤裸贫瘠时吗？当目睹那些被风干的、无数千疮百孔的梦想后，她忽然觉得胃中涌上一阵剧烈的呕吐感，像是腐烂的纽约之都混合着第五大道精致的玻璃橱窗内四处挥发的蒂凡尼香水的气息。冒着巨大的失望与风险，她也曾尝试过逃离，在某个一蹶不振的冬夜突发奇想地掀开被窝，冲动地买下了一张开往南方的火车票。美国没有高铁，只有慢吞吞的绿皮车，在磨得极其平滑的百年铁轨上，老态龙钟地呼吐着时间的喘息。

“我好像更喜欢南方，”过了一会，她补充道，“美国的南方。”

“为什么？”他将目光从舞台移回到她身上。

因为——她思索着，试图组织着自己破碎而毫无逻辑的语言，“因为——”是啊，因为什么呢？她一连喝下好几口酒，感受到喉咙猛烈的辛辣，灵魂深处仿佛有什么被唤醒了。

刹那间，她只觉自己不再置身于那个狭小漆黑的下城酒吧，而是察觉到了四周越发明亮的变化，脚下一走一停的晃动伴随着咕噜声，极有节奏地前行着。想必这是一列火车车厢了，她咧嘴一笑，自己一定是醉得厉害，竟落入这样一个熟悉如回忆般的怪梦，而耳机里沙哑的音乐也变得愈发清晰起来：

Almost Heaven, West Virginia

Blue Ridge Mountains, Shenandoah River

她一回头便看见了苏野，还有他那双明亮的眼睛，像闯入白夜的双生子月亮，忽闪着，企图掩饰漆黑瞳孔深处那些不为人知的夜与过往。他们彼此面对面坐着，却又相顾无言。

Life is old there, older than the trees

Younger than the mountains, growing like a breeze

苏野年少的时候随父母生活在北方的京城，自然也不解南方的风土人情。后来独自游走异国他乡，求学于西洋的象牙塔内，穿梭于都市的钢筋水泥森林中，时常也会觉得自己如旋风般迷失在耳机中那单纯上耳的旋律里——有时会循环播放一首七十年代的南方民谣——可他从未认真揣摩过简单歌词背后的故事。但这份无处安放的陌生，伴随着耳机里格格不入的音乐，却在缓慢前行的火车上，找到了蓝郁口中所说的——那来自南方的归宿：

“南方给我一种赤裸而真实的感觉。赤裸得像一张白纸，没有过多的心思去猜测与自己无关的事情，”她发自肺腑地感慨道，“而我一直想要活得简单一些。”唯独没有提及的是自己无法掩饰的乡愁——这么多年来，她都无法面对自己的过往，或许是太过于依恋，又或许是自己已经走了太远，再没有回头的余地了。哪怕身处异国的南方，面对既熟悉又陌生的一草一木，还是能令她情不自禁地落下泪来。

Country roads, take me home

To the place I belong

West Virginia, mountain mama

Take me home, country roads

所谓单纯，在每个人如白纸般初始的人生里，也是有过的。只是都终究难逃岁月的耕耘，那些馥郁绽放的缜密情怀，标志着成熟的气息，将曾经的天真烂漫封杀得彻底。只可惜到了那个时刻，曾经与世无争的生活也早已成为弥足奢侈、求而不得的遗憾了。

“啊，也是，”他感慨道，“读的书多了，走过了许多路，就会明白这个国家有太多的不完美。”

I hear her voice in the morning hour, she calls me

The radio reminds me of my home far away

Driving down the road, I get a feeling

That I should have been home yesterday, yesterday

“其实很多时候，我想过回头，想过放弃，想着就这样算了吧，”苏野不知道什么时候掏出了烟盒，随即嘴里叼起了一根细长的纸烟，整个人竟又有几分不一样了，透着一种南方特有的沉稳，但他继而感慨道，“可你说，我们早已经走了太远太远啦，怎么能停下呢？”木已成舟，船已出港，人生不是儿戏，说停就停，谈何容易？

她有些迷失在他吐出的烟雾中，一时间仿佛自己也沉溺于一片深不见底的云海，目光所及之处尽是朦胧一片，什么也看不清。她觉得自己好似化作了一只来自北方的候鸟，可是身体却丝毫不觉轻盈，反而在穿透云层与朝霞的途中变得愈发沉重，令她不受控制地下坠，离开她赖以翱翔的自由天际，就这么仓皇地葬身于那片名为“禁锢”的人间，那片充斥着苦难的汪洋大海里。

“南方和北方——”她停顿了一下，“永远不能在一起吗？”可她也知道，一颗来自南方的赤诚之心，背负着天真荒谬的梦想，要如何在人吃人的北方艰难谋生呢？

苏野突然发问：“告诉我，你喜欢北方吗？”

“北方……北方总是给我一种萧条的感觉。”或是说，像是一片缺乏生机的荒芜之地。那是一种无形却盛大的绝望，仿佛新娘的白色头纱所罩下的阴影，盛放在每一朵夜深人静的孤独中。

她回忆起自己本科时在布朗读书的那段日子，精致的普罗维登斯小镇总是散发着阴郁而又令人难以拒绝的颓废美。这就是北方。不需要以身涉险那极寒远苦之地，但即便是在岁月静好的新英格兰地区，北方的生命也透着不同于南方的酷寒。它犹如一条无名的河流，不知源起何处，在人生无端的变数中铸就了北域特有的狼性。

“也许那样的地方正适合我们这种律师生存。”他笑着调侃道。

“哈哈，也许吧。”她也笑了，酒精的作用有些上头起来了，蓝郁觉得自己被冻僵的意识逐渐开始破冰，流动，离开了束缚她的那些冰层。而他的声音好似从极遥远的天边传来，破开了厚重的云层，剥开了广袤无垠的冰原，将整个死气沉沉的北地化作满是脏臭金钱的熔炉，自滚烫的沸焰中，再创造出一个又一个被过早判处死刑的人生。

暮色已深，酒吧里的动静渐消。她这时才看清，他竟生了一双能闪烁于黑夜之中的狼一般的眼睛，那样锐利而透彻地撕穿了她的伪装。或许自己某些欲盖弥彰的掩饰，到了他的面前，原来是没有必要的。她感觉自己仿佛是个需要被出庭陪审的罪犯，为了谋求一线微渺生机，在面对陪审律师时也不得不毫无保留地献上自己的全部，不仅是全部的真相——还有全部的谎言。

“想要吃可丽饼吗？”苏野问。

他一边向服务员结好酒账，一边穿起了自己的外套。正在系围脖的她听了，有些恍惚地仰起头，像是要从这浑浊的地下酒吧中汲取一些所剩无几的氧气。她晃了晃头，脖颈处传来阵阵疲劳的酥麻，开口道：“好啊，但为什么是可丽饼呢？”

“那是我本科最爱吃的，”他耸耸肩，“有时候两节课之间衔接时间太短，来不及从校园的这一头走到另一头的食堂，就会在法学院的门口买一个可丽饼吃。生活纵然苦涩，吃点甜的又何尝不可呢？”

他原以为蓝郁会像其他女孩那样摇摇头，义正词严地拒绝——“不能吃甜的，会发胖。”可事实上，她什么也没说，只是挑了挑眉以示赞同，笑着先推开了酒吧的门。

当暗门被再次推开时，外界被隔绝的冷气卷土而来，两人矗在马路边上，不约而同地打了一个寒战。下城爵士区的荧黄灯光已经挨个亮起，将整个深秋的暮色点缀上了节日的气息——现在离感恩节还有两个多星期，但似乎每个角落都充斥着她不愿去戳破的脆弱憧憬与向往。人活一世，不仅要面对身体上的疲乏，心灵上的枯竭尤为致命。有时谎言胜过真相，买醉胜过清醒，而蓝郁常年游荡于两者之间的灰色地带中，不得已挣扎于一种难以言喻的若得若失之感。她觉得自己仿佛一个无家可归的孤魂野鬼，自漂泊以来便从未到过那些未知的禁忌之地，可内心却又止不住地渴望，意志不断摇摆，灵魂也叫嚣着，想要抵达那人间欲望的边境。就算是逃到了南方，那又怎么样呢？苏野呢，他有去过吗——

“不过，”他话锋一转，补充道，“我已经很久没有去过那边了，不知道那家路边小摊还在不在。严格意义上来说，那根本不是一家有门面的店，只不过是一个流动的餐车而已。”尤其是在一众色彩斑斓的餐车中，那辆兜售着可丽饼的小黄车显得格外不起眼。可是从京城到纽约，再从纽约到纽黑文，一片小小的可丽饼，却令他惦记了好些年。

待他们走到纽大法学院附近时，并没有多费工夫便找到了那辆熟悉的可丽饼餐车：车身上仍印着巨大的油漆字母，两旁的图案堆满了从黄澄澄的软饼中溢出的几团棉花糖似的草莓奶油，在橘黄的街灯照映下仿佛添上了一层天然滤镜，显得怪诞滑稽却又格外引人注目。他顿时来了精神，轻车熟路地点好了单，蓝郁则在一旁站着，只觉得餐车的蒸汽正连绵不绝地往自己脸上涌去，令她想起了那些躺在美容院病床似的服务台上如羊羔般嗷嗷待宰的年轻白富美们。换作是她，或许她宁愿就这么站在深秋的马路牙子上，一个溢满香气的无牌餐车边，将自己不再年轻的面庞毫无保留地置于那渗出丝丝点点甜意的高温蒸汽下——单是这么想想，人就要幸福得晕过去。

苏野左手提着打包好的可丽饼，右手正忙着和法学院在读的朋友打电话。毕业许久，他原来的那张学生卡也早已消磁失效——意味着这里的每一栋建筑，教学楼甚至是图书馆，都会将他拒之门外。不得已，他便只能打电话求助那些在读的朋友替他刷开法学院宿舍的门：美国大学的学生宿舍不同于国内，一楼的大厅往往保留出了一块较为宽敞的公共空间，供大家学习或者聊天。有点像美剧《老友记》里那个连接着各个房间的客厅，一楼的大厅就是有着这样的魔力——管他是熟悉的人，还是不熟悉的鬼，但凡碰上了，都会笑着打个照面。或许是出于机械性的反应，又或许眉眼间传有真情，谁知道呢？在纽约，连灵魂都可以出卖给金钱旋涡之中的秒表，听那嘀嘀嗒嗒的时针走动与无数个敲下办公室电脑键盘的指尖重合。苹果之都的舞台上，日复一日地上演着如出一辙的人生戏剧，无论是剧中人还是局外人，都早已将剧情烂熟于心，可谁有那么多时间去刨根问底？

事实上，电话里的那位朋友来得相当及时。二人方才挪动到宿舍楼的红砖灰瓦下，那个电话里的声音便一路小跑地出来替他们刷开了门禁。紫罗兰色的校卡垂直挂在脖子前，仿佛一个巨大的摆钟摇晃于蓝郁的面前，要将她吸入到那未知的紫色旋涡里去。那是个与她年纪相仿的女人，或许从眉眼上看比她还要再年轻些许，但早已生出细纹的眼睑处，也隐约地透出一股不可名状、已然成熟的疲惫感——那是蓝郁自己再熟悉不过的这座繁华永驻的不夜之城强加给每个可怜灵魂的负重。

“谢了。”苏野同她打了个照面，因为一只手拎着可丽饼，只能用另一只手拍了拍对方的肩膀，也算是老友见面打了招呼。

“没事，跟我客气什么。今天怎么有机会过来了？”

他们看上去的确有许久未见了，但只要一张口，一场融洽的对话和嘘寒问暖又在瞬间浑然天成，好似一个终于被修正的破碎磁带，在无数次的播放失败后终于唱出了正确的旋律。

“晚上和一个朋友吃了饭，这不才喝完酒，就突然想吃原来法学院楼下的可丽饼了。”

“噢，那辆餐车还一直开着呢。”

“我今晚过去打包了一份草莓奶油味的可丽饼，还特地找老板多要了几把叉子来 share。刚才一路拎过来了，你要不也尝尝？”

“好啊，那你把切好最大的那块留给我吧，我要打包带回宿舍去吃。”

“打什么包啊，在这里吃了算了，你又不差那几分钟憋论文——反正你也憋不出几个字来。”

程诺当即敲了苏野脑袋重重的一栗子：“呸呸呸！反弹攻击。”

他笑着，却没躲开对方的攻击：“是啊，我也挺意外的。毕竟这么多年过去，我压根没指望它还开着，当年那些与它竞争的餐车早就关门大吉了，没想到它居然撑到了最后。”

“你不也是吗？明明是当年哲学系叱咤风云的骄子，最后竟堕落到去学法当律师了。亏你还记得我们，死鬼！还知道要回来看看。”程诺虽说是在调侃，但似乎也同时想到了自己眼眶下两坨多少层粉底压也压不住的乌青，顿时底气也弱了几分，“快说说看，你怎么堕落到来和我们这些人抢饭碗啦？当年我听说你鸽了教授的博士橄榄枝，离开哲学系的事情可是在中国人的圈子里闹得沸沸扬扬的。”

“我当时……”在那一瞬间，他仿佛要解释，却最终选择潦草地一笔带过那些不愿再提及的陈年旧事，“唉，算了，那些人不会理解的。我有我自己的选择，倒也没什么可后悔的。”

“不过我要是你，能去耶鲁法学院读书，估计做梦都要笑醒。”她手中的塑料叉在空中转了个圈，最终叉起了一块并不是最大的可丽饼，塞进了自己的嘴里。

“英雄不提当年勇啦！”苏野咧着嘴，露出了一口整齐锃亮的白牙，“纵使想再怎么追求乌托邦，咱们也不再是那些无忧无虑、自由的小精灵了。成年人的世界里，大家总归是要把生活混走的，不是吗？你就别挖苦我啦。”

“哈哈，我哪能挖苦得到您呐？我这叫苦中作乐。”她吃得也差不多了，准备起身离开。

“你不再坐会吗？”苏野试图挽留她。

“不，算啦，”她略带遗憾地摆摆手，“今晚我还有论文要赶，就先上去了，有空常回来看看啊，大家都很想你呢。”她笑着对他说道，语气中虽透着一丝遗憾，目光不知何时飘到了蓝郁这边，仿佛才注意到这位陌生的来客。短暂的几秒间，程诺将蓝郁仔仔细细地审视打量了一番，却毫无恶意。紧接着，她打了个有些生涩的招呼：“你好，我是程诺。”

蓝郁忙点点头，客气地回应道：“我是蓝郁，刚才多谢你帮忙开门。”

“客气，常来玩啊。”电梯门快要合上时，程诺有些急促地说完了最后一句话。

噢，她倒是没有说“帮我和苏野”或是“帮我们开门”——不知怎的，电梯合上，程诺悬着的心有些放下了。她深呼一口气，再缓缓吐出时，嘴巴里那甜腻的草莓奶油味也消散得差不多了。好似生活中的甜总是转瞬即逝，尤其是在阴冷异常的纽约秋夜，一不留神就销声匿迹。那宿醉般短暂的满足感消失后，自己又将要上楼去，独自面对那灰暗的百叶窗帘，还有那散发着幽微蓝光的电脑荧幕，伴随着极有规律性的节奏，继续敲打出一段又一段自己一眼便能望到头的无趣人生。走吧，远走吧，北域的狼群，法学世界的终点究竟有什么呢？往后余生，也许成为律师的她再也没有多余的时间去思考这些问题了。

程诺离开后，深夜十一点多的空荡大厅变得尤为安静：仅有一两名学生蜷缩在无人的角落啃着厚重的法学读本，勤勉地耕耘着屏幕前荧荧亮起的、一篇篇冗长繁重的论文。苏野脱去了外套，一身西装正襟危坐地切着桌上的可丽饼，好一副全神贯注的投入模样。蓝郁则将自己陷在一旁的真皮沙发中，双臂圈住自己的膝盖，以一只刺猬特有的方式将自己的身躯合拢起来。这个蜷缩的放松姿势能够令她更专注地察觉四周的环境，抑或是胡思乱想。

“苏野，”良久，她开口问道，“你有没有想过，如果不做律师，你会想从事什么行业呢？”

方才在观察他与程诺的互动时，她忽然觉得自己从未真正了解这个年轻有为、身负光环的男人。也许他像所有善于伪装的纽约客一样，虽然终日以西装革履示人，于曼岛中心区的高级写字楼中出入自如——这些外在的“体面”从未真正充盈他内心快乐的分毫。恰恰相反，他内里的空虚感会在夜深人静、独自一人加班于抽屉盒般狭窄的办公桌时，被孑然一身的孤独所无限放大，变成似月球表面上凹凸不平的坑洼山群。而他是那个行走在诡变重力影响下的宇航员，不知所以的局外人会将他视作楷模或英雄，但只有他自己心知肚明，在月球上迈出的每一步都是何其艰难，随时可能命丧太空——而那将不会是文学作品里所描绘的任何一种浪漫归宿。他从未告诉过任何人，关于他并不想待在漆黑的宇宙之中，而是想回到地球。只有与往昔的挚友相见时，他才短暂地活了过来，哪怕只有短暂的几秒钟。

想到这里，蓝郁忽然明白了自己几欲挣脱现有生活的勇气究竟从何而来。自己将要南下，去往那充满未知变数的人间，为漂泊的灵魂寻觅最后的栖息之所。那苏野呢？难道就要这么任他一路北去，逐渐脱离那些他原本的狼群，最终成为一匹孤狼？即使到了那个地步，他还是会义无反顾地向北奔跑，冲刺至死——如果是这样，为何不去试想一种新的生活呢？

“我也许……会想成为一名作家吧。”

那会是怎样的一种人生呢？

他突然停下了手中的动作，用几乎审视般的目光打量着其中一块切割均匀的可丽饼，像是在喃喃自语：“就像洛夫克拉夫特那样的作家，去写一些背离世人期待且稀奇古怪的异闻。但他是个可怜人，终其一生写作却没什么积蓄，最后孑然病死在普罗维登斯。”

一个贫困潦倒的作家，或许有朝一日会悄无声息地死在自己的浴缸里，正如一条被迫搁浅的鲸鱼被冲上绝望的沙滩，而这永恒前行的世界将无人知晓。想想就很荒诞——不是吗？或许末了，他仅有的亲人也会销声匿迹，仅剩一位素未谋面的律师来料理他所剩无几的身后财产。“金钱”曾是他一度想要逃离的名词，但如今深陷物质社会的他，正欲盖弥彰地做着与少时心意背道而驰的事。

他深深地叹了一口气，满是遗憾地感慨道：“但我也害怕，害怕自己不能承受那些遵从本心后需要付出的沉重代价。想来也挺讽刺的，不是吗？一个活在现代社会的人，远离了动荡年代的骚乱与喧嚣，反而失去了追寻自我梦想的资本。而人们还美其名曰地说，大家的生活变得更好了。”

“你才不会像洛夫克拉夫特那样穷死，”蓝郁反对道，“其实当个律师也不错，毕竟薪水高待遇好，比我们啃书的效率要高得多。”

“但你读博不也是为了出人头地，活得更体面，不是吗？”

“算是吧，”她不以为然道，“可我并不是要从艺术中寻找生活的答案。但你们这些大律师们所寻求的终极真理，想必也不在虚构的恐怖小说或神话体系之中吧。”

“是啊，时代早已变了，或许再也不会有像他那样穷的作家。受过高等教育的人们，自然更能领悟文字的价值。绝对的真理固然不可求，但真相却并非如此。我一直觉得其实真相的尽头无非是恐惧罢了，即我们面对未知的恐惧，正如洛夫克拉夫特书里所写的那样——那是我们人类最古老而神秘的恐惧。”

“告诉我，你有最害怕的东西吗？”她两边的腮帮子鼓了起来，嘴里正塞着一块被咀嚼的可丽饼，整个人都变得口齿不清起来。

“有吧。”

他顿了顿，心想，自己最深的恐惧大概是“生活”二字——他没有告诉她，自己其实经常在纽黑文独居的公寓中失眠，即使偶尔能够睡着，也会被各种毫无头绪的怪梦所侵蚀。他并非害怕梦魇，而是恐惧从那些模糊片段中瞥见自己的身影，仿佛某种不祥的征兆。是的，他时常渴望陪伴，甚至比任何人都想，但他从未对漫漫长夜所降下的无垠黑暗透露过半点内心深处的惆怅与哀思。有时候，他甚至能够看见，看见——

“但你不是说那些未知的恐惧才最令人畏惧吗？”她又问，“那你所说的那些恐惧，你能看见它们吗？”

没错，他看见了的，他看见了，看见——那个挣扎着往高塔上爬的自己，一次又一次地跌落下来。

“我能看见的。”

那是他再熟悉不过的又一次的失败。

“错了，都错了，”她突然抓住他的手，帮他戳起了一块软趴趴的可丽饼，塞进了他的嘴里，彻底打断了他的思绪，“你其实什么都没有看见，那些恐惧都是子虚乌有，是你臆想出来麻痹自我的产物。

“快吃吧，都要凉了。”她随即缩回了手，窝在沙发角落里吟吟笑着。

墙壁上悬挂的时钟指针扫下道道阴影，打在蓝郁的脸颊上，与亮敞的大厅形成了一明一暗的反差，倒是阴差阳错衬出一种恰到好处的平衡与柔和来。他缓慢地咀嚼起口中的可丽饼，先是觉得味同嚼蜡，但很快那熟悉的甜腻便一路涌向了心田——伴随着一种新颖而奇异的热情，几乎将对于生活的濒死热情再次点燃了，那是他无数次独食时从未有过的感受。他一边嚼着，一边望向了挂在白墙上的时间，竟觉得有些不好意思——在这个夜晚，他们似乎都背离了主题，逐渐忘却了彼此赴约的目的。

“原来都快半夜十二点了。”她盯着墙上的挂钟，忽然开了口。

“的确不早了，”他注视着那不依不饶前行的指针，咽下了最后一口，“不知道还赶不赶得上地铁的末班车。”

“纽约的地铁一直运营到凌晨，你忘了吗？”她纠正。

这么多年过去，或许他的确忘了很多，忘了从南到北的距离不再只是电子地图上两个孤零零的红点之间所连接而成的一条线，而是两个愈行愈远的灵魂之间横跨着的一道鸿沟。人究竟要如何平衡当下的生活与过往的追思？有时候，明明活了就是活了，却不甚满足。她心想，自己好似一个迷失雪山群峰之间的小刺猬，踉跄地匍匐于自己本不该承受的严寒之中，可高山之巅的日光与暖却驱使着她一路向上，也许她最终会爬上那座苏野没能爬上的高塔，纵使是孑然一身——

“现在回去是否会太晚了？”他有些不好意思地拿出了口袋中的手机，正准备替蓝郁叫车，但她的手却缓缓地按住了他的，轻声道：“不，再过一会吧。”

“怎么了？”

“没什么。我只是有一点困。”

一时间，两人相顾无言。

“你想躺一会吗？”

“好。”

那时指针刚过午夜一刻，他开始不紧不慢地收拾着剩下那些未能吃完已经开始僵硬发冷的可丽饼。而她挨着他，侧着身，缓缓地躺了下来，平静地枕在了他的大腿上。一开始她有些发抖，因为这是她生平第一次枕在一个男人的身体上（除了年幼时枕在父亲的肚皮上乘凉之外），自己的灵魂在似有若无的意识中来回飘荡，仍能细细感受着那西装革履的坚硬布料之下温热的年轻之躯。今夜他们都跑偏了题，两人早就该这样如恋人一般如胶似漆地相拥取暖，但她心中却再无半点浪漫的激荡。此时此刻，疲倦已经占据了她不再年轻的皮囊，但枕着的柔软与温热，仍充盈了她那颗疲乏不堪的心。也就是在那一瞬间，她意识到他们之间的关系也许有万千可能，但终将不会是名为“爱情”的那一种。

“我曾经想要向世人证明，自己不是那种离了男人就活不了的女人，”她半睁着惺忪的眼，长发自脸颊下巴一路垂到他西装裤脚的边缘，“我的确不愿合群，可当自己的前半生就这么浑浑噩噩地一晃而过，我才发觉自己似乎又掉了队——永远在掉队。”

“你并不需要一个男人。”他一本正经地回答。

她笑了：“你也不需要一个女人。”

“当然如果你想要的话——我是说，你可以拥有一整个博物馆的男人，而不是为了其中任何一个人而投身疯狂，牺牲自我。他们只是你人生的无数展厅中几样不足为奇的收藏品罢了。”

“你作为一个男人，这么说话，怕是不合群了。”

“不，我首先是一个人，其次才是一个男人，”苏野低下头，注视着她的双眼，一字一句道，“而你首先是你自己，不是吗？

“你不是我认识的蓝郁，也不是其他人口中的蓝郁，你只是你自己。”

她忽然噤声，随后缓缓地撑着沙发，直起了身。两人的目光就这么对视着，好似争夺天空中的月亮与太阳，谁也不肯让谁。这个自身都深陷黑暗的男人，竟试图带领自己走向光明！也许是吧，在她答应了自己的同事，愿意与苏野结识的那一刻，她便明白自己终于被这个近乎正常的世界逼疯了，成为大众口中的那个可怜的女人。这样的转变对她而言过于震撼，以至于当眼泪不由自主地流下来时，她都毫无察觉。

忍不住了！也不想忍了。

那些鼻尖泛起的酸涩，从脚指头就一路涌上来，要把她淹没了，将她拍回那片熟悉的苦难之海。她好似一朵身不由己的浪花，在命运的推促中漂泊至岸边，遇见了苏野这头搁浅的鲸。可她又能怎样呢？她无法将他带回至自己来时的地方，而离别早已注定，如嵌入沙滩的贝壳般，虽露出半截伤痕累累的躯体，却早已在日光的暴晒下被抽空了生命。不，她不甘心就这样放弃，她要留在人间，要活着，还要生机勃勃地活下去，只有活着，才有希望——

“我不想回家，”她拨开了额间的碎发，整个轮廓又在他的视野里清晰起来，“陪我去一趟大都会博物馆怎么样？”

“现在吗？”

“就现在。”

“但现在已经闭馆了。”

“你走不走？”

为什么要去博物馆？蓝郁也不知道。自己费尽周折来到曼岛的南边，却又要回到那不食人间烟火气的北边上城去，这算什么？她自己没有答案，这个世界自然也不会给她答案。这是纽约某个深秋夜里的凌晨一点半，当他们在朦胧的路灯下大都会博物馆紧闭大门的阶梯群前摇摆着起舞时，她忽然觉得所有的答案都不重要了——

生命是因为问题才精彩的，不是吗？

没有音乐，没有观众，没有酒精。她将自己纤细的手臂交付给他，随着皮鞋落在地板上错落有致的节奏起舞，就像《泰坦尼克号》电影里在末等舱起舞的男女主人公那样——这样的夜晚永远不要结束，让她死了也好，就死在这一刻！她愿意和他就这么跳下去，跳到世界终结。因为在内心深处，她仍因恐惧而战栗，呼吸也乱了——

“你在害怕什么？”她听见他的声音在耳边响起，又像是从极遥远的地方传来。

“我——”

明明节奏欢快而活泼，可为何自己却像是一盘正在回放的老旧录像带，于人生的播放器中缓慢地旋转着，一次又一次地卡壳重来，始终无法舒展开自己僵持已久的灵魂。

“我害怕——”她欲言又止，“是啊，我在怕什么呢？”怕身处地狱，心在人间。怕身居天堂，却依旧妄想人间。可倘若一个人总是深陷过去，迷失当下，又能去哪里寻找未来呢？

“我害怕博物馆里的一切。”它们的荣光虽永驻于此，却都是关于过去的记忆，没有未来的一席之地。

苏野停下了步伐，将自己的外套轻轻地盖在了她身上。似乎有一片极微小的雪花掉落下来，很快便有了第二和第三片，这一年的初雪便如此猝不及防地降下了，毫无征兆地就此告别了秋天的最后一晚。

她抽噎着抬起头，看向他，眼中似乎有隐忍的泪光，鼻尖上也挂着一朵莹白的雪花。今夜，她又将告别这个男人独自远行，正如告别博物馆中的一个令她曾流连过的艺术品那般。毋庸置疑，她的确曾认真驻足欣赏过，试图从中描勒出人间的模样，可到了最后却依旧是如印象派般模糊的白茫。她又要回到那冰冷的上西区，孑然面对漫长而抑郁的凛冬，而自己对于人间的一趟找寻终是一场徒劳。她害怕——

“冬天就要来了，”她对他说，“而我不爱你，我还没爱上你。”

“你不需要爱我。”他笑道。

“但是我想去爱——”

“不一定要爱一个男人，”他一字一顿地说道，“不一定要爱一个……像我这样的人。”

“可是我不能爱你！我怎么能！我怎么能……不爱你？”她几近哽咽，最后竟说不出话来，“为什么我总是……爱而不得？”雪渐渐大了起来，纷纷扬扬地将两人围了起来，仿佛两尊洁白的古罗马大理石雕塑。

他捧起了她泪痕斑驳的脸，轻声安慰道：“现在，听听你自己的心跳，看看你自己的内心——你自以为什么都没有，可明明整个人间都是你的。”

那个思凡的小尼姑，她——

早已身在凡间而不自知。

第四章

文学的想象

Reimagining Literature

萨尔茨堡游记：
文学、音乐与诅咒

去年九月的时候，独自一个人去欧洲旅行了两个星期：在意大利见了素未谋面的朋友，然后不分昼夜奔波在欧洲的火车站，坐上一列我只能看懂一星半点的德语列车，靠着谷歌地图和直觉，我从维也纳穿梭到仿佛停留在两个世纪前的萨尔茨堡——那里是莫扎特的故乡。

初到萨尔茨堡当晚，我在一家灯光昏暗的饭店享用了一顿传统奥地利的晚餐，菜谱据说是复刻十八世纪莫扎特时代的口味和做法，同时伴有现场演奏的莫扎特音乐：几首知名歌剧的咏叹调，还有一些经典的弦乐四重奏，演员兼主持不时跻身到观众酒席间，努力地活跃着气氛。兴奋的宾客纷纷掏出手机录像，只有我仔细打量着天花板的水晶吊灯，看它明晃晃的碎钻般的光落在我褐色的汤里，好像音乐被夺去了贞操，掉进了沾有泥渍的裙褶里。我的双脚发冷，音乐的节奏还在，可是我没有起身跳舞的欲望，在这历史的沼泽里，

我意识到自己也并不清白。懊恼着，我又吃完了最后一口舒芙蕾，下意识联想到白人女高音柔软的酥胸，颤巍着从胸脯深处抖出高亢绵长的音符，耳边是莫扎特的欢呼：Bravo! Bravo! 可当我伸手去抓，想要去握他的手时，却又被打回了这个时空——抓住了服务生袖子的我，登时脸红羞愧，赶忙喝了一大口香槟故作镇定。

隔日，我醒得很早，随后又在酒店地窖里早餐吃到酣饱。新来的实习生怯生生地递给我一张点单的纸条，我挥毫几笔，没想到上来的是一大冷盘的各式德式香肠与巨大的欧姆雷蛋。就着黑咖啡，我硬生生吃完了全部，犹如屈服于一种无形的强迫，但我又不愿意错过这场流动的宴席。午后，走在中世纪的石砖街道上，想起一个月前在芝加哥读过的几本书和传记，感觉自己仿佛被折叠进了其中一页。在这里，我谁也不认识，谁也不认识我，连天空都被两侧的阿尔卑斯山脉所围困，仿佛这座城镇是被时间遗留的一篇乐章。我走进博物馆，隔着玻璃看那些两百年前的手稿与信件、生锈的丝绸钱包、几根科学鉴定过的莫扎特头发、他年少时拉过的小提琴。奇怪的是，明明是我在审视它们，可我却肩头发冷，仿佛被凝视的是自己。看着这些老旧的物件，竟觉得这些是自己陈年的伤疤，是最熟悉的陌生情感，现在被尽数暴露在一个毫无怜悯之心的时代之下，就此成就了最伟大的歌剧，却也是最大的个人悲剧。深夜，我走过了跨河的石桥，找了一家路边还算热闹的小酒馆，盲点了一杯，伴随着酒精的作用，满脑都是发胀的薄荷，好似一片森林就要破土而出。我想起了维也纳郊外莫扎特的墓地里那些黑漆漆的树，以及那终年不散的冷雾，就像我无法预知三个月后再去时，自己也身染流感，浑身发冷地走在阴沉的墓园里，穿过那个时代最彻底的黑暗与永无天日的绝望。每走一步，就感觉鞋子完全湿透，仿佛脚下所踩的不是人间的雪，而是无尽的长夜：我仿佛一个盲人，摸索着空气，行走在时代错乱的音阶里，时而缓慢、时而踉跄的步履拖出一道绵延的哀乐。就像是醉鬼砸碎了钢琴，小提琴拉断了弦，歌剧厅顶的吊灯轰然倾塌，而绝望就是最后一根拉扯的神经，将我赤裸的灵魂如羔羊般悬吊在空中反复鞭打。

我不明白自己为什么要承受这些：所有的脆弱、敏感、不幸的共情。为什么别人读一本书，就可以当作一本书那样简单去读，而我总感觉不是这样。那些作家和音乐家的灵魂，在作品里的时候是离我很远的，可一旦我足够熟悉他们的脾性并脱离了书本，逃离了纸张的二维世界，便觉得他们用灵魂在我的身上烙下了一抹发烫的吻痕，正中心口，如火烧地裂般地疼。从此无论我走到哪儿，都要带着这块伤疤，或许他人会解读为我的成就，可它们很多时候只是我在深夜躲进被窝里听《安魂曲》，毫无征兆就潸然泪下的瞬间，想要独自舔舐的伤口而已。没有人能够理解这样巨大的情感与痛苦是如何并存的，就像没有人能够真正用文字去阐述共情和同频是何种恐怖的体验：我坐在维也纳国家剧院的包厢里，感觉肢体被旋律所镇压，僵硬而无法动弹，只有灵魂置身云端，可听到的却不是仙乐，而是诸神震怒的雷鸣，仿佛他们要透过我劈向最糟糕的人间。

我常把那段经历称为是一次朝圣之旅：一个人坐进莫扎特父亲曾演奏过的教堂，在后院的墓地里漫步。初秋的时节，连玫瑰都是湿冷的，沁润了朝霞，散发出霓虹般的眩晕。高中的时候曾经喜欢上了法语音乐剧，但音乐也好，文学也罢，它们于我在那时只是一种浪漫的投射效应，我对任何一个领域都没有清晰的认知，但我仍然享受它们赋予我的盲目愉悦。一时间，仿佛艺术是不需要门槛的，只要感受就可以。可是学术批判性的理智似乎又总是逼迫着我在理性和感性中作出非自愿的选择，并没有什么平衡而言。我一直认为寻找所谓的平衡无非是一种逃避，是制造一个对外搪塞的借口，没有什么真正的平衡，只有真相与谎言。如果说曾经在纽约的生活是与外界的修行，那么芝加哥的生活则是一场与自我的修行。浮躁也好，独处也罢，或许这一生，我想索求的是一种几乎不可能的纯粹——而它注定是不平静的，但我欣然接受。因为我知道，我那一点微不足道的才能与灵气，也是命运施加于我的诅咒。

继续往前走，穿过雾散，终见光明，那时候我还要握住他的手。

莫奈印象：愿这一缕光的哀思予你

光的诗人，在失明中寻找灵魂的幽微。他的绘画透着一种骨子里永恒的浪漫。

1840 年 11 月的深秋，莫奈出生于法国的浪漫之都——巴黎。这座多情的首都，似乎就此浸透了这个年轻的生命，早早奠定了他一生对于爱的执着：作为画家、丈夫，或是穷极一生寻找灵魂之光的诗人。

1845 年，莫奈举家迁居到法国北部的诺曼底区域。在这静谧的小城，他日复一日地聆听着海浪睡去，在梦中悉心编织着诗人的灵感。当神秘的诺曼底海域激发了年少莫奈对自然的崇敬与赞美，也就是在那时，盛情难却的他下定决心要成为一名画家，去捕捉记忆深处那些转瞬即逝的光影。

十六岁时，莫奈终于开始系统地学习绘画。天生灵敏的色感、丰富的想象力，加上常年在外积累的写生经验，画技日渐娴熟的莫奈用自己的笔刷去倾泻、挥洒人生的色彩，并不拘泥于传统的学院派风格，而是坚持找寻属于自己的艺术之光。

可惜世事难料，捕光诗人莫奈的一生似乎注定要与时间赛跑。1861 年，莫奈加入了法国军队，被派遣到遥远的非洲大地，从此阔别故乡整整两年。直到他在部队中因病被遣返，不得不接受保守治疗时，才重获了片刻的闲暇，得以又一次拾起自己干涸的画笔，坐在雪白的油画帆布前，凝视着半开的窗户、飞扬的窗帘，思索着光的方向从何而来，可发散的思绪却又将他勾回了当年的时日里——他心想，既然自己手边没有纸笔，那便用心记录下来，有朝一日带回法国，带回他那狭小却明亮的画室里去。

想象通常宏大而浪漫，而动笔往往却只是一瞬间的决定。只见年轻的画家低头不语，微微沉思，似乎在与时间进行无声的交谈。随着调色盘里的缤纷逐渐混在一起，眼前的帆布上出现了许多亮丽的色块，拼凑出一番别样的异国风情来：熙攘的海鸟，静沐在余晖的光里，像一块块缄默的金箔，在黑礁石上发亮。莫奈虽身处画室，却幻想自己早已坐在一排挺拔翠郁的棕榈树下，背靠树干，面朝大海，与不羁的浪沫耳畔厮磨。

重新回到巴黎的年轻画家，在 1865 年邂逅了他人生中最独特的光，那便是十六岁的少女卡米耶。情窦初开的两人一见倾心，从此卡米耶便成了他的专属模特，更是他往后余生的灵感缪斯。1866 年的一幅以卡米耶为模特原型的画作《Camille》更是令莫奈在巴黎的艺术沙龙名声大噪。

只见画中的年轻女子亭亭而立，身着一袭墨绿长袍，在静谧而肃穆的黑色背景前，微微颔首，若有所思。微垂的双眼，若即若离地看向远处，似乎在沉默中企图找寻片刻的永恒。一份不可名状的安宁，被莫奈巧妙精湛的画作锁在了那深沉却不失生机的绿意里。足够神秘、美艳，却从来不缺乏思考的深度，或者这便是卡米耶最为迷人之处。

时光荏苒，五年后，这对神仙眷侣终于克服万难，修成正果。1870 年 6 月 28 日，莫奈与卡米耶在巴黎第八区的市政厅结婚，在神父的祝词下终于成为彼此的唯一。他注视着她眼里一如既往的温柔，在那片深邃中找到了自己宁静的归宿——哪怕仅有短暂的一瞬，他也不再奢求永恒。

新婚燕尔的甜蜜激发了画家的创作欲，在此后的九年婚姻中，莫奈创作了大量的人物风景画作，而它们最引人注目的中心，便非莫奈夫人莫属。从少女到少妇，再成为两个孩子的母亲，卡米耶身上却透露出一种不受时间侵蚀的从容与温婉，为莫奈色彩张扬的一幅幅画作蒙上了一层朦胧而细腻的轻纱，柔化了斑驳的光影。他人欣赏这些作品，仿佛雾里看花，似懂非懂。或许从某种程度上，这也奠定了莫奈后期强烈的印象派风格。

这个时期，莫奈的作品充斥着生命、爱与无尽的色彩。有时是在窗户忘关的夏夜，珍珠般温柔的月光都倒进了房间里。佳人伫立于门前，眼神飘离，流动的风里纠缠着花的呼吸，不可言说的情绪在暮色中喃喃低语。

那些与家人独处的日子，于莫奈而言，仿佛是偷来的时光。午后和煦的日光下，云朵缓慢地流动着，自缝隙间洒下玻璃糖块般的光影。一时间，透明的空气似乎也有了色彩和气味，在盛夏的虫鸣和鲜草中，释放出人世间最美的情愫。卡米耶一身白裙，撑着精致的阳伞，伫立在画面中央，眼神疏离，却又透露出对人间的怜爱与不舍，一切都是静的，只有飘扬的裙摆描摹出风的轮廓。就这般，她注视着他，远处的儿子半身掩于花丛中，脸上若隐若现的表情，也模糊在灰白的色块里。

直到 1879 年的初秋，命运之神不再眷顾莫奈。同年 9 月 5 日，卡米耶的猝然离世，夺去了画家生命中唯一的光。自此，莫奈的画作中不再出现人物的影子。斯人已逝，无处可寻，颓然寂寥的画家将创作激情转移到了自然世界中，从此只专注于刻画风景印象。

1890 年，漂泊半生、年过半百的画家在诺曼底地区的吉维尼小镇买下了一块土地，从此定居于此，开始构建后来举世闻名的“莫奈花园”。梦想中的港湾逐渐构成，可如今世事变迁，一切早已是物是人非。

或许是出于一丝莫名的愧疚，又或许于潜意识中恐惧自己的晚年将孑然一身，两年后，莫奈迎娶了生命中的第二位妻子爱丽丝，以此感谢这些年来她的坚持陪伴以及对两个孩子的无私照顾。然而不同于性格温婉、与世无争的卡米耶，长相精明的爱丽丝却总是被猜忌的阴霾所笼罩。不知是流言蜚语还是确有实事，她曾一次又一次想方设法地抹去卡米耶存在的痕迹，甚至不惜焚毁莫奈曾经为她创作的肖像画稿，殊不知那道光早已烙在了画家的心房，永不泯灭于记忆的长河之中。卡米耶是他的白月光，更是他的朱砂痣，是一道莫奈不愿揭露，却也永不愈合的伤疤。

从 1897 至 1926 年，莫奈将余生的创作精力都投向了庭院中的睡莲，开始打造后来举世闻名的“睡莲系列”。每一幅画作里，似乎都透着卡米耶那道朦胧的身影，于夜半时分的窗台前，于婆娑的叶影下，安静地伫立在时间里。她的灵魂太过安静，或许仅仅是年迈画家午夜梦回的一道无名哀思。

积年累月的户外写生，使得莫奈的双眼早已不堪直面阳光的负荷，他也因此患上了白内障。时常觉得视觉模糊、难以拿捏颜料程度的画家，在晚年近乎失明的岁月里，逐渐回忆起自己如何将一生都献予了光，直至生命的最后，他眼中的光却终将被无情地夺去。视觉毁坏，色感受损，当他再次拿起熟悉的画笔，坐在洁白的油画帆布前时，只觉得自己的灵感一时间都飘浮在空中，在风里，在水波间，在涟漪深处，绽放成无尽的睡莲，惊动了凝结的时间。光与遗憾，都化作了永恒的模样。

不知卡米耶的魂魄，是否曾在某个午夜入梦而来，找寻独留人间的心碎画家？当她再次拜访莫奈的后花园，又是哪一个他睡下的深夜？寒凉的露水从夜的漆黑中缓缓渗出，堆成一团团白色的雾气。而那座池塘之上的日本桥，则美得像时间的倒影。

她幻想着走上那座桥，一路往前，抵达那片无名的月色下，塞纳河的尽头，飞鸟的终点。当她拨开爱人那些复杂的梦，缠绵的低语，那是一种轻微的疼痛，蚕食了回忆的颜色，令人束手无策。

这是 1912 年的清晨，年过八旬的莫奈刚从梦中的一段回忆里醒来。

他的身体前倾，背却没有坐直，左手托着下巴思考，眼神却落在了木地板上的影子，而非窗外那片摇曳的蓝。他向前急切地伸出手，像是要点完最后一支烟，半晌，却将手放回了衣服的左侧口袋——那里什么也没有，仅有一只报废的怀表，里面躺着他此生拍过的唯一一张与她的合照。他的目光落在那张单薄的相纸上，即使它已经随着时间泛黄而微微发皱，可是在每一次理所当然的偶然里，他又一次愣住，像落单的候鸟，在原地不知所措。耳畔似乎还回响着梦中她的声音：

“如果有一天你再也看不见我，在日光下，在雨里，在梦中，在回忆深处，在时间尽头。

“我会走进你的眼睛里：那个我曾经认为有四季变迁的地方，能藏住冰封的湖面，锁住冻结的瞬间，犹如你的每一幅画。而我会像时间一样安静，直到某个寂静的秋日，连风都凝成了色盘上一抹看不见的颜料。于是我困惑着，思索着，徘徊着，最后走过人生所有的彷徨，绕进你的寂寞里——才发现你将我的心珍藏于其中。

“遍地的闪烁，不是光，而是透明的忧伤。”

谈纳兰容若：情字里枉作人间

急雪乍翻香阁絮，轻风吹到胆瓶梅。

心字已成灰。

——《梦江南》纳兰容若（清）

这世上只有一个纳兰容若，那是独爱烟火绚烂后的清冷。

我时常思索，他写这首词的时候，是什么年纪？于他而言，穷尽一生都不曾为江南留驻过几缕光阴，又为何执着于这段异乡情缘？

要怪，只怪他生不逢时，可他却也生得逢时：清王朝方才在中原扎住了阵脚，正风光无限的时候，他来了，在这人世间匆匆地走这一遭，免不了衣衫被溅上几道红尘的浑水，于素衣间烙出傲梅的风骨。

他这人，与梅有着千丝万缕的联系。且不说他生于寒冬腊月，遥看他的一生，自开场到落幕，也是这般地清冷。他腰间的辫子，眉间化不开的愁结，和用心血毕生浇灌的相思情种——都在白驹过隙的三十一载中化作烟尘，无处可寻。

这世上只有一个纳兰容若，那是少有人能懂的独白。

是否因为曾贪恋了人间的春色如许，才在奈何桥畔无力欣赏一朵花开的模样——纵使那纷沓而至的景象年年如旧，他也从未有看厌的一日。一个心细到花黄叶落，时过境迁的人，是不可能真正放下过什么的：早出晚归，诗酒话桑麻的生活是他想要的，却也是他得不到的。跟在康熙身边，都言伴君如伴虎，可他一伴就是大半辈子——皇帝对他的信赖与宠爱成了无以复加的负担，从某种程度上过早地压断了这枝年华尚好的冬梅。对，冬梅。该是在冬天，也该是他的名字，那个少有人知晓的爱称：冬郎。

我不知道在时光流转的三百年前，曾有哪位面容姣好的女子，对他芳心相许，含情脉脉地唤他一声“冬郎”。仅这一声，就让冬日里的寒梅感受到了被光线照亮的滋味。后来，她成了他的结发妻子，却也成了他毕生无解的心结。

这世上只有一个纳兰容若，那是只得一人心的专情。

世人多将他评说成多情的王府公子，却少有人去细数他短暂的一生，其实自始至终只向两个女子真正地敞开过心门：后来一个早逝，一个步了他的后尘。他的妻，是他的意梅。那一瓣梅落了，他却无可奈何。而他那刻骨的初恋，则成了深宫中开得正盛的红杏，再不能探出紫荆重墙，与他共赴另一种恣意人生。

他终究要逝去，了却前尘遗憾，转而去寻他在红尘游历间结下的怨与果。无人知晓，那个重重宫墙中的安静妃子，也在他走后悄无声息地离去：静妃——人如其号，娴静如月，倾尽毕生情愫，为他织起遮风挡雨的蓑衣，却苦苦痴恋于那个她永远等不到的爱人。从青梅竹马、两小无猜，到心字成灰、不见白头。这段情并无浪漫可言，没有谁誓言在天愿为比翼鸟，也没有谁约定在地愿为连理枝。只一场梨花盛放、少女盈盈的动人花事，便于浅浅的静默中，消失在浩荡流年的激湍里。

这世上只有一个纳兰容若，世人爱他的情，爱他的词，也爱他举世无双的才华。

但又有多少人与我共适，回看花骨冷宜香，小立樱桃下那个寂寞的词人？

谈杜甫：风雨后是心安

我昨晚梦见了杜甫。

既不是在寒秋肆虐的茅屋前，也不是在白雪皑皑的庭院内。只有一方小塘，几点绿荷，漫山的雾气道不清具体是什么季节。乍一想像极了他的诗，满目的炎夏与凉秋，笔墨予足了文字的分量，却少了几缕早春的灵气。说起杜甫，我总是敬佩的，可他于我太过遥远，以至于我从未想过有朝一日他会出现在我的梦里。

我想杜甫是明白人，清楚“真实”是要受苦的。那些写在他脸上的沧桑，像北方孤狼的爪痕，却透着一股难以言状的熟悉。杜甫是活在乱世中的理想诗人，所以他的落笔之处，连伤痕都绽放成了花纹，在夏末凋零之时，也丝毫不输晚秋的张狂。他的纸上文章、字里行间都透着人生的倒影。要拥有怎样的心境，才能盛下整个唐朝的孤独。即使是在梦里，他也只留给了我一个背影。

晨曦的几颗寒露像掉了线的珍珠，落在柔软的涟漪里。面对如此美景，作诗、泛舟、品酒，他却一样也没有做。或许抛开所有的纠葛，这才是他的本心，可惜淹没在盛唐的混乱与硝烟中，化作了重重山野中一缕无人在意的风。

于是我感慨，想来杜甫并不需要那座栖身的茅屋，或是太平人间的盛景。只一方静谧的荷塘，以及沉入水中几道破碎的日光，我便也无须去到他的身旁。只是惆怅几百年前的某日，曾有一位颠沛流离的诗人，行走于万众疾苦之中，来去匆匆。一捧清冷的弯月，寥寥几笔勾勒出的孤影，就埋葬了一个时代的情怀。

是夜多风雨，花落茅屋前。

孤月本无意，潇潇落人间。

谈嵇康：此曲只应天上有

他迎面踱步而来，轻踩着窸窣一地的柔软竹叶，久冻不化的霜雪融在他的肩头，于青纱长衫间晕染开了回忆。只见他面容绯红，平添一分撩人之意。

“醉玉颓山，醉山颓玉。”这是后人为嵇康量身打造的词，直教人浮想联翩。

他该是个怎样的人物？山公有曰：“嵇叔夜之为人也，岩岩若孤松之独立，其醉也，傀俄若玉山之将崩。”民间谣传，“龙章凤姿，天质自然”。但无法掩饰的，是他与生俱来的仙气吧。《晋书·嵇康传》中曾有过这样一段描写：

> 康尝采药游山泽，会其得意，忽焉忘反。时有樵苏者遇之，咸谓为神。

仙风道骨的那份“肃肃如松下风”，那份“高而徐引”，想必是化进了他的魂魄里的。

能属词，善鼓琴，工书画。

嵇康的文章写得行云流水，坦坦荡荡，文辞壮丽，为世所珍。他也多好琴赋，曾作《长清》《短清》《长侧》《短侧》四琴曲，被称作“嵇氏四弄”，与蔡邕的“蔡氏五弄”合称“九弄”——隋炀帝更是一度将弹奏“九弄”作为取仕条件。

擅书法，工于草书——其墨迹“精光照人，气格凌云”，被列为草书妙品。后人称其书法“如抱琴半醉，酣歌高眠，又若众鸟时集，群乌乍散”。嵇康是如竹般的清雅脱俗，独一抹的幽冷。可待到酒尽人未醒的怅然时分，他却也只能落寞地提起空空如也的酒壶，在这魏朝的山河中长叹——不过是司马氏的天下罢了。

既然这天下终是容不下他的，那这天下又与他何干？傲世，对礼法之士不屑一顾，这是他；藐视世俗，这也是他。末了，嵇康还是不愿服世，与政治的风向标永远背道而驰。当朝皇帝司马昭视嵇康为心头患、眼中钉，恨不能早日除之而后快，以绝后顾之忧。如此，纵使他的从政能力举世无双，又有何用，又能用于何处？司马氏的天下容不下他，这时代亦容不下他。

魏晋南北朝，这个礼教接近崩溃边缘的时期，却是人性最为坦荡的时期，也是中国历史上饮酒之风最为盛行的时代。既然人生苦短，就需及时行乐——酣，酒乐也；醉酒，便成了胸怀大志却不能大展宏图的名士们在这血色乱世逃避现实、躲避祸端的方式。

饮酒、放荡、不羁、厌世——成了文人雅士的代名词。所谓竹林七贤，说的是陈留阮籍、谯国嵇康、河内山涛、沛国刘伶、陈留阮咸、河内向秀、琅琊王戎七人。他们常集会于竹林之下，肆意酣畅，故世人称其为竹林七贤。在崇尚“越名教而会自然”的嵇康眼里，儒家所谓的礼乐仁义，不过是虚情假意——摧残人与之俱来的自然本性罢了。世间本应是天地自然，只有善恶之分，而“无系于人情”。

如此，游山玩水，品酒吟诗，倒也不负他竹林七贤的盛名。《世说新语·栖逸》曾写道：

> 嵇康游于汲郡山中，遇道士孙登，遂之与游。康临去，登曰：“君才则高矣，保身之道不足。”

似是隐约间暗喻了他的结局。正始十年，曹爽被司马懿所杀，司马氏专政伊始，杀戮异己，被株连者甚多。嵇康本就在政治上倾向于曹魏皇室，更不可能与司马集团苟同。拉拢不成，司马昭便对其怀恨在心，在旁人的不断挑拨煽动之下，最终起了杀意。

临刑前嵇康的那句托孤“巨源在，汝不孤矣”，似乎在历史的迷雾中依旧清晰。嵇中散临刑东市，神色不变，索琴弹之，奏《广陵散》。曲终，曰：“袁孝尼尝请学此散，吾靳固不与。《广陵散》于今绝矣！”说罢，从容就戮。

嵇康死了，山倒了。

在这风起云涌的混沌时代，也算是一种解脱。末了，他什么也没有带走。只闻竹林凄清声，回看叶影婆娑依旧。从此人间清冷如初，似他来时，不曾回头。

谈苏轼：来去自由天地间

宋朝名家辈出，而只苏轼一人笔下三两挥毫，便洋洋洒洒写出了半个北宋江山来。都说苏轼其人才高八斗，涉猎颇广，怎么也是个自居大家的谪仙妙人：他的文章写得好，不仅纵横恣意，文风豪健，还收放自如，清新别致。他本人主张以诗为词，张弛有度，也算是为后世开创了先河。

再谈其绘画，重神似而反形似，提倡以情载愿。如此一来，作画便好似写诗般，又生出几分绝妙的细腻感来，倒是应了苏轼本人的脾性。他主张“诗画本一律，天工与清新”：融会贯通，自然取衡，才是理想的境界。都说苏轼爱画墨竹，想必也与他崇尚的道家的理念有关，君子若竹，天人合一，岂不美哉。也说不准东坡本人尤爱竹林七贤的魏晋风骨——意欲抒发的便是那怅然天地间，神佛奈我何的境界。

再提书法，苏轼这个响亮的名字自是少不了古今多少赞誉。他笔锋流畅，快然恣意，并不循规蹈矩模仿古人，而是悟出了自己的风格。他洒脱不羁的情怀，映跃于纸上，羡煞多少旁人眼，实为大家之境界。

论诗词书画，苏轼成就赫然。但少有人知他驰骋纸墨外的另一面：重情感，爱美食。若前者是他作为宋代文人的典型特征，那么对美食的追求与热爱则是苏轼屡番被贬、宦海浮沉的一生中最重要的慰藉之一。

先从他的性格讲起：苏轼好文史，做人两袖清风颇为坦荡，又胸怀大志愿明示天下，心有所想从不藏着掖着，自然在尔虞我诈的官场中得罪了不少人。因此，他豪迈的文风中既有谈吐天下的仕途壮志，也少不了怀古伤今的无奈。

但倘若我们再读那些小家碧玉的作品，就会发现苏轼的个人情感则是丝丝缕缕的，而他本人则似一只漂泊他乡的孤魂野鬼，辗转间尽是怅然，多困于旧日的迷惘中，不得纾解。其中最有代表性的，不外乎是那首《江城子》，开篇第一句就痛彻心扉："十年生死两茫茫，不思量，自难忘。"这首悼念亡妻的千古名作，每当被现世读者推上了道德制高点，便多少是有些偏离苏轼本人的初衷了。这本该就是一段情愫的纠葛，宛如镜中花、水中月，带着一缕凉薄的愁思，在可望而不可即的旧忆里，痛诉那咫尺之间却差之千里的难言哀怨。

谈其发妻王弗，史料的记载更是少之又少，以至于无数人对她的想象便定格在了这首意境凄然的词句中，只记得感慨苏轼的妙笔，却忘了将他代入那满目疮痍的故事中去了。追忆亡妻，他便用了虚实结合的手法，上阕记实，下阕记梦，字字泣血，令人难以释怀。"千里孤坟，无处话凄凉。"不仅有生死之隔，还有孑然一身的无言，孤冢作客的安眠。就连苏轼这样少年进士及第的风流才子，却也在追忆故人时掩面无言，半生浮沉不知从何诉起。他老了，正如他自己写的那般：“尘满面，鬓如霜。”光阴如雪催白发，依稀还梦少年郎，但苏轼早已不再做关于自己的梦了，更多的是那些零星的前尘往事，就连记忆也时常混淆真假。说谁“幽梦还乡”，却不知此乡非彼乡，来年仍做客他乡。

虽然苏轼并没有对王弗的相貌进行任何细节上的描写，但“小轩窗，正梳妆”短短六字，却温婉细腻，道尽儿女情长。都说情到深处不可言说，只需四目交会，便可落泪千行。这痛来得仓促却真实，好似他隔着雾，仍试图去描摹那些人与事，却终究不尽如人意。一个人的夜，执笔对着空荡荡的宣纸，怀揣要倾诉的衷肠。就是这样的一个胡子拉碴不修边幅的失意之人，陷在茫茫旧日里，时而被往昔的凄风冷雨拍醒在案头。于是他想了想，结句便写下：“料得年年肠断处，明月夜，短松冈。”如此一来，那首词里便再无苏轼，独留一个流浪天涯的鬼，窸窸窣窣地穿梭于人间月色中，再也追不回当年的影子。

除去文人呻吟，苏轼也是个颇负盛名的美食家。且不谈东坡肉在中华菜系中的地位，他超乎寻常的美食造诣还要归功于他跌宕起伏的仕途：绍圣四年，苏轼被贬海南儋州。被流放至如此穷乡僻壤的极南之地，几乎毫无还朝的可能，这在当时的北宋看来，也算是仅次于掉脑袋的惩罚。然而苏轼一生经历的大风大浪不在少数，又岂是寻常人等？既然官场受挫，何不寄情于生活，安享天伦之乐？

“日啖荔枝三百颗，不辞长作岭南人。”——这是苏轼的答案。岭南盛产荔枝，色泽饱满，甜爽不腻，自古就颇受赞誉，更有“一骑红尘妃子笑，无人知是荔枝来”的佳话。苏轼被贬至海南后远离官场纷争，开始好食荔枝，或许也是想借其甜蜜来纾解心中的郁结之苦。新鲜荔枝——这放在盛唐时期的帝王待遇，却让晚年的苏轼独享，好不畅快。可谈及北宋末年与衰落的晚唐，其中的遗憾与怅然，又岂是小小的一颗荔枝所能容下的？

虽说家国情怀占据了苏轼的大半生，但生活中的趣味他却也是一点不曾落下。据说苏轼某日于途中意外发现了一种海鲜，即今日的“生蚝”，将其烹饪后，鲜香爽口，令人食欲大开。苏轼随即便起草家书一封，给儿子分享了自己发现生蚝的事情，还勒令其子不得轻易告知他人，可见其视生蚝如至宝。这是苏轼如顽童般可爱的一面，又或许是经历了太多身不由己的失去，以至于晚年的苏轼宁愿尽心尽责地呵护着一个并不重要甚至有几分可笑的秘密。就是这样一个以身作则，将“民以食为天”的理念贯彻到底，把流放之地变成人生戏台的苏轼，虽说是个不折不扣的美食家，但谁又知晓其中几分酸涩几分甜，又怎么不是他逼着自己苦中作乐呢？

苏轼一生漂泊，就连晚年也辗转多地，一如摇摇欲坠的北宋王朝般无所依靠。或许是从那个时候开始，他便成了宋代文化精神的经典缩影，屡受后人景仰：进可安天下，退能山水怡自身。苏轼进退自如、宠辱不惊的处世态度，令他能在坎坷的处境中依旧处变不惊，坚守道家风骨，崇尚修身养性，与自然和睦。这般不争不怨的超然境界，自然使其成了后世追捧的楷模。再者，苏轼乃文艺大家，其作品多彰显词人置身山水中怡然自得的生活之美，精神方面，更是超脱了世俗的高官厚禄和朱门酒肉。他的笔下，没有怨语连篇的控诉，没有怀才不遇的恨意，不怀古伤今，不大放厥词。苏轼温润如玉的品质，使他能够达成与自身的和解，千帆阅尽后，是云淡风轻的平静与释然。

宋徽宗时期大赦北还，途中，苏轼病死于常州。值得庆幸的是，年迈的苏轼并未亲眼见证北宋的覆灭，而是最终在一个“山秀芙蓉，溪明罨画”的诗词之乡坦坦荡荡地撒手人间，对他而言又何尝不是一场好的归宿呢？作为北宋时期的代表性文人，苏轼的出发点虽是在“文”，但其落脚点却始终是“人”。回看他的一生，书香笔墨犹在，荔枝香气沁人，案头几绪沉思，纸上千千结依旧。

依稀当年明月在，乍暖还凉时节，能不忆短松冈？

谈仓央嘉措：山海不可平

住进布达拉宫，我是雪域最大的王。流浪在拉萨街头，我是世间最美的情郎。

——仓央嘉措（清）

冰野重川，万里无垠，这里是离天最近的地方：赤色经轮与金色佛文交织翻飞，绽放在这茫茫凡尘间，被过路的旅风不经意地撩起。冰冷的是末世苍雪，呼啸的是万丈柔情。天若有情天亦老。纵使如此，他仍要点一支烛，照亮红尘的迷途。借耀世的星光，着锦缎的华袍，越千层的阶梯，解一世的相思。

他是游走在欢歌宴舞间的流浪情郎，伴着错落有致的鼓点，敲打在佳人的心房。曼妙舞女的杏眸，好似与他有过前世的回眸。顷刻间，所有执念都烟消云散，只剩默然，相爱，寂静，欢喜。

于千万人中，把你遇见。

眉眼低回，芳华流转。飞袂缥缈，修裾溯空。佳人舞姿翩然如轻云笼月，辗转回旋如风吹落雪。一个转身，她的明眸善睐，她的一笑倾城，她的美，她的善，都在这个歌舞升平、觥筹交错的雪夜，被他镌刻在心。动情的年轻诗人飞蛾扑火般日日寻她，自知纸包不住火，却未曾料到这把爱情之火竟最终殃及了池鱼：布达拉宫中的掌堂师将这段禁忌的爱恋无情扼杀，冰天雪地中将她处死，又将万念俱灰的他幽闭于深宫——从此生死两隔，永不复见。

缘起即灭，缘尽已空。于是他用半世哀伤，写下“第一最好不相见，如此便可不相恋”。莫怪他风流倜傥，对清规戒律熟视无睹——无论贵为达赖，抑或是流浪情郎，他既是凡胎之身，便难逃七情六欲。佛曰，人生有八苦：生，老，病，死，爱别离，怨憎会，求不得，五阴炽盛。可生而为人，又叫他如何放下？仓央嘉措的一生，参悟过佛家真理，踏入过凡世红尘，看过高堂上钩心斗角，也当过权力纷争的替罪羊。可终其一生，他所执着的，不过是年轻的爱情与自由，为此哪怕玉石俱焚也在所不惜。

广袤的高原之上，离苍穹最近的地方——若是遇见一位身着红袍的僧人屹立于山巅，他或许会安静地望进你双眸里的夜色，低声道：

上一世，你与我擦肩而过，我成了那雪域孤单的王。

这一世，你若答应随我流浪，让我做你最美的情郎。

谈杜拉斯：不止情人

原来读杜拉斯的《情人》时，觉得她笔下的东方是一种极致的浪漫，也是恰到好处的性感。她字里行间透出的那股燥热与遗憾，不紧不慢地绽放在二十世纪三十年代的越南，汇聚成无形的浪潮，推着我读下去。

棕榈树巨大的叶影笼罩在百叶窗上，随着风与热浪窸窣摇摆起来。傍晚时的鸟雀开始频繁聚会，扎堆在屋檐上方高大的榆树林间，此起彼伏地喧闹着，将月光惊碎了满地。正是靠着这些隐约的星点，在一片漆黑无垠中，那台英标进口的老爷车喘着粗气，缓慢开拓出一条僻静的道路来。那是她曾赤脚走过的地方，连脚趾间都藏着关于每一寸湿软黏热的东方土壤的记忆，它们化作溪流，汇入奔腾不息的湄公河。

在未来的某些时日，胸口的怀表会停止走动，珍藏的老照片将会脱皮掉漆，而那些停留在古老东方的爱恋，将会被原封不动地打包上船，随着国际客轮的鸣笛声被运送回遥远的欧洲。在世界的另一端，那里什么也不会剩下，都将随着临别时他抽的最后一根烟而随风散去。但她此时无暇顾及这些，因为车窗外应接不暇的树影与远处的灯火，正勾引起她垂涎的好奇，所谓爱或欲望，不过是少女对世界施展的一句简单的咒语。

那些婆娑摇曳的黑影，终于割开车窗玻璃，透过被摇下的一道缝隙，降落在她圆润的肩头，与皎洁的月光厮混在一起。那一刻她注视着男人，双眸像两颗包裹着彩色糖纸的玻璃球，映射出对岸酒馆与游乐场的霓虹灯牌。一闪一闪的魅力，不同于校门口两侧的老旧路灯，那些晕眩而刺目的光明，是她从这个东方男人身上捕捉到的。暮色渐深，连晚风也悄然噤声，偶尔有一两个迷途的灵魂还滞留在寂寥的街道上，与黑猫交换着人间所剩无几的希望。

也许她曾经梦见自己有一双猫一样的绿色眼睛，抑或是在某种程度上变得更为东方，更加属于这片光怪陆离的土地。但那些荒诞无稽的想法，都被清晨醒来时还在旋转的风扇所绞杀，化作永远不会降下的雪絮，飘向了埋藏真相的未知之地。她依旧去上学，放学时等待那台熟悉的老爷车出现在校门口，带她驶向傍晚的游戏人生。时间如滚滚热浪擦过她年轻的脸颊，沿着指间和掌心的纹路，推动她成熟地绽放。

她终将回到巴黎的公寓，学会喝酒，沉迷写作，在如末日般疯狂的周末与情人们厮混，以最残酷的方式去回忆哀悼那段被迫终止于越南的爱恋。就在炮火硝烟的缺席中，同年轻的杜拉斯一并，静谧地消亡了。

谈兰波：生命是温柔的疯狂

非洲大地上的云很是轻浮。它们向来都是离散的，断断续续的，游弋在翡蓝的晴空里，同兰波一样孑然孤立，不甚合群。最后一缕夏暮的余韵，似乎也随风远走了，只残存一片停滞的朝霞，隔着模糊的海平面，愈发地苍茫起来。平日里熙攘的海鸟，静沐在余晖的光里，像一块块缄默的金箔，摊在黑礁石上发亮。

兰波坐在一排挺拔翠郁的棕榈树下，背靠树干，面朝大海。恍惚间，仿佛能听见树皮之下那无法填补的空洞，听那些窃窃私语是如何被一点点泄露，在呼啸的浪沫里被冲洗得发白。那一簇簇涌上脚踝的海浪，刺痛了皮肤，像是要把他身上的那道月光给生生剥落下来。在硌硬的白色海滩上，细腻的软沙依旧发着烫，仿佛一颗融化了的巨大太阳，企图钻进那些碎得稀烂的贝壳缝隙中去。他饶有兴趣地捡拾起一两颗碎片，放在手心把玩，然后给自己卷了一根烟。因为这空无一人的寂寥，他得以彻底地占有了片刻的夕阳。不，他什么都不写了。自《地狱一季》的畅游后，人间还剩下什么值得去写的呢？

笔不在手，缪斯已死，不了了之的爱情葬在了巴黎。

隐约中，一袭莫大的失落感，如涓涓细流般纷至沓来，将一双木讷的眼睛再次地浸满了怅然。一根烟快抽完了，但法国依旧遥远。他缓缓地抬起头，凝视着海上冒出一团团若隐若现的白烟，像是从极远处一艘拇指大的客轮升腾起来的，在萧条的长空中慢慢凝结，随后又被锋利的时间打磨，雕刻成一钩消瘦的弦月。生与死的界限在哪里？没有人知道，十九岁的兰波心想，正如没人能逃过年老色衰的结局——人生的长夜终将抱憾而至。

每一个失眠的夜晚他都格外清醒，好像年轻的缪斯永无休止地蚕食着他根根分明的肋骨，而他拖着一副被馥郁的温柔所荼毒的残躯，平静地等待着一场谋杀的降临，好让他就此合眼长眠于异乡的海浪声里。偶尔梦回一个喧嚷的午夜，巴黎依旧热闹着，他却已经折返去了漫长的一生。没有什么好写的，他想，的确没有什么好写的。崩溃的年轻情人们，举起了斟满的酒杯，举起了燃烧的烛台，举起了上膛的手枪，依旧无畏轻浮地嬉笑着，接踵抽离这百无聊赖的人间。他们化作云朵，借着温柔与疯狂催生出的微小星芒，穿过亢长寒冷的黑暗，终于跻身朝生暮死的绚烂里去了。

他说：“我的生命不过是温柔的疯狂。”

尾声

我不知道文学究竟给我的生命带来了什么。

记得刚懂事的时候，我就决定不要做花，要做树。我要让我的思考化作蜿蜒的树脉，一半扎根在历史的厚土里，另一半在自由的风里飘扬。灵慧的气性，我想，是带着丝丝潮湿的雨气的。沉默是子夜的月亮，悬在我的笔尖，悄悄落下多少不为人知的心伤。若我开口说话，就仿佛山涧的雷鸣，永远迸发出流动的新奇与含蓄。

从十六到二十三岁的年纪，写下的文字多么温柔，如潮水眷恋礁石的缠绵，轻轻地，叩响出对未来憧憬的音符。谁的脸颊又蒙上了胭脂般的红，白衫下的心跳是微微发热的蝉鸣：虽有些许聒噪，但已等待了十七年，只为在这个季节奏响。就这样打着赤脚，穿过人生的旱地，淋过未了的雨季，我决心要做一棵温柔的树。

我想那些人间的孤独、痛苦与浪漫都是真的。它们困住了我流浪的心，悄声低语就是这里了——我向文学献出了我平庸但善良的灵魂，从此它开出了玫瑰的腹地。

图书在版编目（CIP）数据

别来春半 / 刘倩著. -- 北京：作家出版社，2024.9. -- ISBN 978-7-5212-2973-8

Ⅰ. I217.2

中国国家版本馆 CIP 数据核字第 2024PQ1885 号

别来春半

作　　者： 刘　倩
责任编辑： 夏宁竹
装帧设计： recns
出版发行： 作家出版社有限公司
社　　址： 北京农展馆南里 10 号　　**邮　　编：** 100125
电话传真： 86-10-65067186（发行中心及邮购部）
86-10-65004079（总编室）
E-mail:zuojia @ zuojia.net.cn
http://www.zuojiachubanshe.com
印　　刷： 唐山玺诚印务有限公司
成品尺寸： 145 × 210
字　　数： 222 千
印　　张： 9.75
版　　次： 2024 年 9 月第 1 版
印　　次： 2024 年 9 月第 1 次印刷
ISBN 978-7-5212-2973-8
定　　价： 60.00 元
